Albert Camus*

Le Premier Homme

[法] 阿尔贝·加缪 著

刘华 译

浙江文艺出版社
Zhejiang Literature & Art Publishing House

图书在版编目(CIP)数据

第一个人 / (法) 阿尔贝·加缪著 ; 刘华译. 杭州 : 浙江文艺出版社, 2025. 4. -- ISBN 978-7-5339-7875-4

Ⅰ. I565.45

中国国家版本馆CIP数据核字第20254TE380号

责任编辑 王莎惠 周 易
营销编辑 张 苇
责任印制 吴春娟
数字编辑 姜梦冉 诸婧琦
封面设计 公主不想打工了
责任校对 唐 娇

第一个人

[法]阿尔贝·加缪 著 刘 华 译

出版发行 浙江文艺出版社
地　　址 杭州市环城北路177号
邮　　编 310003
电　　话 0571-85176953(总编办)
　　　　 0571-85152727(市场部)
制　　版 浙江新华图文制作有限公司
印　　刷 浙江新华印刷技术有限公司
开　　本 880毫米×1230毫米 1/32
字　　数 166千字
印　　张 8.625
插　　页 4
版　　次 2025年4月第1版
印　　次 2025年4月第1次印刷
书　　号 ISBN 978-7-5339-7875-4
定　　价 54.00元

编者按*

卡特琳·加缪

我们现在出版《第一个人》。这是阿尔贝·加缪去世时仍在写作的遗稿。手稿是1960年1月4日在他的挎包里发现的。手稿共一百四十四页，信手写来，时而缺少标点符号，字迹潦草，难以辨认，没有修改的痕迹。

依据手稿及弗朗希娜·加缪的第一部打字稿，我们完成了这部作品。为便于理解，加注了标点。看不清楚的词括在六角括号中。无法辨认的词或句中成分用空白六角括号标明。在页码下方，星号表示重叠的变化说法，字母表示空白部分的补充，数字编号表示的是编者注释。

在附录中，有单页（我们将其编号为Ⅰ至Ⅴ），这些单页有的插在手稿中（单页Ⅰ在第四章前，单页Ⅱ在第六章〔附〕前），其他的附在手稿后。

题为《第一个人》（笔记与提纲）的记事本，是一个方

*本书沿用了法文原版编排方式，尽可能还原加缪手稿风貌。书中脚注如无“译者注”字样，则均为作者原稿内容。——编者注

格纸的小活页本，读者从中隐约可见作者对作品展开的思路，因此也附在了后面。

读了《第一个人》，大家就会明白我们的意图了。我们将阿尔贝·加缪在获得诺贝尔奖的次日寄给他的小学老师路易·热尔曼，以及路易·热尔曼写给他的最后一封信也放在了附录里。

在此，我们要感谢奥黛特·戴安涅·克雷克、罗歇·格雷尼埃及罗贝尔·伽利玛出于深厚、经久的友情给予我们的帮助。

目录

第一部

寻父

说情者：寡妇加缪　　　献给永远无法读此书的你（a）

在马车上空……

一辆简陋的马车行驶在布满碎石的路上，黄昏中，大片的乌云朝着东方疾飞。三天前，大团的乌云聚拢在大西洋上，西风一到便开始滚动，先是缓缓的，随后越飞越快，飞过秋季鳞光闪闪的海面，直扑大陆，在摩洛哥的山脊上散成云丝（b），在阿尔及利亚高原上聚成云团，在接近突尼斯边境的上空，试图飞向第勒尼安海，融入其中。这好似一座无边无际的岛屿，北边是翻腾的大海，南边是凝结的沙波，云层在其上空疾行了几千公里后，从这片无名之

(a)(补充地质情况，地球与大海。)

(b)索尔弗里诺。(距蒙多维不远处的一个小村庄，位于阿尔及利亚东部。于1848年由来自巴黎的第十一移民团建立。——译者注)

地经过，速度仅仅稍快于几千年来帝国与种族的变更。此时云层已无力飞驰，有些已形成大大的雨滴，稀稀落落地砸响在坐着四个乘客的马车的顶篷上。

马车吱吱嘎嘎地行驶在一条线路清晰却未夯实的路上。时而，铁轮或马蹄下迸出一星火花，燧石打在车体板上或被压在车辙松软的土里，发出沉闷的响声。两匹小马嘚嘚儿前行，只偶失前蹄，挺着前胸拉着装有家具的沉重车子，以各自的步调奔跑着，将道路不断地抛在后面。其中一匹有时喷着响鼻，打乱了马步。于是，赶车的阿拉伯人拽响它背上陈旧的缠绳（*），它又重新有节奏地奔跑起来。

挨着车夫坐在长凳前边的是个法国人，三十来岁，面色沉静，眼睛望着脚下晃动着的两匹马臀。他挺结实，矮胖，长脸，高高的额头棱角分明，刚毅的下巴，明亮的双眼，尽管已过了季节，仍穿着一件人字斜纹布上衣，三粒扣子按时尚一直扣到了脖领，短短的头发上戴着一顶轻便鸭舌帽（a）（b）。当雨滴开始在车顶篷上滚动时，他转向车内大声问着："还好吗？"卡在第一条长凳和一堆旧箱子、旧家具中间的另一条长凳上坐着一个女人，衣衫破旧，围着一条粗羊毛大披肩。女人对他微微笑了笑，答道："好，好。"她同时做了一个表示歉意的手势。一个四岁的小男孩

（*）旧得裂了缝。

（a）或是一顶圆顶礼帽？

（b）穿着一双大厚鞋。

睡在她的怀里。她脸色温和，五官端正，黑黑的鬈发恰似西班牙女人，小巧的鼻子直挺，栗色的眼睛美丽而热情。不过，此时，这张脸上有某种触动人心的东西。那不仅仅是一时流露出的疲惫或某种类似感觉的痕迹，不是的，倒是有点万事漠然，心不在焉，正是某些无邪之人惯有的神情，这种神情正时而掠过美丽的脸庞。在她那极为善良的目光中，时而会掺进一丝转瞬即逝的毫无道理的恐慌。她用她那因干活而变得粗糙、骨节粗大的手轻轻地拍着她丈夫的背说："还好，还好。"随即，她停止了微笑，目光望着车篷下的道路，路上的水洼已开始泛亮了。

男人转过身来对着沉静的阿拉伯人。他头上裹着系黄色细绳的包头巾，穿着在腿肚上方绑紧的宽裆肥裤，显得很粗壮。"还远吗？"蓄着浓密白色小胡子的阿拉伯人微微笑了。"八公里，你就到了。"男人又转过身来，虽无笑容，却很关切地望着他的妻子。她的目光并未离开地面。"把缰绳给我。"男人说。"好的。"阿拉伯人说。他把缰绳交给他，男人跨过去，阿拉伯老人从他身下滑向他刚离开的座位。男人拉了两下缰绳驾驭住马，马调整了奔跑的节奏，忽地拉直了缰绳。"你识马性。"阿拉伯人说。"是的。"回答简短干脆，男人毫无笑容。

光线已暗，天骤然黑了。阿拉伯人把放在左边的方形灯笼从锁横头上取下来，转向里面，划了好几根粗头的火柴才点亮了灯笼里的蜡烛。然后，他又将灯笼放回原处。

小雨沙沙地下着，落雨在微弱的烛光中闪着亮，淅沥的雨声充满了周围黑暗的世界。时而，马车驶过一丛丛荆棘，掠过微光下闪现的矮树。而此外时光，它行驶在荒野之中，由于黑，荒野愈加显得广袤无垠。只有烧荒的味道，或突然而至的浓浓的肥料味儿，才让人想到此时路过的是一片已开垦的耕地。女人在驾车人身后说着话，他拉了拉缰绳，身体向后仰着。“一个人也没有。”女人重复道。“你害怕了?”“什么?”男人又重说了一遍，不过这次是在喊。“不，不，跟你在一块儿不怕。”但她显得有些忧虑。“你不舒服吗?”男人问。“有点儿。”他催马前进，回荡在夜幕中的又只有车轮轧路及八只马蹄铁掌踏响路面的巨大响声了。

这是1913年一个秋天的夜晚。乘客两小时前从博恩火车站出发，他们是在三等车厢的硬板凳上坐了一天一夜后从阿尔及尔到达那里的。他们在火车站找到这辆马车和阿拉伯人，他正等着把他们带到二十多公里外的一个小村庄附近的一片垦区去，男人要去经管这片地产。费了不少工夫才装好箱子及其他物品，道路坎坷更使他们耽误了时间。阿拉伯人好似察觉了同伴的担忧，对他说：“别害怕。这里没有强盗。”“强盗到处都有，”男人说道，“不过，我有备而来。”他拍了拍鼓鼓的口袋。“你说得对，总会有些疯子。”阿拉伯人说。这时，女人唤她的丈夫：“亨利，我不舒服。”男人说了句粗话，又催了一下马（a）。“马上就到了。”他说。过了一会儿，他又望向妻子。“还难受吗？”她朝他心不在焉地笑笑，笑得有点儿怪，却看不出难受。“嗯，很难受。”他继续关注地望着她。于是，她又表示歉意了。“不要紧，也许是坐火车坐的。”“看，村庄。”阿拉伯人叫道。的确，在路的左前方，他们看到了索尔弗里诺在雨中闪烁的模糊灯光。“可你要走右边的路。”阿拉伯人说。男人有些犹豫，转向他的妻子问道：“去家里还是去村庄？”“噢，回家吧，回家好些。”稍远处，车子向右拐，驶向那个等待着他们的陌生的家。“还有一公里。”阿拉伯人说。“快到了。”男人对他妻子说。她无声地哭泣着。“你马上就可以睡下了，我就去叫医生。”他做着手势，一字一顿清晰地喊道，“是的，去叫医生，我觉得应该这样。”阿拉伯人看着他们，感到很惊奇。“她快要生孩子了，”男人说，“村里有医生吗？”“有，如果你愿意，我去叫。”“不，你待在家里，注意着点儿。我去会快一点儿。他有车或马吗？”“他有车。”随后，阿拉伯人对女人说：“你会有个男孩，他会很漂亮。”女人朝他笑笑，好像没听懂。“她听不到，”男人说，“在家里，要大声喊，还得打手势。”

马车突然安静下来，几乎是无声地在行驶。愈加狭窄的道路上覆盖着凝灰岩。沿路是盖着瓦片的棚子，棚子后

（a）小男孩。

可见近处的葡萄园。浓浓的葡萄汁味儿扑面而来。他们穿过了几座高屋顶的楼房，进入一个无树的大院，车轮碾在院中的煤渣路上。阿拉伯人一声不吭地拿过缰绳，拉紧。马停了下来，其中一匹喷着鼻息（a）。阿拉伯人用手指着一座刷了白石灰的小房子。那房子的小矮门周围爬着葡萄藤，由于用硫酸铜杀菌而使四周发蓝。男人跳到地上，冒雨跑向屋门。他打开了门。昏暗的房屋，壁炉空空，透着凉气。阿拉伯人紧跟着他，在黑暗中径直走向壁炉，他擦着一根火柴，点亮了一盏挂在屋子中央圆桌上方的油灯。男人稍稍看了看刷了白灰的厨房及一个铺着红瓷砖的洗碗槽，一个旧碗柜和一个挂在墙上暗淡的日历牌。一条铺着同类红砖的楼梯通往楼上。“把火点着。”他说着，转身又回到了马车旁。（他抱过了小男孩?）女人一声不吭地等着他。他把她抱下车，搂了她一会儿，然后仰起了她的头。“你能走吗?”“能。”她说，并用粗骨节的手抚摸着他的手臂。他扶着她走向房屋。“等一等。”他说。阿拉伯人已经点着了火，娴熟而灵巧地往火上添加着葡萄枝。她站在桌旁，双手抚着肚子，朝向灯光的美丽脸庞上露出阵阵痛苦的表情。她好像没注意到屋里潮湿、无生气及贫寒的气息。男人在楼上忙碌着，然后他出现在楼梯口上。“房间里没有壁炉?”“没有，”阿拉伯人答道，“另外一间里也没有。”

（a）天黑了?

“过来。”男人说道。阿拉伯人向他走去。稍后，他背着身子出现了，手里抬着大床垫，男人抬着另一端。他们把床垫放在了壁炉旁。男人把桌子拉到一个角落里。这时，阿拉伯人又上了楼，很快又下来了，手里拿着长枕头和被子。“躺在那儿。”男人对他妻子说，并把她扶向床垫。她犹豫着。床垫散发出一股潮湿的马鬃味儿。“我不能脱衣服。”她说着，望着周围，就好像终于看清了这地方。“脱掉你里面的衣服。”男人说道。然后，他又重复了一遍：“脱掉你的内衣。”接着又对阿拉伯人说：“多谢，请卸下一匹马来，我要骑着去村里。”阿拉伯人走了出去。女人忙活着，背转向了她的丈夫，她丈夫也转过了身。随后，她躺了下去。一经躺平了身子，拉上被子，她立即大叫一声，叫声悠长，大张着嘴巴，就好似想要一下子把沉积在她心中的痛苦全都喊出来。男人站在床垫边上，任她叫着，当她停下来时，他脱掉衣服，单膝跪下，吻了吻那张双目紧闭的面庞上美丽的额头。他重新穿上衣服，冒雨走了出去。卸了套的马已经在那儿转圈了，前腿站在煤渣路上。“我去找鞍子。”阿拉伯人说。“不用了，把缰绳留下，我就这么骑。把箱子和杂物放到厨房里。你有老婆吗？”“她死了。她老了。”“你有女儿吗？”“上帝保佑，没有。不过，我有儿媳妇。”“让她过来。”“我会这样做的，安心走吧。”男人望着站在毛毛雨中一动不动的阿拉伯老人，他正翘着湿漉漉的小胡子朝他微笑。他始终没有笑容，不过，他用明亮而关切的目光望着老人。随后，他把手伸向他，老人以阿拉伯人的方式，握住他的手指，再把手指送到唇边。男人转过身，踩得煤渣嚓嚓响，他径直走向马匹，跳上了光背马，随着沉重的马蹄声渐渐远去。

走出他的垦区后，男人向十字路口走去，他们最早见到的村庄的灯光就是从那里发出的。此时，灯光更加明亮，雨也停了，右边的道路笔直地穿过葡萄田，某些地段可看到铁丝闪烁着亮光。大约走到半路时，马匹放慢了脚步，不慌不忙地走着，走近了一个长方形的窝棚样的小屋，一边是一个石砌的屋子，另一边大些，用木板搭成，一个大大的挡雨屋檐遮在一个突出的柜台上方。石砌的房屋门上写着“雅克太太农业食堂”，光线从门下透出。男人勒马停在门旁，并未下马，敲了敲门。浑厚而果断的声音从里面传出：“什么事?”“我是圣·阿波特尔垦区的新经营者，我老婆要生孩子了，需要帮助。”无人回答。过了一会儿，门锁打开了，门闩取掉了，门打开了一条缝。可隐约看到一个欧洲女人那黑而卷曲的头发，丰满的面颊，厚厚的嘴唇上方长着一个有点儿扁平的鼻子。“我叫亨利·科尔梅利，您能去我老婆那儿吗?我去叫医生。”她定定地以惯于掂量男人与厄运的目光直视着他。他坚定地迎住她的目光，未再说一句。“我去，”她说，“您快去吧。”他道了声谢，用脚后跟夹了夹马。过了一阵儿，他穿过干土垒的围墙，走进了村庄。他面前显然只有一条街道，道两旁排列着千篇一律的小平房。他沿着这条街一直走到一个铺着凝灰岩的小广场上，那里耸立着一座不寻常的金属框架音乐亭。同街道上一样，广场上也空荡无人。科尔梅利走向一座房屋，这时马匹闪了一下。一个阿拉伯人从阴影里闪出，穿着深色的破旧斗篷，朝他走来。“请问，医生的家在哪儿?”科尔梅利马上问道。另一位审视着骑马人。“跟我来。”他随后说道。他们向街道的另一头走去。其中一座底层加高，可从白色楼梯通达的建筑物上写着“自由、平等、博爱”，旁边是用灰泥围墙围着的小花园。阿拉伯人指着花园尽头的一座房屋说：“就是那儿。”科尔梅利跳下马，步伐坚定有力地穿过花园，他只在花园正中看到了一棵矮矮的棕树，棕叶枯黄，枝干腐朽。他敲了敲门，无人应声（a）。他转过身，阿拉伯人还静静地等在那儿。男人又敲了敲门。从另一头传来脚步声，停在了门后边。门仍关着。科尔梅利再一次敲门，并说：“我找医生。”门闩立即拉动，门开了。一个男人出现了，他长着娃娃脸，显得很年轻，但头发几乎全白了，身高体壮，双腿裹着绑腿，身着猎装。“喂，您是从哪儿来的?”他微笑着问，“我从未见过您。”男人做了解释。“噢，是的，村长已告诉我了，不过，告诉我到这么个穷乡僻壤来生孩子是不是有点怪。”男人说他以为时间会晚一些，他可能搞错了日子。“好吧，这种事每个人都可能

（a）我跟摩洛哥人打过仗（目光含糊），摩洛哥人不好。

遇到。您先走，我给‘斗牛士’配上鞍子，跟着您。”

回程时雨又重新下了起来，骑着灰斑马的医生在半路追上了科尔梅利。科尔梅利浑身透湿，但却始终直挺挺地稳坐在那匹笨重的农庄马匹上。“真奇怪，到这儿来，”医生喊道，“不过，您会看到，这个地方也挺好，只是有些蚊子，贫穷山乡有盗贼。”他们并肩而行。“您得注意，蚊子可以让你们放心地生活到春天。至于盗贼嘛……”他笑起来，但其同伴却一声不吭地继续赶路。医生好奇地望着他说：“别怕，一切都会顺利。”科尔梅利将明亮的目光转向医生，沉静地望着他，友好地说：“我不怕，我习惯经受沉重的打击。”“这是你们的第一胎吗？”“不是，我把一个四岁的男孩留在阿尔及尔的岳母家里了。”[①]他们来到十字路口，走上了去垦区的路。煤渣立即在马蹄下飞起来。当马匹停住，寂静无声时，就听到从屋里传来一声尖叫。两个男人下了马。

一个黑影躲在滴水的葡萄藤下等着他们。走近后，他们认出是阿拉伯老人，头上顶着一个袋子。“你好，卡特尔，怎么样了？”医生问道。“我不知道，里面都是女人，我没进去。”老人说道。“很对，”医生说，“尤其是当女人叫喊的时候。”但屋里却未再传出叫声。医生打开门，走了进去，科尔梅利紧随其后。

---

①与前文描述相矛盾：“一个四岁的小男孩睡在她的怀里。”——译者注

他们面前的壁炉里葡萄枝正熊熊燃烧，照亮了屋子，远远亮过挂在房子中间的那盏饰着铜边和珠子的油灯。右边的洗碗槽一股脑儿装满了金属罐和毛巾。左边，那个摇摇晃晃的白色木制小碗柜前，放在中间的那张桌子被推开了。一个旧旅行袋，一个帽子盒，还有几个小包袱占满了桌子。旧行李，其中有一个大柳条箱，摆满了屋子的各个角落。只有中间靠火的地方还有点儿空儿。在这片空地上，床垫顺壁炉垂直摆放，女人躺在上面，头稍向后仰，枕在没有枕套的枕头上，头发散乱。此时，被单只盖住了床垫的一半。餐馆老板娘跪在床垫的左侧，遮住了床垫未盖住的地方。她正往脸盆里拧一块毛巾，鲜红的血水从上面滴下来。一个未戴面纱的阿拉伯女人盘腿坐在右侧，以献祭之神态双手端着一个有点脱瓷的搪瓷盆，盆里热气腾腾。一条折叠的床单铺在产妇身下，两个女人拽住两端。影子及壁炉的火光在石灰墙上及堆满房间的行李包上来回晃动，再近些，照红了两个看护的面庞及产妇那在被子下扭曲着的身体。

两个男人进来时，阿拉伯女人微微露笑地瞥了他们一眼，旋即又转向火光，两条细细的棕色手臂一直捧着脸盆。餐馆老板娘望着他们，高兴地叫道："不需要您了，医生。自行完成。"她站起身，两个男人看到在产妇旁边，一个血糊糊无定形的东西，看似不动，却充满活力，从那儿传来好似来自地下的持续不断的哼哼声，难以听清。(a)“这么说吧，”医生说，“我希望你们未动脐带。”“没有，”餐馆老板娘笑着说，“总得给您留点儿事做。”她站起身把位子让给了医生，医生挡住了科尔梅利望向新生儿的目光，此时，他正站在门边，已脱掉了上衣。医生蹲了下去，打开了他的医药箱，随后从阿拉伯女人手中接过脸盆。她立即退出亮光，躲进壁炉旁昏暗的角落里。医生始终背对着门，他洗了手，往手上倒了点酒精，烧酒味立即溢满房间。这时，产妇抬起了头，看到了她丈夫，灿烂的笑容使她疲惫的美丽脸庞容光焕发。科尔梅利向床垫走过去。“他来了。”她喘着气对丈夫说，并把手指向了新生儿。“是的，”医生说，“不过请您静卧。”女人用询问的目光望着他。科尔梅利站在床垫脚下，对她做了个慰藉的手势。“躺下吧。”她向后躺了下去。此时，大雨更猛烈地打在房顶的旧瓦上。医生在被子下忙碌着。然后，他站起身，好像在摇动眼前的什么东西。一声细细的哭叫传了出来。“是个男孩，一个漂亮的小东西。”医生说。“这可是个良好的开端，”餐馆老板娘说，“从搬家开始。”阿拉伯女人在角落里笑出了声，并拍了两下手，科尔梅利望望她，她却窘迫地转过身去。“好了，你们现在给我们留点空儿吧。”医生说。科尔梅利望着他妻子。但她的脸一直向后仰着。只有那双放在粗糙被子

(a) 正如显微镜下某些细胞的情况。

上的手还能让人想起刚才那照亮凄凉屋子的灿烂笑容。他戴上鸭舌帽，向房门走去。“你们叫他什么名字？”餐馆老板娘高声问道。“不知道，我们没想过。”他望着婴儿。“既然你们当时不在这儿，我们就叫他雅克[①]。”餐馆老板娘放声大笑，科尔梅利走了出去。葡萄架下，一直顶着包袋的阿拉伯老人还在等待。他看了看科尔梅利，而他却一声不吭。“给。”阿拉伯老人说，并把包袋的一角递给他。科尔梅利躲到了包袋下。他碰到了阿拉伯老人的肩部，闻到了他衣服上散发出来的烟味，感到了落在两人头顶包袋上的雨滴。“是个男孩。”他说，并不看同伴一眼。“上帝保佑，”阿拉伯人答道，“您是一家之主。”从几千公里之外而来的雨水不停地打在他们面前的煤渣路上，砸出许多水洼，在稍远处的葡萄园里，铁丝藤架一直在雨中闪亮。这雨水流不到东边的大海，它会淹没整个地区，淹没河边的沼泽地，淹没周围的山坡，淹没几近荒芜的广袤土地，其强烈的味道直逼挤在一个包袋下的两个男人。此时，从他们身后断断续续地传出微弱的哭声。

深夜，科尔梅利穿着长内裤及贴身针织衫睡在他妻子旁边的另一张床垫上，睁眼望着天花板上跳动的火光。房间已差不多收拾好了。在他妻子的另一侧，婴儿静静地睡在衣筐里，只偶尔发出细细的咕噜声。他妻子也睡着了，

①餐馆老板娘名为“雅克大太”。——译者注

脸庞转向他，嘴唇微启。雨已经停了。明天就得干活了。在他身边，他妻子那双已经粗糙、几近僵硬的手也在提示着他。他伸出手，轻轻地放在产妇手上，向后仰着，合上了眼睛。

圣布里厄

（a）四十年后，在通往圣布里厄的火车过道里，一个男人不以为意地望着窗外闪过的景色，在春天下午那苍白的阳光下，这片狭窄而平坦的地区布满了村庄及难看的房屋，从巴黎一直延伸至芒什。不断映入眼帘的是牧场及已耕作了几个世纪的田园。这个男人没戴帽子，头发剪成平头，长脸庞上线条细腻，个头高挑，蓝色的眼睛透着直率，尽管他已有四十来岁，裹着风衣的身子仍然显得修长。他双手牢牢地抓着扶手，身体倚向一侧，敞着怀，看起来悠然自得，精神饱满。这时，火车慢慢地减速，停在了一个寻常小站上。过了一会儿，一个穿戴相当漂亮的年轻女人从男人站的车门下走过。她停下来换手提箱时，看到了车上的乘客。男人微笑着望着她，她也忍不住笑了。男人放低车窗，但火车已经开了。“遗憾。”他说。年轻女人一直朝他微笑。

（a）从开始，就需写明雅克的怪异。

乘客走到三等车厢里，坐在一个靠窗的座位上。他的对面是一个男人，稀疏的头发趴在头上，肿胀的脸庞，酒糟鼻子，实际年龄应比看上去更小。他蜷缩成一团，闭着眼睛，喘着粗气，显然是由于不消化而难受，他时而朝他的对面迅速瞥上一眼。在同一条长椅靠过道的那边，坐着一个盛装打扮的农妇，她戴着一顶奇特的帽子，上面装饰着一串蜡制的葡萄，她正为一个面呈菜色的红发小孩擤鼻涕。乘客的笑容消失了。他从包里拿出一本杂志读着消遣，可那文章却使他打起了哈欠。

过了一会儿，火车缓缓地停了下来，写着“圣布里厄”的小站站牌出现在车门上。那乘客立即站起身，轻松地从上面的行李架上取下一个折叠式旅行箱，向其他乘客道了个别。人们神情惊讶地回了礼，而后，他快步离开，一跃而下车厢的三级台阶。在站台上，他看看自己的左手，他刚刚抓过的铜扶手上的炭黑还留在手上，于是，他拿出一块手帕，仔细地擦着。随后，他朝出站口走去，渐渐地，一群服饰灰暗、面目模糊的乘客赶上了他。他在遮雨篷下的小柱子旁耐心地等着验票，等着一言不发的职员把票还给他，然后穿过候车大厅，大厅的墙上光秃秃的，挺脏，上面只贴了些旧宣传画儿，画上的蔚蓝海岸也是炭黑色的。然后，在午后的斜阳中，他从车站快步向市里走去。

到了旅馆，他要了预订的房间，一个长着土豆脸的女服务员想帮他提行李，他拒绝了，然而，在她引他来到房间后，却给了一笔使女服务员也感到吃惊的小费，于是，她的脸色变得友善了。他重新仔细地洗了手，门也未锁，就快步地走下楼来。在大厅里，他遇到了那个女服务员，向她询问墓地的位置，得到了过于详细的指点，他友好地听完解释，便朝着指点的方向走去。他走在狭窄而阴暗的街道上，两边是难看的红瓦平房。时而，可见到一些有梁的旧房子，房顶上的石板瓦歪歪斜斜。稀稀落落的行人匆匆地从商店橱窗前走过，里面摆放着玻璃器皿、塑料或尼龙的精美制品，以及在现代西方随处可见的命途多舛的陶器。只有食品店显得货物充足。墓地四周围着讨厌的高墙，大门旁边有摆着瘦花细草的花摊，还有几个墓碑制作商店。那旅客停在一家店铺前，看着一个显得挺机灵的孩子在角落里一块还未刻字的墓碑上做作业。然后，他走了进去，朝着守墓人的房子走去。守墓人不在。旅客在一个陈设简陋的小办公室里等着，他发现了一张图。守墓人进来时，他正在解析图形。这是一个大骨节、大鼻子的大个子男人，透过他那厚厚的立领上衣发出一股汗味儿。旅客询问1914年战争遇难者的墓区位置。“噢，”他说，“那儿叫作法国纪念墓地。您找谁?”“亨利·科尔梅利。”那旅客答道。

守墓人翻开一本包着皮的大册子，用沾着泥土的手指在名单里寻找。他的手指停住了。“亨利·科尔梅利，”他念道，“在马恩战役中受了致命的伤，于1914年10月11日死于圣布里厄。”“是他。”旅客说。守墓人合上了大册子。

“来吧。”他说。他在前面领路，向墓地的前几排坟墓走去。这些墓碑有的简陋，有的矫饰而难看，全都覆盖着大理石和珠子，这种陈旧的技巧在哪儿都毫无美感。“是亲戚？”守墓人漫不经心地问道。“是我父亲。”“难以承受啊。”另一位说。“噢……不，他去世时我还不到一岁。您能明白。”“是的，”守墓人答道，“不过，这不是个理由。当时死的人太多了。”雅克·科尔梅利什么也没说。当然，当时死了太多的人，但说到他父亲，他不能臆想出他不具有的孝心。自他定居法国以来，他便允诺要完成他那个还留在阿尔及利亚的母亲很久以来要他做的事：去看看他父亲的墓地，而她自己从未去过。他觉得这种探望毫无意义。首先，对他而言，他并不了解自己的父亲，对其生前的事几乎是毫无所知，而且他讨厌那些陈规旧律；其次，对他母亲而言，她不提起去世之人，她根本无法想象他能看到些什么。不过，他过去的老师回到了圣布里厄，他觉得这也是见见他的机会，便决定来看看这陌生的死者，甚至坚持要先于重见故友，以便随后能自由自在，无事一身轻。“就是这儿。”守墓人说道。他们来到了一片墓区，四周围着用漆成黑色的大铁链串着的灰石界碑。墓碑很多，式样雷同，都是刻着字的长方碑，间距相等，整齐排列。每个墓碑前都摆着一小束鲜花。“四十年来，一直是法国纪念协会维护着墓地。看，他在那儿。”他指着第一排的一块石碑说道。雅克·科尔梅利在距石碑几步远的地方停了下来。“我把您留这儿了。”守墓人说道。科尔梅利走近墓碑，心不在焉地望着。是的，正是他的名字。他抬起了眼睛，泛白的天空中几小片灰白色的云彩正慢慢飘过，天空时晴时暗。在他周围，大片的亡灵墓地笼罩着死一般的沉寂。只有城里沉闷的嘈杂声从高墙上方传来。时而，一条黑影从远处的墓碑间走过。雅克·科尔梅利抬头望着天空中漫游的云彩，试着抓住湿润的花香以外那正来自遥远寂静的大海咸咸的味道，忽然，水桶碰撞墓石的响声使他从幻梦中清醒过来。这时，他才看到墓碑上他父亲的生辰年月。这可是他此次的发现，以前从不知晓。他看了一下两个日期：“1885—1914”，机械地计算了一下：二十九岁。突然，一个念头涌上来，震撼了他的整个身心。他已经四十岁了。葬在这块石板下面的那个男人，那个曾是他父亲的人比他还年轻（a）。

温情与怜悯突然溢满了他的胸膛，这不是儿子怀念去世父亲的心灵颤抖，而是一个男人在意外死亡的孩子面前所感受到的震惊与同情——这里的某种东西是有悖自然常规的。不过，说真的，也不是常规的问题，而只有疯狂与混乱，那就是儿子比父亲岁数大。他僵在那里，随后的时光在他周围、在他视而不见的墓碑间裂成碎片，岁月停息，不再沿那条长河流向尽头。它们只是一些爆裂声，是浪花，是旋涡，雅克·科尔梅利现正在其中挣扎，与苦恼及同情

（a）过渡。

搏击。他望向墓地的其他墓碑，上面的日期告诉他，睡在这片土地下的都是些孩子，他们是那些此时已头发花白，自以为懂得生活的人们的父亲。因为他自己就觉得活得不错，他独自创建了一切，他了解自己的力量、自己的能力，他敢于直面人生，掌握着自己的命运。而此时，他处在异样的眩晕中，他感到这座雕像，这座每个人最终都要竖立起来，并要被时光之火烧得更加坚固，随着时间的长河，等待着最后风化的雕像正快速开裂，开始倒塌了。他只剩下了一颗慌乱的心，渴望活下去，反抗着这个与他相伴了四十年的世界的死亡规律，这颗心始终强有力地跳动着，撞击着将他与生命之秘密隔绝的那面墙，想要再进一步，再远一点儿，去了解生命的秘密，在死去之前了解，为了生存而了解，只需一次，只需一秒钟，不过，必须一劳永逸地去了解。

他回首自己的生活：疯狂、勇敢、软弱、执拗，总在为他毫无所知的那个目标努力，而实际上，这种生活已完全消逝了，他还未来得及试想一下这个刚刚给予他生命就死在大海另一边那片陌生土地上的男人会是什么样。二十九岁时，他不也是脆弱、痛苦、紧张、固执、好色、幻想、厚颜而勇敢的人吗！是的，他正是如此，而且还有过之，他曾生活过，终于长成了一个男人。然而，他从未把睡在那里的男人想象成一个有生命的人，而是把他当作一个陌生人，这个陌生人从前在他的出生地生活过。他妈妈常对他说，他长得很像他，他死在战场上。然而，他曾贪婪地试图通过书本和活人所了解的秘密，现在他感到与这个死者，这个年轻的父亲紧密相连，与其父的从前和后来紧密相连，他自己曾远远地寻找的正是这在时间和血缘上都与他极为贴近的东西。说实话，他没得到过帮助。在家里，人们很少说话，既不读书也不写字，一个不幸而漫不经心的母亲，谁会向他讲述这个年轻而可怜的父亲呢？除了母亲，无人认识他，而母亲又把他忘了。他深信情况正是如此。他无声无息地死在了这片如陌生人般匆匆经过的土地上。恐怕正应该由他来了解情况，来询问究竟。不过，一个像他一样一无所有，又想拥有整个世界的人，他没有足够的力量来创立自我，来征服或了解世界。总之，还不算太晚，他还可以去寻找，去了解这个现在他觉得比世上任何人都更加亲近的男人到底是谁。他能够……

下午将尽，他身旁传来了裙摆的声响，出现了一个黑影，这把他拉回到周围的墓地及天空那现实环境中。得走了，他在这儿已无事可做了。但他无法离别这个名字，这个日期。这块石碑下只有骨灰和尘土了。但对于他来说，父亲又复活了，一个奇特而沉默的生命，他觉得又要将父亲抛下，让他继续度过这个无尽孤独的漫漫长夜。人们曾把他抛在这里，随后便忘却了。荒凉的天空突然间响起轰鸣，一架看不见的飞机刚刚飞过隔音墙。雅克·科尔梅利背转过身去，抛下了父亲。

三　圣布里厄与马朗（J. G.）（a）

晚饭时，雅克·科尔梅利看着他的老朋友过于贪婪地吃起了第二片羊腿肉；起风了，风围着这座海滨大道边的市郊小矮屋呼呼地轻声刮着。来时，雅克·科尔梅利曾在路边一条干涸的小溪里看到几片干海带，散发出咸咸的味道，这是唯一使人想到濒临大海的东西。维克多·马朗在海关做了一辈子的行政工作，退休后来到这座小城，这并非他的选择，不过，后来倒也觉得不错，说是没有什么能扰乱他的独自思考，极美、奇丑，甚至孤独本身都不能妨碍他。搞行政，当领导，他从中获得诸多经验，而首先是，从表面上看，您应知之不多。然而，他学识渊博，雅克·科尔梅利非常敬佩他，因为，在一个高层人物如此平庸的时代，马朗是唯一一个有着个人见解的人，就他的能力所及，在任何情况下，在似乎随和的表象下，他都拥有一种自由的判断，完全与众不同。

“是的，儿子，”马朗说，“既然您要去看母亲，试着了解一下您父亲，然后赶快回来讲给我听。让人欢笑的机会真是太少了。”

“是的，真滑稽。不过，既然有了好奇心，我至少可以

（a）要写及要删除的章节。

再了解点儿其他的情况。我以前从未关心过此事，这真有点儿反常。”

“不，这是明智之举。我呢，我同玛尔特结婚三十年，您认识她，一个完美的女人，我到今天仍在怀念她。我总觉得她爱家庭。”①

“您恐怕是对的。”马朗说着移开了视线，科尔梅利等着他发表不同意见，他知道随后便会是赞同了。

“然而，”马朗又说，“我嘛，一定是我错了。我不让自己去了解更多，而只满足于生活所赋予我的。不过，在这方面，我不是个好榜样，对吧？总之，我没有激情，一定是我自己的过错。至于您（他的眼中透着狡黠），您是一个活动家。”

马朗长得像中国人，圆脑袋，微扁的鼻子，眉毛几乎看不见，头戴贝雷帽，浓浓的小胡子遮不住性感的厚嘴唇。圆圆软软的身子，手指粗壮的肉手，使人联想到拒绝跑步的中国古代官吏。当他微闭双目，大吃大喝时，不禁让人联想到他身穿丝绸长袍、手持筷子的样子。但其眼神使他换了个人。那深栗色的眼睛热烈、忧虑，有时突然凝神不动，好似智慧正迅速地探究某一具体问题。这是一双西方人的眼睛，极为敏感，充满睿智。

年老的女佣上了奶酪，马朗用眼角瞟了一下。“我认识

①这三段被画上横线。

一个人，”他说，“他在与妻子生活了三十年后……”科尔梅利听得更认真了。每当马朗开始说“我认识一个人……”或“一个朋友”或“一个与我同行的英国人……”时，可以肯定说的是他自己……“……他不喜欢甜点，他的妻子也从来不吃。而在共同生活了二十年后，他在甜点店撞见了他的妻子，经过观察，他发现她每周几次到那儿去大吃奶油咖啡小糕点。是的，他以为她不喜欢甜食，而实际上，她酷爱奶油咖啡小糕点。”

“因此，我们不了解任何人。”科尔梅利说。

“您这么说也行。不过，我觉得也许这样更准确，我认为我最好还是要说，您可以说我无法加以证实，是的，只需说明的是，如果二十年的共同生活都不能了解一个人，而对一个已去世四十年的人进行非常肤浅的调查，您得到的情况怕是意义不大，是的，可说是意义有限，尽管，从另外的意义上来说……”

他举起拿着餐刀的手，情不自禁地落在了山羊奶酪上。

“请原谅。您不要点儿奶酪吗？不要？总是那么节制！保持体形，取悦于人真不易啊！”

狡黠的眼神又一次从他半闭的眼中闪过。如今，科尔梅利认识他的老朋友已有二十年了（在此补充为什么及怎样认识的），他快乐坦然地接受了其嘲讽。

“不是为了取悦于人。吃多了我难受。我不行了。”

“是的，您不再超脱于其他人了。”

科尔梅利望着漂亮的乡村风格家具，它们摆满了白色房梁的低矮饭厅。

“亲爱的朋友，”他说，“您总以为我傲气。我是傲，但并非总傲，也不是傲视所有的人。比方说，对于您，我就傲不起来。”

马朗移开了目光，这是他感动的标志。

“我知道，”他说，“但为什么呢？”

“因为我爱您。”科尔梅利平静地说。

马朗把冰水果沙拉盆拉向自己，一言未发。

“因为，”科尔梅利继续说，“当时我年轻、愚蠢、孤独，（您还记得吗，在阿尔及尔？）您转向我，不动声色地为我开启了通往这世界上我最爱的大门。”

“噢！您有天赋。”

“当然。不过，有天赋的人要有引路人。您在生命之路上某一天碰到的那个人，他应该永远受到爱戴与尊重，即便他未起什么作用。这正是我的信念。”

“是的，是的。”马朗迎合着。

“您不相信，我知道。不要以为我对您的爱是盲目的。您有严重的……很严重的弱点。至少我是这样看。”

马朗舔舔厚唇，突然来了兴趣。

“哪些呢？”

“例如，您节俭。不过，并非出于吝啬，而是由于恐慌，怕缺什么，等等。反正这是个大缺点，我不大喜欢。但最主要的是，您总是情不自禁地去怀疑别人有私下的盘算。您本能地无法相信完全无私的感情。”

“要承认，”马朗喝干了杯中的酒说道，“我也许不该喝咖啡了。然而……”

但科尔梅利依然平静（a）。

“我深信，比如，如果我对您说，只要您提出来，我会立即把所有的财产都给您，您恐怕不会相信。”

马朗有点儿犹豫，这次，他看着朋友了。

“噢，我知道。您仁慈大方。”

“不，我不是仁慈大方。我吝啬，吝啬我的时间，我的精力，我的辛劳，我对此也很反感。但我说的是真的。您呢，您不相信我，这正是您的弱点，是您真正的软弱之处，尽管您是个杰出的人。因为，您错了。您此刻一句话，我的所有财产就都是您的了。您并不需要，这只是个例子而已。但并非随便说说而已。的确，我的财产都是您的。”

“谢谢，真的，”马朗微闭着双眼说，“我很感动。”

“好吧，我使您感到难为情。您也不喜欢话说得太明白。我只想对您说，我爱有缺点的您，我爱戴和敬仰的人很少。对其他人，我对自己的漠然感到羞愧。但对于我爱的人，我会始终如一地去爱他们，我本人，尤其是他们自

（a）我常借钱给那些我毫不感兴趣的人，我知道有借无还。这是因为我不会拒绝。同时，我又感到恼火。

己都无法阻止这份感情。这是我用了很长时间才学到的东西；现在，我知道了。说了这些，再重提原来的话题：您不赞成我去了解我父亲。”

“嗯，并非如此，我赞成您去，我只是怕您会失望。我的一个朋友曾非常喜爱一个姑娘，想要娶她，但他错误地去对她进行了解。”

“一个俗人。”

“是的，”马朗说，“正是我。”

他们朗声大笑起来。

“我那时年轻。我听到的意见如此矛盾，我自己也拿不定主意了。我弄不清自己是爱她还是不爱她。简言之，我娶了另一个。”

“我却不能找回第二个父亲。”

“不能。真是万幸。照我的经验，一个足够了。”

“好吧，”科尔梅利说，“另外，我过几个星期要去看我母亲。这是个机会。我对您讲此事主要是因为我刚才被这种年龄差距震撼了，对，我的年龄更大。”

“是的，我明白。”他看着马朗。

“想想他未曾衰老过。这种痛苦他幸而免除，而且这种痛苦是漫长的。”

“也有不少的欢乐。”

“是的，您热爱生活。应该这样，您只相信生活。”

马朗沉重地坐到罩着印花装饰布的安乐椅上。突然，难以言表的忧伤蒙上了他的面庞。

“您说得对。我以前热爱生活，现在我更加热爱生活。同时，生活让我觉得恐怖，难以深入。因此，我虽相信，却持有疑虑。是的，我愿意相信，我愿意活着，永远。”

科尔梅利沉默了。

“六十五岁了，每一年都是缓期死刑，我想死得安详，死是恐怖的。我还一事无成。”

“有些人的生活证实了世界存在的意义，他们活着有助于生命的延续。”

“是的，而他们也会死。”

他们无言相对，此时房屋周围的风声更紧了些。

“您说得对，雅克。”马朗说，“去寻找吧。您已不再需要一个父亲了。您是独自长大成人的。现在，您可按您的方式去爱他。不过……”他说着，有点儿犹豫……“回来看我。我没有多少时间了。请原谅我……”

“原谅您?”科尔梅利说，“我的一切都归功于您。”

“不，您不欠我的。只是要原谅我，有时，对您的爱我未做出反应……”

马朗望着挂在桌子上方的老式大吊灯，他的声音更加低沉地说着，过了些时候，科尔梅利独自走在郊外荒漠的风声中时，心中还不断地回响着他的话：

“在我内心有一片可怕的空白，使我难过得无动于衷

(a) ……"

四　孩子的游戏

酷热的七月，海浪轻推短波助船航行。雅克·科尔梅利半裸着身子躺在船舱里，望着舷窗铜框上跳动着的海面反射的阳光碎片。他跳起身关掉了风扇，那风扇吹得汗流不出来，全干在汗毛孔里，还是流点儿汗好。然后，他又睡到了窄窄的硬板铺上，这是他所喜爱的床。随即，机器沉闷的隆隆声从船舱深处震颤着传上来，好似不断行进中的千军万马。他喜欢大客轮这种日夜不息的轰隆声，还有那种行走在火山上的感觉，而且，无边无际的大海给人以广阔而自由的视野。不过，甲板上太热；吃过午饭，饱食而昏头昏脑的旅客或倒在遮篷甲板的折叠式帆布躺椅上，或躲到船舱里。此时，正是午睡时间。雅克不喜欢睡午觉。"去午觉。"他愤愤地想起了这句话，这是他外婆的奇特用语，那时他还是个孩子，住在阿尔及尔，外婆强迫他陪着睡午觉。在阿尔及尔那个三室的小套房里，从密闭的百叶窗射进斑驳的光影，照着幽暗的房间 (b)。外面那干燥而

(a) 雅克/自我幼年起，我就试着自己去感知什么是善，什么是恶——既然我周围无人能够告诉我。现在，我认识到，一切都抛弃了我，我需要有个人为我指路，对我褒贬，不只是一种影响力，而是具有权威性。我需要一个父亲。我以为我知道，我掌握了，我还不 [知道?]。

(b) 大约是十岁。

多尘的街道上烈日炎炎，在半明半暗的屋中，一两只精力充沛的大苍蝇像飞机一样嗡嗡地叫着，不断地寻找着出口。天太热，无法上街去找伙伴们玩儿，他们也被强留在家中了。天太热，没法读《帕尔达扬》或《无畏者》(a)。当外婆偶尔不在，或与邻居聊天时，孩子便在朝向街道的饭厅里把脸贴在百叶窗上向外看，鼻子压得扁扁的。街道空无人迹。对面的鞋店和服饰用品店前已落下红黄相间的粗布帘，烟店门口遮着彩色珠帘，老板让的咖啡馆里无声无息，只有一只猫，在介于尘土飞扬的人行道边上的锯末地面上死一般地沉睡着。

孩子转回身，房中几乎没什么家具，墙上刷了白石灰，房中间摆着一张方桌，沿墙立着一个碗柜，一张千疮百孔、墨迹斑斑的小书桌，地上铺着一张小床，上面蒙着罩子，晚上，半哑的舅舅睡在那儿，还有五把椅子 (b)。角落里，顶面铺了大理石的壁炉上，放着一个在集市上随处可见的长颈小花瓶。孩子见幽暗的屋里和骄阳高照的外面都空无一人，便不停地绕着桌子转起圈来，大踏步地，同时，口中念念有词：“真烦！真烦！”他心烦，但这种厌烦同时也是游戏，是快乐，是种享受，因为，外婆终于回来后，听

(a) 这些大厚书是新闻纸的，封皮染色粗糙，书价的字号比书名和作者名字还大。

(b) 极为干净。

一个衣柜，一个大理石台面的木制梳妆台，一块编结的床前小地毯，又旧又脏，边缘已破损。一个角落里有一个大箱子，上面盖着一块带流苏的阿拉伯旧地毯。

到那句"去午觉",他真是要发疯。但他的抗议徒劳无用。外婆在乡村养大了九个孩子,她对教育有自己的一套。孩子被一下子推到睡房里,这是两间朝向院落的房间之一。另一间里有两张床,一张是妈妈的,另一张是他和哥哥的。外婆独自享用一个房间。不过,孩子晚上常睡在那张又高又大的木床上,中午午睡时也在那儿。他脱掉凉鞋,爬上床去。自从有一天,他在外婆睡了后溜下床去重新绕着桌子瞎唠叨后,就只能靠墙睡了。躺到里面后,他看着外婆脱掉长裙,解开衬衣高处的系带,拉低了粗布衬衣,然后,她也爬上床。于是,孩子看到了外婆那青筋暴露、老年斑遍布的变形的脚,嗅到了身边的老人体味儿。"好,去午觉。"她说着,很快便睡着了。孩子呢,睁着双眼,盯着不知疲倦的苍蝇飞来飞去。

是的,好多年间,他都憎恨这一切,后来长大成人后还感到厌恶,及至他得了重病,都不能下决心在午饭后的酷暑中躺下去午睡。如果他睡着了,他醒来时就感到难受,心口恶心。直到前不久,自从他患了失眠症,他才能在白天里睡上半个小时,醒来后精神饱满,敏捷灵活。去午觉……

不敌太阳的威力,风也平息了。船身不再轻摇,似乎正直线行驶。全速运转的机器,螺旋桨直穿水层,活塞的声音也终于规律了,规律得与海上那低沉不息的太阳燥热的声息混为一体。雅克似睡非睡,想到要重见阿尔及尔和市郊那破旧的小屋，心里便快乐得发颤。每次离开巴黎去非洲都是这样：暗中狂喜，心情开朗，怀着一种刚刚成功越狱，暗笑狱卒的满足感。同样，每次坐汽车及乘火车返回来，市郊的房屋一映入眼帘就感到伤心，这郊区既无树林也无河流为界，也不知怎么就靠近了它，就像一个灾难的癌瘤，摊开了它凄惨丑陋的淋巴结，渐渐地消融了外界的躯壳，一直把他引到市中心，城市的繁华有时让他忘却了日夜围困住他，多得让他失眠的水泥与钢铁的森林。但他逃出来了，在大海的宽脊上，他得以喘息，在阳光的摇曳下，他感到轻松，他终于可以睡觉了，终于重回他始终留恋的童年，回到那曾助他生存、助他取胜的阳光及温暖的贫穷之秘密中。大海折射的光斑此刻几乎凝在舷窗的铜框上，它们来自那同一个太阳，在外婆午睡的昏暗房间中，它曾沉重地压在整个百叶窗上，只从一个散开的木结缺口处射进一道细如宝剑的光芒，没有苍蝇，并非嗡嗡叫着乱飞的苍蝇使他昏昏欲睡，大海上没有苍蝇，苍蝇早已死了，这让孩子很高兴，因为它们太吵，它们是这个热昏了的世界上唯一活着的生物，所有的人和动物都侧身而卧，一动不动，而他除外。是的，他在墙与外婆之间的狭小床位上翻来覆去。他也想动起来，他觉得睡觉夺去了他生活和游戏的时间。他的伙伴们肯定在普沃斯特·巴拉多尔街上等他呢，这条街沿路都是小花园，一到晚上便散发出浇花的潮味儿，以及不管浇水与否都到处生长的忍冬花味儿。外婆一醒过来，他就立刻溜走，跑到榕树遮阴、仍无行人的里昂街，一直跑到普沃斯特·巴拉多尔街角的喷泉处，飞速地转动喷泉顶部的铸铁大手柄，头伸到水龙头下接水柱，让水把鼻子耳朵一起湿透，从敞开的领口直流到肚子，再顺着短裤下的腿流到凉鞋里。他快乐地感受着脚掌与鞋底间泛着的水泡，气喘吁吁地去找皮埃尔（a）及其他人。他们正坐在街上唯一的一座三层小楼的楼道口上，磨着木雪茄棒，再过一会儿，玩万嘎棒击游戏[1]时用得着它。

人一到齐，他们便出发，拖着球拍，沿着宅屋花园锈迹斑斑的栅栏墙，喧闹异常，吵醒了整个社区，惊得在满是灰尘的紫藤树下酣睡的猫跳将起来。他们跑着，穿过街道，你追我赶，满身是汗，始终朝着一个方向——绿野——前进，这绿野离他们学校不远，也就是隔了四五条街道。不过，这中间有一个必停之地，人们称之为喷泉口。它位于一个大广场上，是一个三层的圆形大喷泉，那里已无水可喷了，但喷池很早就堵了，渐渐地，丰盛的雨水注满了水池，水漫池边。后来，死水变腐，水面上蒙着苔藓、瓜壳、橙皮及各种垃圾，直到太阳将其晒干，或是引起了市府的注意，决定将其泵干。而干裂肮脏的淤泥还久久地滞留池底，直到太阳经过不懈的努力，将其化作灰尘，被大风刮跑，或清扫工扫帚一挥将其抛落到广场周围油光光

（a）皮埃尔是他的朋友，也是一个战争寡妇的儿子。这位寡妇在邮局工作。

①见作者下面的解释。——译者注

的榕树叶上。不管怎么说，夏季水池是干的，宽宽的池边是暗色的石块，千万只手及短裤将其摩擦得光亮亮、滑溜溜。雅克、皮埃尔和其他孩子把池边当鞍马玩，他们以屁股为基点转圈，直到一个闪失，被不可避免地甩进散发着尿味儿与阳光味儿的浅水池中。

然后，他们冒着酷暑，鞋上蒙着一层灰尘，向绿野飞奔。这是制桶工场后面的一片空地，在锈钢圈和烂桶底之间，一丛丛弱草从凝灰岩板间冒出来。在那儿，他们高声叫着，在凝灰岩板上画一个圆，其中一个手持球拍站在圆中央，其他人轮番往圆里掷木雪茄棒。如果小棒落到了圆中，投掷者拿过球拍到圆中去守卫。最灵活者（a）在空中接住小棒，扔出很远。此时，他们可以跑到小棒的落点，用球拍边缘击打棒端，让其跳向空中，再加打一板，使木棒飞得更远，以此下去，直到失手或其他人在空中抓住了小棒，于是，他们迅速后退，重新回到圆中防御着对手迅速灵活地投进的木雪茄棒。这种穷人的网球规则更加复杂，能玩上一个下午。皮埃尔是最灵活的，他比雅克瘦小，几乎可说是柔弱的，正如雅克满头棕发，他的头发及睫毛都是金黄色的，直率的蓝眼睛，毫无戒备，透着惊奇，外表显得有些笨拙，行动起来却准确稳健。雅克呢，能对付最无望的招式，却不能挡住送上手的反手球。由于他能成功

（a）最佳守卫者要用单数。

对付最难的攻击，同学们对他赞赏不已，他便以为自己是最棒的，常常自吹自擂。实际上，皮埃尔常常打败他，却从不多话。游戏结束后，他站起身，未损失一丝一毫，静静地微笑着倾听别人的议论（a）。

如果天气不好或兴致索然，他们就不去大街和空地乱跑，而是先在雅克家的楼梯过道里集合，再从尽头的一扇门进入一个三面环墙的小院。小院的另一面是花园围墙，一枝大橙树的树枝从墙头伸过来，开花时，其香味溢满破旧的房屋，再从过道或顺着台阶飘回院中。院中一座建成直角形的房屋占了一整面墙及另一侧的一半，里面住着一个西班牙理发师，他临街开了一个理发馆；还住着一个阿拉伯人家庭，他家的女人晚上有时在院子里炒咖啡豆。第三面墙一侧，住户在高大破旧的木栅栏笼子里养鸡。最后，是第四面，在台阶的两侧，在黑暗中洞开大嘴的是大楼的地窖：一些无出口无光线的洞穴，都是就地而掘，无隔无挡，渗着潮湿。人们可沿着四级蒙着绿色松土的阶梯下到里面，住户们在里面乱堆着无用之物，也就是说，毫不值钱的东西：发霉的破包袋，货箱木块，生锈漏底的旧盆，还有些随处乱丢，连赤贫者也用不着的东西。孩子们就是集中在那儿的一个地洞里。西班牙理发师的两个儿子让和约瑟夫习惯在那儿玩。他们破屋的门口，就是他们俩的私

（a）“拳斗”正是发生在绿野。

家花园。约瑟夫圆胖胖的很调皮，总是笑眯眯的，什么都给人。让呢，矮小瘦弱，不停地拾起小钉子、小螺母，特别吝啬他的小球和杏核，这是他们喜爱的一种游戏（a）中不可或缺的。这对形影不离的兄弟之间反差之大无法想象，举世无双。他们同皮埃尔、雅克和另一个同伙马克斯一起拥入臭烘烘、潮乎乎的洞穴中。他们把烂在地上的破麻袋片摊在锈铁柱梁上，还得先将其中那些他们称之为荷兰猪的有活动关节的小蟑螂从里面赶出来。在这极脏的遮篷下，他们终于到了家（这之前他们从未拥有过完全属于自己的房间和床），他们燃起微弱的火苗，这里的空气潮湿而不流通，火苗奄奄一息，化作了烟，将他们从巢穴中逐出，直到他们在院子里抓点儿湿土将其盖住为止。然后，他们与小个子让争吵地分着食物，食物摊在一个爬满了苍蝇、带轮的木货箱上，有大块的方体薄荷糖，咸味的干果花生和鹰嘴豆，叫作“塔木丝”的羽扇豆或是阿拉伯人常在电影院门口出售的彩色麦芽糖。下暴雨时，院落里存留的雨水便会流向地洞，因此，它常常被淹。于是，他们站到旧货箱上，在远离蓝天与海风的地方充当起鲁宾孙来，成为他们悲惨王国的胜利者。

不过，最美好（*）的日子是在气候宜人的季节，是当

（a）将一颗杏核放在摆成三角形的另三颗杏核上。在一定的距离外，扔出一颗杏核去破坏这种结构。成功者可拿起全部四颗，失败了杏核便归杏核堆的主人。

（*）重大的。

他们用某种借口、美丽的谎言终于成功地逃避了午睡的时候。此时，他们就能到试验园去玩，无钱乘车，就长途步行。他们走过近郊一条条灰黄的街道，穿过马厩区及工厂的或私家的大仓库——有马车通行于仓库与市中心之间，然后沿着一排大拉门前行，拉门后面传来马匹踏步的声响以及马匹咂动嘴唇突发的喘息声、马笼头的铁链碰到木食槽的响声。他们愉快地呼吸着马粪、草料和汗水的味道，这味道来自那些禁区，雅克在入睡前还梦想着呢。他们在一个敞着门的马厩前迟迟不忍离去，马厩里，人们正在洗刷马匹，这是些马蹄粗大的壮马，来自法国，瞪着流亡者的眼神，被酷暑和苍蝇弄得不知所措。随后，被赶车人催赶，他们向种植着最珍稀树种的大园子跑去。在那条沿路都是水塘鲜花，通往大海的大路上，他们装作散步者，漫不经心且颇有教养地从守门人猜疑的目光中走过。但刚一来到第一条横向小道，他们便向园子的东部奔去，穿过一排排高大的红树，树列如此紧密，树荫下几近黑夜；再跑向橡胶树（a），其下边的树杈已垂至地面，那些垂枝与繁密的树根纵相交错，难以分辨。他们继续往远处跑，跑向他们远征的真正目的地——那些大椰果树。树的枝头挂满了紧凑的橙黄色小圆果，他们称之为“椰果”。他们首先四处侦察，以确认周边没有看园人。然后，各自去寻找武器，

（a）说出树名。

也就是说，石块。当每个人都塞满了口袋回来时，大家轮番向耸立于其他树木，在空中轻轻摇摆的果串掷去。每击中一下，就打落几颗果子，这属于幸运的掷中者。其他人要等他拾起了战利品后才能再轮番上阵。在这个游戏中，善于投掷的雅克与皮埃尔打个平手。不过，他们俩都会把果实分给那些不太幸运的人。最笨拙的是马克斯，他戴着眼镜，眼神不太好。他长得矮壮结实，不过，自从见到他打架雄姿之日起，他便得到了大家的尊重。在经常发生的街战中，他们，尤其是雅克，总是控制不住怒火，他们通常凶猛地扑向对方，以期尽快地给对手以最重的打击，哪怕遭到最顽强的反抗。马克斯的名字听起来像德国人，一天，肉店老板那个绰号为“火腿”的胖儿子叫他“肮脏的德国佬”，他镇静地摘下眼镜，让约瑟夫帮他拿着，然后像他们在报纸上读到的情景那样，如拳击手般提防着，让另一个再重复一遍他的谩骂。然后，他不动声色，躲开了“火腿”的每一次进攻，将其几次痛打，自身却毫毛未损，最终，他极为荣耀，幸运地让“火腿”的一只眼睛青肿起来。自即日起，在小团体中，马克斯的声望便很牢固了。当口袋和双手都被果子弄得黏糊糊时，他们便溜出园子，跑向大海，一旦出了围墙，他们就把椰果堆在脏手绢上，兴高采烈地大嚼着浆果，又甜又腻，让人反胃，但作为胜利果实，却是如此的清淡可口。随后，他们便奔向海滩。

去海滩得穿过一条被称作绵羊路的大道，的确，那些从阿尔及尔东部的房屋市场来或到那里去的羊群通常都走这条路。实际上，这是一条环形马路，将大海与依梯形山丘而建的弧形城区分隔开来。路与大海之间有作坊、砖厂及一个煤气厂，它们的分界处是大片的沙地，上面有土坯块或白灰末及涂白了的碎木屑与碎铁片。穿过这片寸草不生的地带，便到了“细沙”海滩。这里的沙子稍稍发黑，初潮的海浪不总那么清澈透明。右侧，有一个海水浴场，提供小间更衣室，有庆祝活动时，可以在浴场的吊脚大木屋里跳舞。应季时，一个卖油炸土豆的商贩每天都燃炉售货。通常，他们这伙人甚至连买一小袋的钱也没有。如果他们中某人偶尔有了所需之钱（a），就去买上一小纸袋，然后庄重地走向海滩，后面跟着满怀敬意的伙伴们。来到海边，在一个破船的阴影里，他在沙中站稳脚跟，向后坐下，一只手垂直地拿着锥形食物，另一只手盖在上面，以防任何一片松脆的大土豆片掉出。他按规矩给每个伙伴一片炸土豆，他们虔诚地品味着这唯一的沾满了油、热乎乎、香喷喷的美味。然后，他们望着幸运者认真地、一片又一片地品尝着剩余的土豆片。袋底总会留下一些碎屑。大家恳求与这个阔佬一起分享。除了让以外，他们大多会把油汪汪的纸袋拆开，把碎屑摊在纸上，让每个人轮流吃上一点儿。只需找出个“老好人”来决定谁先吃第一口，并能

（a）两个苏。

吃上最大的那块碎片。美食享用完毕，愉悦与争执立即被抛到脑后，他们在烈日下奔向海滩西头，直到一个拆了一半的砌体边上，这儿从前应该是一个海滨木屋的地基，在砌体后面可以更衣。只几秒钟，他们便光溜溜的了，然后下水，奋力而笨拙地游戏着，喊着（a），喝了水，再吐出去，互相激将比赛跳水或比赛谁潜水的时间长。海水柔柔的，暖暖的，此时淡淡的阳光照在湿漉漉的小脑袋上，灿烂的阳光使这些年轻之躯充满了快乐，他们不停地欢叫着。他们掌握着生命，他们统治着大海，他们接受了世界所能赋予的最大奢华，毫无节制地享用着，就像自信的阔佬享用着他们那无法替代的财富。

他们甚至忘记了时间，从海滩跑向大海，在沙子上擦干使他们身上发黏的咸海水，然后再到海水中去洗净细沙，这使他们身上发灰。他们奔跑着，叫声短促的雨燕在工场和海滩上空低低地飞着。天空已经散尽了白天的闷热，变得更加纯净，呈淡青色，光线柔和了，在港湾对面，一直笼罩在雾中的房屋与城市轮廓更加清晰了。天还未黑，但灯光已现，预示着非洲的黄昏即刻来临。通常总是皮埃尔发出信号：“天晚了。”立刻，匆匆告别，一窝蜂散去。雅克同约瑟夫和让丢下其他人向家中奔去。他们跑得气喘吁吁。约瑟夫的母亲好动手打人。而雅克的外婆……夜色迅

（a）如果你淹着了，你妈妈会打死你。——你这么光溜溜的不害羞吗？哪里，她可是你妈妈。

速降临，他们一直跑着，眼见煤气灯已经燃亮，从面前驶过的有轨电车已点着了灯，他们更加慌乱，加紧步伐，惊诧已经夜色沉沉，在门口甚至来不及道别便分手了。这时，雅克停在昏暗发臭的楼梯里，靠在墙上，等着怦怦跳动的心脏平静下来。但他知道不能等待，这使他更加喘不上气来。他三大步跨上了楼梯平台，从楼层厕所门前走过，打开了屋门。过道尽头的饭厅里亮着灯，听到饭勺碰碟子的声音，他浑身发凉。他走了进去，饭桌周围，在一盏油灯圆圆的光晕下，半哑的舅舅（a）继续大声地喝着汤；他母亲那时还年轻，棕色的头发很浓密。她用漂亮的眼睛温柔地望着他。“你明知道……”她开始说道。但外婆打断了她女儿的话。外婆穿着黑裙，腰板挺直，嘴唇紧闭，眼睛明亮而严厉，他只能看见其背影。“你从哪儿来？”她问道。“皮埃尔给我看算术题了。”外婆站起身走近他。她嗅嗅他的头发，然后用手摸他的脚踝，上面沾满了沙子。“你从海滩上来。”“那你撒谎。”舅舅一字一顿地说。外婆从他身后走过，拿起挂在饭厅门后的粗鞭子，那是根牛筋鞭子，在他的腿和屁股上抽了三四下，火辣辣地疼得他直叫。过了一会儿，他口中、喉中满是泪水，坐在可怜的舅舅给他盛的汤碟前，使劲儿控制着自己不让泪水流出来。他母亲迅速地瞄了一眼外婆，将他如此喜爱的面庞转向他。“喝汤

(a) 兄弟。

吧。”她说，“没事了，没事了。”此时，他才开始哭起来。

雅克·科尔梅利醒了。舷窗的铜条上已没有了阳光，太阳已落到了地平线下，此时，正照着他对面的板壁。他穿好衣服，上了甲板。黑夜过后，他就能回到阿尔及尔了。

五　父亲·死亡·战争·谋杀

他把她拥在怀里，就站在门槛上，还喘着粗气，他是几级一跨地一口气冲上楼梯的，一级台阶都不差，就好似他始终准确记忆着楼梯的高度。下了出租车，街上已经相当热闹。清晨（a）刚洒过水，有些地方还莹莹闪亮，天气渐热，洒水慢慢变成水蒸气挥发掉了。他一下子就发现了她，还是在以往的那个地方，在两层之间家里唯一的那个小阳台上，在理发店雨篷上方——但此时的理发师已不是让和约瑟夫的父亲了，他死于肺结核，他妻子说，这是职业病，因为总是呼吸头发——雨篷的瓦楞铁皮上，一直残存着榕树枝、小团揉皱的废纸及烟头。她就站在那儿，始终浓密的头发近几年变得花白，已经七十二岁了，仍腰板挺直，身材瘦削，充满活力，看上去至少要年轻十岁。他们全家人都这样：瘦削，显得漫不经心，但精力充沛，岁月似乎也不留痕迹。五十岁上，半哑的埃米尔舅舅①仍像个

（a）星期日。

①以后变成埃尔斯特。

年轻人。外婆至死都未驼背。至于母亲——他现在正跑向她——好像没有什么能削弱她柔柔的坚韧，几十年的疲惫辛劳，她却始终保留着少妇的风采，孩提时的科尔梅利曾大为崇拜。

他来到门前，母亲打开门，扑到了他的怀里。就在门口，一如他们每次重逢，她要拥吻他两三次，全身心紧紧地搂着他，在她怀中，他能感觉到她的肋骨，她那硬而突出的肩胛骨微微地颤抖，同时，呼吸着她皮肤那柔柔的味道，这使他想起了喉头下，两条颈筋之间的那块地方，他不敢再亲吻那里，但他小时候喜欢闻，喜欢摸，偶然的那么几次，她将他抱在膝头上，他装作睡着了，鼻子伸在这个小窝里，对他来说，那里有他童年时代极为珍贵的柔情。她拥抱着他，然后松开手，看看他，再一次拥他入怀，就好像她在内心估量了一下她所能给予他或向他表达的爱意后，觉得还欠缺一点儿似的。“我的儿子，”她说，“你可真远啊（a）。”随后，她转过身，回到房中，坐到临街的饭厅中，好似不再留意他，也不想其他的，甚至时而以一种奇怪的表情望着他，就好像——至少他有这样的感觉——他现在是多余的，打扰了她独自往来的那个狭小、虚空、封闭的世界。这一天更甚，他坐到她身边后，她好像心神不

（a）过渡。

定，时而悄悄地以忧郁热切的漂亮眼神望望窗外，目光回到雅克身上时，又变得平静了。

街上愈加喧哗，行人渐多，笨重的红色有轨电车哐当哐当地驶过。科尔梅利望着母亲，她穿了一件白领的灰色罩衫，侧身坐在窗前那不大舒服的椅子上〔　〕[①]。她一直坐在那儿，由于年老背稍有点儿驼，但并不靠着椅背，双手摆弄着一块小手帕，时而用僵硬的手指将其团成一个球儿，然后把它丢在裙凹里那一动不动的双手之间，头稍稍朝向大街。她一如三十年前，透过皱纹，他又看到了那同样年轻的容颜，眉弓光滑，好似融在额头上，小巧直挺的鼻梁，唇形清晰，尽管假牙周围的嘴角有点儿塌。颈部苍老最快，不过仍保其形，尽管青筋突出，下巴有点儿松弛。

“你去理过发了。”雅克说。她微笑了，好似一个被抓住了过错的小女孩。“是的，你知道，你回来了。”她总以自己的方式打扮，几乎不被人觉察。而尽管她穿戴破旧，雅克却不曾有过她衣着难看的记忆。现在也一样，她穿着的灰色和黑色衣裙都很得体。这是整个家族的品味，这是个始终贫苦或穷困的家族，只偶尔有几个表兄弟稍微富裕一些。所有的人，尤其是男人，一如所有地中海沿岸的男人，总是要求雪白的衬衣及裤线笔直的裤子，鉴于衣柜空空，母亲或妻子们得不断地清洗熨烫，这份额外的工作，

①两个看不清的词。——译者注

男人们觉得是自然而然的事。至于他母亲（a），她始终认为仅仅洗洗衣服、做做家务是不够的。在雅克深深的记忆中，总见她在熨烫他哥哥和他的那唯一的一条裤子，直到他离家，远行到了那些既不洗也不熨衣服的女人世界中。“理发师是意大利人，”母亲说，“他干得不错。”“是的。”雅克说。他想说：“你很漂亮。”但未出口。他总认为母亲漂亮，但从不敢对她说。这倒并非是他怕扫兴，或担心此类夸奖能否让她高兴，而是这样便跨越了那道无形的屏障，他看到她的一生都以此为掩护，她的一生——温柔、礼貌、随和，甚至被动，然而却从未被何事或何人征服过，禁锢在半聋的世界里，语言困难，这种生活无疑是美妙的，却几乎是无法靠近的，而她越是笑容满面，他的心越加向她靠近——是的，她的一生始终保留着那种胆怯、顺从、敬而远之的神态，保持着那同一种目光。三十年前，她就以这种目光，毫不干预地看着她母亲用牛筋鞭子打雅克，而她自己从未碰过一下，甚至都未真正骂过一句她的孩子们。毫无疑问，这种鞭打也是对她的折磨，但由于身子疲惫、语言缺陷及对母亲的尊重，她未加干预，任其所为，在漫长的岁月里日日年年地忍受着，忍受着打在她孩子们身上的鞭子，正如她忍受着伺候他人的艰苦时光。跪着刷洗地板，没有男人、没有慰藉的生活，整天流连于油腻的残羹

（a）眉弓突出而光滑，黑亮热切的眼睛闪闪发亮。

剩菜和他人的脏衣衫裤之间，忍受着一天又一天漫长苦难的日子。由于看不到希望，生活也就没有了怨恨，变得愚昧、顽固，最后对所有的痛苦，无论是自己的，还是他人的痛苦都逆来顺受。他从未听过她抱怨什么，除非在洗了大批衣物后说声累了或腰疼。他从未听过她说别人的坏话，除非说某个姐妹或姨妈对她不太友善，或者是“傲气”。不过，他也很难听到她发自内心的笑声。自从无须操劳，由她的孩子们供养生活起，她的笑声稍多了一些。雅克环顾着房间，这里也没什么变化。她不愿离开这套她已经住惯了的房子，以及她感到很方便的社区，到一个比较舒适，但一切都不便利的地方。是的，还是那个房间。家具已换了，现在的比较体面，不那么破旧了。但家具上依然光秃秃的，靠墙摆放着。

“你总是到处乱翻。”他母亲说。是的，他禁不住要打开碗柜，尽管他多次恳求，里面装着的食物总是很有限，而碗柜的空荡使他迷惑。他又打开餐桌的抽屉，里面有两三种药品，在这个家中这也就足够了。还有两三张旧报纸，一些线头，一个装着零散纽扣的小纸盒，一张旧身份照片。在这儿，多余之物也挺可怜，因为从来用不上。雅克知道，即便住在像他家那样物品丰富的正常人家中，母亲也只使用最起码的必需品。他知道，隔壁母亲的卧室里摆放着一个小衣柜，一张窄小的床，一个木制梳妆台及一把草编椅子，仅有的一扇窗户上挂着窗帘，在这里，他也绝对找不到什么，只偶尔见到一条卷成团儿的小手帕，被她丢在梳妆台光光的木台面上。

当他到了别人家，无论是中学同学的家，还是后来较为富裕的家庭时，真正让他吃惊的是看到花瓶、高脚杯、小雕像及画儿摆满了房间。在他家，人们说“壁炉上的花瓶”，至于罐子、盘子及几件小东西都没有名称。在他舅舅家则不同，有沃日的陶器值得欣赏，吃饭用的是埃佩尔的整套餐具。他一直在赤贫中长大，物品名称都很普通；而在舅舅家，他发现了专有名词。如今，在这刚刷洗过的铺着方砖的房中，在朴素而发亮的家具上，还是一无所有，只除了餐桌上有一个阿拉伯式的铜烟缸，还是为他而备的，再有就是墙上挂着的邮政局的日历。这里无物可看，无话可说，因此，除了他自己知道的外，他对母亲毫不了解。对父亲也一样。

“爸爸?”她望着他，神情更加专注（a)。

“嗯。”

“他叫亨利，还有呢?”

“我不知道。”

“他没有别的名字吗?”

“我想有，但记不得了。”

她突然变得心不在焉，眼瞅着街道，那里此时正烈日

(a) 父亲—问题—1914年的战争—谋杀。

炎炎。

“我长得像他?”

“是的，就是你的样子，非常像。他的眼睛很亮。额头，像你的一样。”

“他哪年生的?”

“我不知道。我嘛，我比他大四岁。”

“你呢，是哪一年?”

“我不知道。去看看户口本吧。”

雅克走进房间，打开衣柜。在上层的毛巾里，放着户口本、抚恤金证及几张写着西班牙文的旧文件。他拿着这些文件走了出来。

“他生于1885年，你是1882年，你比他大三岁。”

“噢！我以为四岁呢。很早的事了。”

“你对我说过他很小便失去了父母，他的兄弟们把他送到了孤儿院。”

“是的，还有他姐姐。”

“他的父母有一个农场?”

“是的，他们是阿尔萨斯人。”

“在乌莱法耶。”

“是的。我们在瑟拉卡，离得很近。”

“他父母去世时他几岁?”

“我不知道。哦，他那时很小。他姐姐不管他，这不好。他再也不想见他们了。”

“他姐姐当时多大?”

“我不知道。”

“他的兄弟们呢？他是最小的吗?”

“不，是老二。”

“那么，他的兄弟们太小，没法照顾他。”

“是的，是这样。”

“那么，不是他们的错。”

“不，他怨他们。十六岁他从孤儿院出来，他回到了姐姐的农场。他们让他过于劳累。太过分了。”

“他到瑟拉卡了。”

“是的，到了我们家。”

“你在那儿认识他的?”

“是的。”

她再次将头转向街道，他觉得无法继续下去了。但她自己又提起了话头。

“你知道，他不认字。在孤儿院，什么都不教。”

“不过，你给我看过他在战时寄给你的明信片。”

“是的，他跟克拉西欧先生学的。”

“在里科姆家。”

“是的，克拉西欧先生是头儿。他教他读书写字。”

“多大的时候?”

“我想是二十岁。我不知道，这都是陈年旧事了。不过，结婚时，他已学会了做酒，可以到处去工作。他有头脑。”

她望着他。

“像你一样。”

“后来呢?”

“后来?生了你哥哥。你父亲为里科姆干活，里科姆派他去了圣·阿波特尔庄园。”

“圣·阿波特尔?”

“是的。后来，便是战争。他死了。人们给我寄来了弹片。”

削开他父亲脑袋的弹片放在一个小饼干盒里，在同一个衣柜的那些毛巾后面，以及在前线写的那些明信片，语句枯燥简短，他全能背出来。“亲爱的露茜，我很好。我们明天换营地。照顾好孩子。吻你。你的丈夫。”

是的，就在他们家迁徙、他这个移民的孩子诞生的那个夜晚，欧洲已经调准大炮，几个月后便一齐发射，将科尔梅利一家从圣·阿波特尔驱赶出去，把他赶到了阿尔及尔的部队里，而她被赶到了她妈妈在贫困郊区的小套房里，怀里抱着被塞浦兹的蚊虫咬得浑身发肿的孩子。“别太忙活，母亲。亨利回来后，我们就走。”而腰板挺直、白发拢到后面的外婆眼神明亮而严厉:“女儿，得干活儿。”

“他在朱阿夫团。”

“是的，他在摩洛哥打仗。”

确实如此，他忘记了。1905年，他父亲二十岁。正如人们所说，他曾是现役军人，同摩洛哥人打过仗（a）。雅克记起了几年前在阿尔及尔街上遇到他们学校校长时，他对他说过的话。勒维斯克先生曾和他父亲一起应征入伍。但他们只在同一个团队里待了一个月。据他说，他与科尔梅利不太熟，因为他寡言少语。他耐劳、沉默、容易相处且公正无私。只有一次，科尔梅利怒不可遏。那是一个夜晚，经过酷热的一天后，小分队露营在阿特拉斯山脉一角的一座小山丘上，旁边是一条岩石隘路。科尔梅利和勒维斯克要到隘路脚下去换岗。无人回应他们的呼唤。在一排仙人掌脚下，他们看到他们的战友仰着头，怪异地望着月亮。开始他们没看出他那奇特的脑袋。理由很简单：他被割断了喉咙，而他口中那苍白的肿块是他整个的生殖器。这时，他们才看到腿部叉开的尸体，朱阿夫团士兵的军裤撕裂开来，在月光的非直接照射下，可见裂口中间血糊糊的一摊（b）。百米开外，这次是在一块大岩石后，出现了第二个哨兵，以同样的方式被害。警报发出，加了岗哨。拂晓，他们回到了营地，科尔梅利说，那些东西不是男人。勒维斯克思索了一下，回答说，对于他们来说，男人就应该这么干，他们在自己的家园，想怎么干就怎么干。科尔梅利固执己见。“也许吧。但他们错了。男人不做这样的事。”勒维斯克说，对于他们，在某种情况下，可以随心所

（a）14。

（b）中士当时说，不管（生殖器）在或不在，你终归是死了。

欲并〔摧毁一切〕。但科尔梅利气疯了般地大吼起来："不，男人不能这么做，是男人就不能，否则……"随后，他平静下来。"我嘛，"他嗓音低沉地说，"我很穷，我出自孤儿院，人们让我穿上这套军服，把我拉入战争，但我不能这样。""有些法国人什么都干。"勒维斯克〔说〕道。"那么，他们也一样，不是男人。"

突然，他喊起来："脏货！杂种！全都是！全是……"

而后，他面色苍白地走进帐篷。

雅克思索着，发现正是从这个久未见面的小学教师那儿，他对父亲的了解最多。不过，除了细节，没有什么能比母亲的沉默让他猜到的更多了。一个严厉、苦涩的男人，辛劳了一生，听从命令杀过人，接受了一切不可回避的东西，但在他内心深处的一隅，却拒绝受到中伤损害。总之，一个穷苦的人，因为贫困虽不能选择却能保留。以母亲告知的那一点儿东西，他试着想象，那同一个男人，九年以后，结了婚，做了两个孩子的父亲，家境刚有好转，便被唤回阿尔及尔应征入伍（a），在漫漫的长夜，与耐心的妻子及讨嫌的孩子们长途旅行，在火车站分离，而后，过了三天，他突然出现在贝尔库的那个小套房里，穿着朱阿夫团士兵漂亮的红蓝条军服及灯笼裤，在七月（*）的酷暑中，穿着厚厚的羊毛服装，满身是汗，手里拿着扁平的窄

（a）1914年阿尔及尔的报刊。〔原文如此〕

（*）八月。

边草帽，因为他既没有伊斯兰小圆帽也没有头盔。他偷偷地离开了车站拱顶下的兵站，跑回来吻别他的妻子和孩子们，晚上就要上船，踏上从未远航过的大海，开往他从未谋面的法国（a）。他紧紧地、匆匆地拥吻了他们，又以同样的步伐离开了，小阳台上的妻子向他挥手告别，他边跑边做了应答，转过身挥挥草帽，然后便跑上了多尘、闷热、灰蒙蒙的街道，消失在电影院前，稍远，消失在晨光中，再也未回来。其余的，就靠想象了。无法通过母亲提供的情况去想象，她甚至对历史和地理都没什么概念，她只知道她生活在靠海的地方，法国在海的另一侧，她本人从未去过。此外，法国是朦胧夜色中一个遥远而模糊的地方，可从一个叫作马赛的港口登陆，她想象这港口和阿尔及尔港差不多，那里有一座名为巴黎的城市，据说很漂亮，很神奇。最后，那里有一个地区叫阿尔萨斯，她丈夫的父母就来自那里，他们在遥远的从前，为了躲避叫作德国人的敌人而来到阿尔及利亚定居，在这里，他们也同样遇到了敌人，这些人总是凶恶残忍，尤其是对待法国人，而且毫无道理。法国人始终被迫在这些好战而无情的敌人面前自卫。而她也不知西班牙在哪里，但不管怎么说不太远，她的父母都是马翁人，他们像她丈夫的父母一样在遥远的从前离开家乡来到阿尔及利亚，因为他们在马翁没有饭吃，

（a）他从未见过法国。他见到了，并被杀死在那儿。

她甚至不知道那是一座岛屿，同时也不知道什么是岛，因为她从未见过。其他的国名，有时能引起她的兴趣，但她却从未准确地叫出名来。不管怎么说，她从未听说过奥匈帝国或塞尔维亚，俄罗斯是像英格兰一样难叫的名字，她不知道“大公”是什么，她从未念出过萨拉热窝这四个字。战争就在那儿，像一片乌云，充满阴暗的巨大威胁，但人们无法阻止它布满天空，就好似不能阻止蝗虫压境或毁灭性的暴风雨袭击阿尔及利亚高原一样。德国人再次强迫法国人作战，人们要受苦了——这一切毫无理由，她不了解法国历史，也不知道什么是历史。她了解一点儿自己的历史，稍微知道一点儿她所挚爱的那些人的历史，她知道，她挚爱的人像她一样忍辱负重。在她无法想象且不了解其历史的世界之长夜中，一个更加昏暗的夜晚刚刚来临，神秘的命令已经传来，是由一个满头大汗、筋疲力尽的宪兵传达到这穷乡僻壤来的，于是，就得离开已经准备采摘葡萄的农场——神父来到博恩车站欢送应征者。“应该祈祷。”他对她说。她回答说：“是的，神父先生。”但实际上，她并未听到他说什么，因为他的声音不大，此外，她想不到要做祈祷，她从不想打扰任何人——现在，她的丈夫穿着漂亮的彩条军服出征了，他很快就能回来，大家都这么说，德国人要受到惩罚，但在他回来之前，得找份工作。幸好，一个邻居对外婆说，军工厂的弹药库需要女工，优先录用应征入伍者的妻子，尤其是有家庭负担的人。于是，她有幸每天十个小时地按照粗细和色彩的不同，摆放那些小纸管，能够拿回钱给外婆，孩子们就有了吃的，直到惩罚完了德国人，亨利回家来。当然，她不知道有一条俄国战线，也不知道什么是前线，不知道战争能扩展到巴尔干地区、中东地区，扩展到全世界，不知道在法国发生的一切；德国人不宣而入，向孩子们开枪。的确，这一切都在那边发生了，包括科尔梅利所在的非洲军团被迅速地调往前线，整个被带到了一个人们议论的神秘地区——马恩，来不及为他们找头盔，而这里又不像在阿尔及利亚那样烈日炎炎，晒得颜色无彩。于是，由阿拉伯人和法国人组成的阿尔及利亚人潮穿着耀眼醒目的服装，戴着草帽，这些红蓝靶子，在几百米以外就能发现，他们成团结队地上了火线，又成群结队地被消灭，堆在了那一片狭窄的阵地上。四年间，来自世界各地的男人们蜷缩在这里的掩体洞中，寸土必争地拼杀着，天空中纷飞着照明弹及呼啸的炮弹，大战壕中传来的呐喊冲杀声预示着徒劳的进攻（a）。但此刻，这里还没有掩体洞，只有非洲军团在战火中像彩色蜡娃娃一样熔化。于是，在阿尔及利亚各地每天都要出现好几百个孤儿，有阿拉伯人，也有法国人，有男孩也有女孩，他们失去了父亲，以后得学着生活，既无人指导，也无任何财产可以继承。几个星期过去了，一个星期天的上午，在二层

（a）发挥。

楼的小平台上，在楼梯与黑暗无光的两个厕所之间——这石砌的蹲式厕所黑洞洞的，虽不断地用药水消毒，却始终臭味熏天——露茜·科尔梅利和她母亲坐在两把矮椅上，借着楼梯上方气窗的亮光在挑选滨豆，婴孩在一个衣服筐里吮着沾满唾沫的胡萝卜。这时，一位严肃而穿戴整齐的先生，拿着一封信出现在楼梯口上。两个女人感到意外，她们当时正从放在两人之间的锅里取豆筛选，于是，她们放下盘子，擦了擦手，这时，那位先生站在了最后一级台阶上，请她们不要动，并询问哪位是科尔梅利太太。“她是，”外婆回答说，“我是她母亲。”那位先生说，他是市长，他带来了一个不幸的消息，她的丈夫牺牲在战场上，法国为他悲哀，同时也为他骄傲。露茜·科尔梅利没听见他说的话，但她站起身，十分尊敬地与他握手，外婆站起身，手捂着嘴巴，用西班牙语重复着“我的上帝”。那位先生接过露茜的手，又用双手紧紧握住，喃喃着慰藉之词，然后把信交给她，转过身，脚步沉重地下了楼。“他说什么？”露茜问道。“亨利死了，他被杀了。”露茜看着信封并不打开，她和母亲都不认字，她把信封翻了过来，一言不发，滴泪未流，不能想象这如此遥远，发生在陌生的夜幕深处的死亡。然后，她把信封放在围裙口袋里，看也不看地走过孩子身边，回到她与两个孩子分住的房间，关上门和临街的百叶窗，躺到床上，她沉默无泪地躺了几个小时，紧紧抓着口袋里她看不懂的信，在黑暗中望着她无法理解的灾难（a）。

“妈妈!”雅克叫道。

她表情如一地望着街道，没听见。他碰了碰她那瘦弱起皱的手臂，于是她微笑着对他转过身来。

“爸爸的明信片，你知道的，从医院寄来的。”

“嗯。”

“你是在市长来过后收到的?”

“是的。”

一块弹片削开了他的脑袋，他被送上了一辆救护火车，火车上淌着血水，麦秸及绷带，在战争屠宰场与圣布里厄疏散医院之间来回穿梭。在那儿，他估摸着划拉了两张明信片，因为他看不见了。“我受伤了。不要紧。你的丈夫。”几天后，他死去了。女护士写道：“这样好些。不然他会成为瞎子或会发疯。他很勇敢。”然后，便寄来了弹片。

三个持枪伞兵组成的巡逻队跟着列队从窗下的街道上经过，朝各处张望着。其中一个是黑人，高大而灵活，好似一头浑身花斑的漂亮猛兽。

“是为了抓强盗。”她说，“我很高兴你去了他的墓地。我太老了，也太远。漂亮吗?”

“什么？墓地?”

“是的。”

（a）她以为弹片是自行爆炸的。

“漂亮。有花儿。”

“是的。法国人挺正直。”

她如此说，也这么想，但并未想到她丈夫，他现在已被遗忘了，同时被遗忘的还有过去的苦难。无论在她心中，还是在这所房中，这个被战争之火吞噬了的男人都没有留下什么痕迹，他只是一个不可触知的记忆，就像在森林大火中被焚的一只蝴蝶翅膀的灰烬。

“烤肉要煳了，等一等。”

（a）她站起身去厨房，他便占了她的位置，望着多少年来始终不变的街道，还是那些商店，已被太阳晒得褪了色，起了皮。只有对面的烟草店用长长的彩色塑料条替代了它从前那空心小芦苇制成的门帘，雅克现在还能忆起他掀帘入室时发出的奇特声响，他掀帘进入散发着好闻的油墨及烟草味儿的房中是去买《无畏者》杂志，他当时为那些荣誉攸关、英勇顽强的故事而激奋。街道此刻已现出周日上午的热闹。工人们穿着洗过熨平的白衬衣闲聊着走向透着清凉及香料味的三四家咖啡馆。几个阿拉伯人走过去，他们虽穷却穿得干净整洁，带着他们那始终遮着面纱，却穿着路易十五式皮鞋的妻子。有时，一些阿拉伯人全家一起经过，也穿着节日的服装。其中有一家拖着三个孩子，有一个身着伞兵制服。正好伞兵巡逻队又转回来了，显得

（a）换房间。

轻松而冷漠。就在露茜·科尔梅利进入房间时，爆炸声响了。

爆炸声似乎很近，声响巨大，震颤延续不断。爆炸声好像已平息良久了，餐厅灯泡的灯头还在颤动。母亲退到了房间尽头，面色苍白，黑色的眼眸充满了压抑不住的恐惧，有点儿闪烁不定。“是这边，是这边。”她说着。“不是。”雅克说，他跑向窗口。人们在奔跑，也不知是朝哪儿跑；一家阿拉伯人进了对面的服饰店，正催孩子们往里进，店老板接待了他们，关上门，上了锁，站在玻璃窗后观望着街道。这时，伞兵巡逻队又回来了，上气不接下气地跑向另一侧。汽车迅速地沿人行道排成列停靠下来。只几秒钟，街道上便空荡荡的了。雅克伸出头去，看到稍远处缪塞影院和有轨电车站之间人头攒动。“我去看看。”他说道。

在普沃斯特·巴拉多尔街角处（a）[①]，一群男人大声叫骂着。“臭杂种儿。”一个穿着贴身汗衫的小个子工人朝着站在咖啡馆大门边的一个阿拉伯人骂道。他朝着他走过来。“我什么也没干。”阿拉伯人说。“你们都是同伙，一群鸡奸犯。”而后，他朝他扑过去。其他人拉住了他。雅克对阿拉伯人说：“跟我来。”他同他一起进了咖啡馆，现在开

（a）——他在见母亲前已看到这儿了？

——在第三部分重写克索斯的暗杀，这样，这里只简单地指出有暗杀。

——再远些。

①从这儿直到“痛苦”这一大段都圈了起来，并画了一个问号。——译者注

咖啡馆的是他童年的伙伴、理发师的儿子让。让站在那儿，还是老样子，但已有了皱纹，个儿小人瘦，面容狡猾而专注。“他什么也没干，”雅克说，“让他进你家去吧。”让擦着吧台看看阿拉伯人。“来吧。”他说，而后，他们消失在里面。

从里面出来，工人斜视着雅克。“他什么也没干。”雅克说。“应该把他们都杀掉。”“这是气头上的话。想想吧。”另一个耸了耸肩：“去那边看看，看了那稀烂的一摊后再说话。”救护车的尖叫声响起，急促而紧迫。雅克一直跑到有轨电车站。炸弹在车站附近的电线杆处爆炸，当时有很多人在等车，全都穿着假日的盛装。那儿的小咖啡馆里号叫声一片，也不知是愤怒和[①]痛苦。

他回到了母亲身边。她现在站得笔直，面色苍白。“坐下吧。”他将她扶到桌子旁边的椅子上。他在她身边坐下，握着她的双手。“这个星期已经两次了，”她说，“我怕出去。”“没什么，”雅克说，“会停止的。”“是的。”她说。她以犹疑不定的奇特神情望着他，好似她既相信儿子的智慧，又深信“全部生活”都是由不幸构成的，对不幸人们无能为力，只能忍受。“你知道，”她说，“我老了。我跑不动了。”她的面颊又有了血色。远处传来救护车的尖叫声，紧迫、急促。但她听不到。她深深地吸了口气，愈加平静了

①原文如此。——译者注

些，以美丽坚强的笑容对着儿子微笑。她像她的族人一样，是在危险中长大的，危险能使她揪心，而她也一如既往地承受着。倒是他无法忍受她那突然显露出的绝望痛苦的面容。

“跟我去法国吧。”他对她说。但她悲伤而坚决地摇摇头：“噢！不，那边太冷。我已经太老了。我想留在咱们自己家。”

六　家庭

“噢!”母亲对他说，“你在这儿我很高兴（a）。晚上来吧，我就不会那么无聊了。尤其是晚上，冬天天黑得早。如果我认字该多好。我也不能在灯下织毛衣了，我眼睛疼，艾蒂安不在时，我就躺着，等着吃饭。这样等两个小时感觉时间很长。如果小家伙们跟我在一起，我还能跟她们说说话。不过，她们来过又走了。我太老了。也许我有老人味儿了。那么，就这样，独自一人……”

她一口气不停地说着，说着简单的短句，一句紧接一句，就好像要将她沉默至今的思想全倒出来。随后，思想枯竭，她又沉默了，紧闭双唇，眼神温柔而忧郁，望着从饭厅关着的百叶窗透进的来自街上的沉闷光线，一直坐在

（a）她从不使用虚拟式。

老地方那把并不舒适的椅子上，他儿子像从前一样围着中间的桌子转（a）。

她重新看着他围着桌子（b）转。

“挺漂亮，索尔弗里诺。”

“是的，干净。不过从你上次见过后，应该有变化了。”

“是的，有变化。”

“医生问你好。你还记得他吗？”

“不记得，已经太久了。”

“没人记得爸爸。”

“我们在那儿没待多久。而且，他不大说话。”

“妈妈？”

她望着他，目光温柔而漫不经心，面无笑容。

“我原以为爸爸和你从未在阿尔及尔一起生活过。”

“没有，没有。”

“你听懂我的话了吗？”

她没听懂，从她那有些慌乱好似自责的神态中他猜测出来。于是，他一字一顿地重复了他的问题：

“你们从未一起在阿尔及尔住过？”

“没有。”她答道。

“那么，爸爸去看砍皮雷特头的时候呢？”

他用手比画着自己的脖子以便容易理解。她马上就回

（a）与哥哥亨利的关系：打架。

（b）吃的东西有：炖内脏——炖鳕鱼、鹰嘴豆。

答了。

“是的，他三点起床去的巴博鲁斯。”

“那么，你们在阿尔及尔?”

“是的。”

“那是什么时候?”

“我不知道。他当时在里科姆家干活。”

“在你们去索尔弗里诺之前?”

“是的。”

她说是的，也许都不是。需要通过模糊的记忆回溯至当年，一切都不能肯定。穷人的记忆本来就没有富人们的丰富，这记忆在空间的标志极少，因为他们罕离生存之地;同样，在时间里的记忆点也少，他们过着一成不变的灰色生活。当然，还有情感记忆，据说这才是最可靠的，但情感在苦难与劳作中已耗尽了，在困苦中，它一下子就被忘却了。只有富人们才能追忆流水年华，对于穷人，逝去的时光只是死亡之路上留下的模糊痕迹。再说，为了能够忍受生活，不能有太多的记忆，要把握住每一天，一个小时又一个小时地过，就像他母亲那样，也许有点儿不得已，因为年轻时得的那场病（的确，听外婆说是伤寒。但伤寒不会留下这类后遗症。也许是斑疹伤寒。或者什么其他的?这也是一个谜）。年轻时的那场病使她几近失聪，并伴有语言障碍，使她无法去学习，而在当时，连最贫苦的人都能去学习。因此，她只得默默地屈从于命运。不过，这也是她找到的直面人生的唯一方式，她又能有什么别的办法？以她的情况，谁又能找到其他的办法？他原本还想让她激情地向他描述一个已经去世了四十年、与她休戚与共了（她是否真正与他休戚与共？）五年的男人。她做不到，他甚至不能肯定她是否热恋过这个男人，而无论如何，他不能问，在她面前，他也以自己的方式变哑、变残，他在内心甚至不想知道他们两人之间的事，得放弃从她那儿了解情况的念头。甚至这个细节，这个在他孩童时印象如此深刻，萦绕他一生，直至梦境的细节，即他父亲三点钟起床去看对一个犯人处以极刑这件事，他也是从外婆那儿知道的。皮雷特是阿尔及尔附近萨海尔农场的农工，他用锤子敲死了他的老板夫妇及三个孩子。“为了偷东西？”雅克小时候曾问过。“是的。”艾蒂安舅舅说。“不是。”外婆说，但却毫未解释。人们找到了已毁容的尸体，房间里到处是血，连天花板上都有，在一张床下，最小的那个孩子还有一口气，后来也死了，但他却用尽全身力气在白石灰墙上用浸着血的手指写下了：“是皮雷特。”人们追捕凶手，在野外找到了傻呆呆的皮雷特。被震惊的公众要求判他死刑，也不给他陈述的机会。死刑在阿尔及尔的巴博鲁斯监狱前执行，观众人山人海。雅克的父亲半夜起身，去观看对犯罪者的警戒性惩罚。据外婆说，他对这一罪行极为愤慨，但却无人知道究竟发生了什么。显然，行刑未遇到什么麻烦。但雅克的父亲回来时脸色惨白，躺到床上，几次爬起来出去呕吐，然后再躺下。他后来再也不想提起此事了。在听到这件事的当天晚上，雅克自己也躺到床边上，避免碰到一起同睡的哥哥，他蜷缩成一团，吞咽着恐惧带来的恶心，细细地回想着人们讲给他听的，以及他所想象的细节。这些影像追随了他一生，夜晚睡觉时，每隔一段，就很规律地来到梦境中，形式多样，但主题如一：人们在追踪他雅克，要处以极刑。醒来后，他很久才能摆脱恐惧与不安，待回到现实才松了一口气，在现实中，他绝对不可能被处死。直到他长大成人，这个萦绕着他的故事才有了变化，执行死刑已成为可直面漠视的事件之一，现实不再能释去噩梦之苦，在多年中却反而滋生出当年曾震撼了其父的同样的不安，这是父亲留给他的明显而确实的唯一遗传。这是一条神秘的纽带，将他与那个圣布里厄的陌生亡灵（他自己无论如何想不到他会死于暴力）连在一起，超越了他的母亲，她知道此事，并看到了他呕吐，但却在那个早晨便忘记了，正如她不知道时代已有了变化一样。对于她来说，时光依旧，不幸仍会随时悄悄地降临。

外婆（a）则不然，她对事物总有定见。

“你最终会上断头台的。”她常常对雅克如是说。为什么不呢？这没有什么特别的。她不知道，但依她的性格，没有什么可让她感到吃惊。她腰板挺直，穿着预言家似的

（a）过渡。

黑色长裙，无知而执着，她至少是从未屈服过。而更甚的是，她控制了雅克的童年。在萨海尔的一个小农场里，她由马翁的父母养大，年纪轻轻就嫁给了另一个马翁人，他敏感而脆弱，其兄弟们在1848年祖父悲惨去世后便已定居在阿尔及利亚了。他们的祖父是那个时代的诗人，他骑在母驴背上，漫行在小岛菜园的石矮围墙间，构思吟诗。正是在一次骑驴吟诗中，一个被嘲弄的丈夫从他的身影及宽边黑帽上将他误认作情夫，从他背后开了枪，以示惩罚，打死了诗人这个家庭道德的典范，他给孩子们分文未留。诗人被误杀的悲剧带来的长远后果，是家中一帮目不识丁的孩子定居到了阿尔及利亚的沿海地带，他们繁殖生息，远离学校，在骄阳下辛苦劳作。如果从照片上看，外婆的丈夫具有其诗人祖父的某些风采，瘦瘦的脸庞线条分明，目光沉思，宽宽的额头，很显然，他不会与那年轻、漂亮、精力充沛的妻子相对抗。她给他生了九个孩子，有两个很小便死了，另一个女孩被救活了，却成了残疾，最小的一个生来耳聋，几乎也是哑巴。在那个忧郁的小农场，她一直分担着艰苦的共同劳作，并教养着一群儿女。坐在桌子边上时，她身旁放着一根长长的棍子，这就免去了不起作用的责骂，犯错人头上会立即挨一棍子。她统治着家，要求孩子们尊重她和她丈夫，按西班牙习惯，对他们要以“您”相称。她丈夫对此种尊重未享用多久；他早亡，被太阳和辛劳所耗尽，也许还有婚姻，雅克从不知道他死于什么病。寡居的外婆处理了小农场，带着年幼的孩子来到了阿尔及尔，其他人到了学徒年龄便开始了工作。

当雅克大了些，能够观察了时，发现无论是贫穷还是厄运都无法使她动摇。她的身边只剩下了三个孩子。卡特琳·科尔梅利[①]在外帮佣，有残疾的小儿子成了一个健壮的箍桶匠，老大约瑟夫没结婚，在铁路工作。三个人的工资都很低，集中财力刚刚维持一家五口的生活。外婆管理着家财，所以给雅克印象最深的是她的贪婪，这并非她的吝啬，或至少她的吝啬犹如吝啬空气——人要呼吸、给人以生命的空气。

孩子们的衣服全由她买。雅克的母亲晚上回家晚，只是看看，听听人们说什么，她的精力不如外婆，便把一切都甩给了她。于是，雅克整个童年时期都得穿着过长的外套，因为外婆购买时总想让他穿得长久，并认为孩子按自然规律生长的个头儿总会赶上衣服的尺寸。但雅克长得慢，直到十五岁左右个头儿才蹿起来，于是，衣服还未合身便穿破了。买另一件时，还是按照同一个节约的原则，被同学们嘲笑为奇装异服，雅克只得想法在腰带处让外套膨起，使可笑的衣服变得新颖。此外，这种嘲弄在班里很快便被忘却，因为雅克在班里名列前茅，而在课间休息时，足球场就是他的王国。不过，这个王国是被禁止入内的。因为

①在上文中，雅克·科尔梅利的母亲名叫“露茜”，自此以后，她叫卡特琳。——译者注

院子铺上了水泥，鞋底磨损太快，外婆禁止雅克课间休息时踢球。她亲自为外孙们购鞋，买那种结实、厚底的高帮皮鞋，希望能永不破损。为了提高鞋子的寿命，她让人在鞋底钉上大个儿的锥形钉。这有两个好处：先磨鞋钉，再磨鞋底，并能查验他是否违禁去踢球了。在水泥场上奔跑，鞋钉确实磨损极快，并显得光滑，这便揭露了犯错人。每天晚上回到家，雅克都得去厨房，卡桑德尔在黑锅子上做着饭，他弯曲膝头，鞋底朝天，就像钉铁掌的马一样，展示鞋底。当然，他无法抵御同伴的呼唤及最喜爱的游戏的诱惑，因此，他不是努力修炼不可攀登的德行，而是想法掩盖过错。于是，包括在中学时，他出了校门后得花很长时间去湿土地上摩擦鞋底。这计策也有成功的时候。但总会有那么一天，鞋钉磨损得太厉害，或者连鞋底也磨坏了，或大难临头，笨拙地一脚踢在地上或踢在护树的铁栅栏上，鞋底与鞋面分了家，雅克回家时，用一根绳子固定着皮鞋脱落的部分。这些夜晚就得挨鞭子了。对哭泣的雅克，母亲所有的安慰便是：“这真的挺贵。你怎么不注意呢？”但她本人从不打孩子。第二天，雅克穿上草底帆布鞋，皮鞋送到补鞋匠那儿去修了。两三天后取回来的鞋又布满了新铁钉，他又得重新小心保持着平衡，鞋底滑滑的，极不稳靠。

外婆还能做得更过头。过了这么多年，雅克一想到这件事还感到羞愧与厌恶（*）。他和哥哥从未有过零花钱，除非他们有时同意去看望一个做买卖的姨父或一个嫁得不错的姨妈时。去姨父家很容易，因为他们爱他。但姨妈却会炫耀她相对的富有，两个孩子宁愿无钱，宁愿不要钱能带来的快乐，而不愿去感受耻辱。不管怎么说，尽管大海、阳光、街区的游戏都是不要钱的乐事，但对于雅克，炸薯片、水果糖、阿拉伯甜点，特别是某些足球赛都需要些钱，至少要几个苏。一天晚上，雅克购物回来，臂上挎着从街区面包房取回的烤苹果甜点（当时家里没有煤气，也没有炉灶，只得在酒精炉上做饭，因此也没有烤箱。有需要烘烤的菜时，就将备好的菜送到面包师那儿，花几个苏，让他放入烤炉帮着照看），甜点透过蒙布冒着热气，蒙布既遮灰，又用作手握盘边的垫布。他右臂肘弯的网兜里装着那点儿买来的食品（半斤糖、八分之一块黄油、五个苏的奶酪丝等等），东西不太重。雅克嗅着烤甜点的香味，灵活地躲避着此刻在人行道上来来往往的人群。这时，从他口袋的洞里滚落了一枚两法郎的硬币，“当”的一声掉在人行道上。雅克捡起硬币，查看了一下，硬币完好无损，便放在了另一个口袋里。“我差点儿把它丢了。”他突然想到。他一直尽力不去想的第二天的球赛又重现脑海中。

实际上，从来无人教导过孩子什么是善，什么是恶。

（*）羞愧与厌恶交加。

某些行为被禁止，违规受到严厉的惩罚。其他的事不同。只有小学老师们在课堂余下的时间里，有时向他们讲起道德，不过，谈禁令也比解释道德来得更具体明确。在道德方面，雅克看得见、摸得着的只是一个工人家庭的日常生活，显然，除了辛苦劳作挣钱糊口外，无人想到其他的路子。但这是勇气教育，而不是道德说教。不过，雅克知道藏起这两法郎是坏事。他不想这么做，他也不会这么做。也许，他可以像上次那样，从练兵场那旧体育场的两块板条之间钻进去，白看比赛。因此，他自己也搞不明白为什么他没有立即把带回的硬币交出来，为什么过了一会儿，他从卫生间回来时宣称一个两法郎的硬币从他的裤洞掉入了厕洞。对于那个砌在唯一楼层的狭小空间来说，卫生间还真是个过于文雅的词。那里没有新鲜空气，没有电灯，没有水龙头，只是在门与里墙间的半高台上挖了个蹲坑，如厕后得用桶倒水冲洗。不过，这无法阻止其臭味儿直漫楼道。雅克的说法倒也合乎情理（a），这避免了他被赶到街上去寻找丢失的硬币，并切断任何事态的发展。只是，雅克宣布这个坏消息时感到揪心。他外婆正在厨房中那块被用得凹陷发绿的旧菜板上切大蒜和芹菜。她停了下来，看着雅克，而他等待着责骂，但她却没吭声，用明亮冰冷的目光审视着他。“你能肯定吗？”她终于问道。“是的，我

（a）不是。因为他已经说过在街上丢失过硬币，他不得不找另外的理由。

感觉到它掉了。”她又看了看他。“好吧，”她说，“我们去看看。”吓呆了的雅克看到她卷起右臂的袖子，露出了白净粗壮的手臂，走上了楼层平台。他冲进了饭厅，几乎要吐了。当她唤他时，他看到她站在水池旁，手臂上沾满灰色的肥皂，开大水冲洗着。“什么也没有，”她说，“你撒谎。”他结结巴巴地说：“也许被水冲走了呢。”她有些犹豫。“也许吧。不过，如果你撒谎，你可没有好果子吃。”的确，这不是什么好果子，因为，与此同时，他明白了，并非吝啬让外婆在粪坑中翻找，而是绝对的必需。在这个家中，两法郎是一笔钱哪。他明白了这一点，感到羞愧不安，终于清楚地认识到，这两法郎是他从亲人们的辛劳中偷窃的。直到今日，雅克看着窗前的母亲，仍无法解释他怎么能够留下了那两法郎，第二天还高高兴兴地去看球赛。

对外婆的回忆中也夹杂着不大合情理的羞辱。她曾坚持让人给雅克的哥哥亨利上小提琴课。雅克声称如增加这一负担，将无法保持优秀的学习成绩，因而得以终止。于是，他哥哥学会了让冷漠的小提琴发出一些可怕的音符。不管怎么说，虽有点儿走调却能演奏一些流行歌曲。雅克的音调极准，他出于好玩儿，也跟着学唱了那些歌曲，未曾料到这无辜之举所能带来的灾难性后果。的确，星期天，当外婆已出嫁的女儿们（a），其中有两个是战争寡妇，或

（a）她的侄女们。

她那个一直住在萨海尔的农场里，宁肯说马翁土话而不愿讲西班牙语的妹妹来访时，在那张铺着漆布的桌子上摆上大碗的咖啡后，她就召唤外孙们来开个音乐会。他们神情沮丧地取来金属乐谱架，把乐谱翻到著名的段落那两页。得进行演奏了。雅克勉强伴着亨利那吱吱扭扭的小提琴声，唱着《拉莫娜》："我做了一个美梦，拉莫娜，我们俩结伴去旅行"，或是"跳啊，噢，我的吉尔美，今晚我要爱上你"，或还有更具东方情调的"中国之夜，温柔之夜，爱情之夜，醉人之夜，温情之夜……"。有几次，外婆要求唱写实歌曲。于是，雅克演唱着："是你吗，我的男人，我曾如此热恋的你，你曾向我发誓，上帝明鉴，说永不让我哭泣。"此外，这是唯一一首雅克能带着真情实感演唱的歌曲，因为曲中女主人公在她那难缠的情夫被执行死刑时，又在围观的人群中重唱了这一催人泪下的唱段。但外婆更喜欢那首忧郁而温情的歌曲，因为这些在她的性格中寻觅不到。这便是托塞利的小夜曲。亨利和雅克热情生动地演唱着，尽管其阿尔及利亚口音并不完全符合歌曲描述的那个迷人时刻。在阳光明媚的下午，四五个身穿黑裙的女人，除了姨婆外，都揭下了西班牙黑方巾，围坐在粗糙白墙、家具简陋的房间里，轻轻地晃着脑袋赞赏着词曲的情感魅力。直到那从来就分辨不清"哆"和"西"，甚至不识音阶的外婆断然打断念咒般的唱词："你唱错了。"两个音乐家停了下来。从"那儿"重新开始，外婆说道。当棘手的段落以她满意的方式过了关，人们还轻摇着陶醉于其中，最后为两个演奏高手鼓掌时，两位高手却急于撤除乐架，跑去找街上的伙伴了。只有卡特琳·科尔梅利待在角落里一言不发。雅克还记得那个星期天的下午，他拿着乐谱正要出门时，听到一个姨妈正在对母亲夸奖他，她回答说："是的，很好。他很聪明。"就好像这两个评价之间有着某种联系。他转过身，明白了其中的联系。母亲的目光微微闪烁，温柔、热烈，正落在他身上，目光中充满了温情；孩子后退着，犹豫了一下逃走了。"她爱我，那么，她爱我。"他在楼梯上自忖着，同时他也知道，自己狂热地爱着她。他全身心地希望被她所爱，却一直怀有疑虑，直到那一刻。

看电影也是孩子的乐事……隆重的时刻也是在星期天下午，有时是星期四。社区影院离家只有几步远，同沿路的街道一样，影院以一个浪漫派诗人命名。进影院前，先要经过阿拉伯商贩摆摊的曲折通道，摊位上杂乱堆着花生、咸味鹰嘴豆、羽扇豆、色彩鲜艳的彩色麦芽糖及黏糊糊的"酸味糖"。其他人卖刺眼的甜点，其中有覆着玫瑰糖的螺旋奶油金字塔，还有滴着油和蜜的阿拉伯炸糕。摊位前有成群的苍蝇和孩子，都是被糖果所吸引，嗡嗡地叫着、喊着，互相追逐着，商贩们咒骂着，生怕摊位失去平衡，用手同时驱赶着苍蝇和孩子。一些商贩把摊位摆在了影院一侧突出的玻璃棚下，其他的将黏性食品直接置于烈日及孩子们游戏时扬起的灰尘下。雅克跟在外婆身边，外婆为此把白发梳得溜光，并用一个银别针扣上了她始终在身的黑色长裙。她严肃地推开堵着门口狂叫的那一拨人，走向唯一的窗口去买“定座”。说实话，也只能在这些“定座”与长凳之间进行选择。“定座”是些椅背吱吱作响的木制破扶手椅，长凳是在最后一刻才从侧门放入的孩子们争相拥入的地方。在长凳的两侧，各有一个拿着牛筋鞭子的人负责维持其管辖地的秩序，将一个惹是生非的孩子或大人驱赶出去的事并不少见。电影院当时放映的是无声影片。首先是新闻片，一个滑稽短片，一个正片，最后放映一个系列短片集，每星期一集。外婆特别喜欢那些分集放映的短片，每一集都以悬念结束。例如，健壮的男主角抱着受伤的金发女郎跑上了架在河水湍急的峡谷之上的藤桥。本星期这一集的最后一个镜头展示的是：一只文了图案的手握着一把原始的砍刀，正在砍藤条浮桥。男主角不顾“长凳”上观众的大声警告，继续优雅地前行。问题不在于想知道这一对儿是否能逃脱，这是毫无疑问的，而是想知道他们是怎么逃脱的。因此，众多的观众，阿拉伯人和法国人，下个星期又来看恋人们在必死的坠落中落在了天意之树上。整个放映期间都伴随着钢琴伴奏。这是一个老小姐演奏的，她瘦弱的脊背像个矿泉水瓶，上方盖着一个花边领口的瓶盖。她那始终如一的平静与“长凳”观众的插科打诨形成鲜明的对照。雅克认为给人以深刻印象的小姐在酷热中戴着露指手套是高雅的标志。此外，她的作用并不像想象的那么简单。特别是新闻片的配乐，她得根据放映内容改变旋律。于是，她毫无过渡地从伴随着春季时装表演那快乐的四对舞舞曲转到肖邦的葬礼进行曲，用以诠释中国的水灾或某个国内、国际的重要人物的葬礼。不管什么曲目，她都演奏得冷静自如，好似十只干巴巴的小机械零件由精确的齿轮指挥着，在黄色的旧琴键上进行操练。在四壁光秃、地上铺满花生壳的大厅里，消毒水与强烈的人体味儿混在一起。不管怎么说，正是她脚踩踏板奏出了前奏曲，营造出日场影片的气氛，才一下子止住了乱哄哄的喧哗。巨大的嗡嗡声预示着放映机开始运转。于是，雅克的苦难开始了。

的确，无声影片常常要配上许多字幕，以说明情节。由于外婆不识字，雅克便得为她读字幕。尽管年事已高，外婆却一点也不聋，但首先得压住钢琴声及影院中的巨大喧哗声。此外，尽管字幕简单，其中有许多词外婆并不熟悉，有些甚至连雅克也不认识。雅克呢，一方面，他希望不会打扰邻座的人们，特别是不想让全影院的人都知道外婆不识字（她自己有时也感到有些难为情，在电影开始前，大声对他说：“你给我读字幕，我忘记带眼镜了。”），因此，雅克并不用最大的声音读。结果是外婆似懂非懂，又要他大声再重复一遍。雅克试着大声点儿，但四处传来一片“嘘”声，使他极为尴尬。他有些结巴，外婆便训斥他。

很快，下一条字幕又出现了，可怜的老人上面的未懂，下面的就更不清楚了。于是，越来越乱，直到雅克才思重现，用两句话概述了例如《佐罗的标志》中与杜格拉斯·费尔班克斯老爹的关键时刻。“坏人想把女孩儿从他那儿弄走。”雅克利用钢琴或噪声暂停的间隙清晰地说道。一切都明白了，电影继续放映，孩子松了口气。通常，烦恼就此而止。但有些影片，如《两个孤女》之类的确实太复杂，雅克左右为难，一边是外婆的强求，一边是邻座愈来愈强的指责，最后，他只好默不作声。他还记得有那么一次，外婆怒不可遏，终于提前退场，而他哭泣着跟在后面，想到他破坏了不幸的外婆那少有的兴致，也为她为此花的冤枉钱，心里很不安（a）。

他母亲从来不去影院。她也不识字，而且还半聋。因此，她知道的词儿比外婆的还有限。即使是今天，她的生活中也没有娱乐活动。四十年间，她到电影院去过两三回，什么也没懂。为了不得罪请她的人，便说些什么裙子很漂亮，或是留着小胡子的那个人看起来挺凶。她也无法听广播。有时，她也翻翻画报，让她的儿子或孙女们给讲讲，并认为英国女王挺悲伤，然后合上画报，又从那同一扇窗

（a）补充贫穷的迹象——失业—在米利亚纳的夏令营—军号声—被赶出门—不敢对她说。说：那么，今晚喝咖啡。时而，有些变化。他看着她。他常读一些穷人的故事，女人都很勇敢。她未露笑容。她去了厨房，勇敢地——不屈服地。

望着同一条街上的街景，她已这样观察了半辈子了（a）。

艾蒂安

从某种意义上来说，她参与生活远不及她的兄弟埃尔斯特[①]。他与他们同住，完全耳聋，就靠象声词、手势及他所掌握的百来个词表达思想。不过，人们无法让少年埃尔斯特干活，所以他稀里糊涂地上了学，学会了认字。他有时去看电影，回来后发表的见解让看过此片的人大为惊奇，因为他丰富的想象力弥补了他的无知。此外，他机灵狡黠，一种本能的聪慧使他在这个无声的世界及人群中行动自如。同样聪明的是，他每天看报，辨认着大标题，这至少让他知道一点儿国际大事。比如，雅克长大成人后，他对雅克说："希特勒，不好。嗯?""是的，是不好。""德国佬，总是这样。"舅舅补充说。"不，不是这样。""对，有些好的，"舅舅也同意，"但希特勒不好。"随后，他来了逗乐的兴致："莱维（对面的服饰店老板），他害怕。"他放声大笑起来。雅克尽力解释。舅舅又严肃起来："对。为什么要欺负犹太人？他们同其他人一样。"

（a）引入年老的埃尔斯特舅舅。从前——他的照片在雅克和母亲的房中。或者，让他随后出现。

①时而叫埃尔斯特，时而叫艾蒂安。这两个名都是同一个人：雅克的舅舅。——译者注

他始终以自己的方式爱着雅克。他赞赏他的学习。他用那在劳动中长了茧子的硬硬的手揉搓着孩子的脑门。“脑袋好使，这小家伙。固执（他用大拳头敲着自己的头），但好使。”时而，他补充说：“像他父亲。”一天，雅克抓住这个机会问他父亲是不是聪明。“你父亲，固执。想干什么就干什么，一直都那样。你母亲总是说：是，是。”雅克再未问出什么。埃尔斯特常把孩子带在身边。他身强力壮，充满活力，却不能用语言表达，也无法在社会生活的复杂关系中发挥，于是，便用体力和感觉来体现。从清早起床开始，当人们把他从聋子的沉睡中摇醒时，他懵懵懂懂地站起身，吼叫着：“哼，哼。”就像史前动物每天醒来时面对着一个陌生而敌对的世界。然而一旦醒来了，他的周身功能开始运转，他就脚踏实地了。尽管箍桶匠的工作很辛苦，他却喜欢游泳和打猎。他带着年幼的雅克（a）去细沙海滩，背起他就直奔大海，游起蛙游，水平初级但却很有力，含糊不清地叫嚷着，开始表达的是冷水刺激的惊奇，随后是水中的快乐或对突如其来的海浪的气愤。有时对雅克说上一句：“别怕。”他怕，但他不说。他被这种处在茫茫无边的天海之间的孤独感所迷惑，他回转身，海滩只是一条望不到的边，他内心极为恐惧，他有些慌乱地想象着，身下深不见底，昏暗阴沉，如果舅舅松开他，他会像一块石

（a）九岁。

头一样随波而去。于是，孩子把泳者有力的脖颈抱得更紧。“你怕了。”他立即说道。“不怕，不过，回去吧。”舅舅顺从地转过身，原地喘口气，往回返，镇静自如，如履平地。回到海滩，他只微微气喘，大笑着用力揉搓雅克。然后，他转过身尿尿，发出很大的响声，一直大笑着，庆幸自己的泌尿系统不错，用力拍打着肚子，嘴里喃喃着：“好，好。”对于他来说，这意味着感觉愉悦，不管是排泄还是进食，他都毫无区别地以同样的执拗与天真享受着，而且时常想让他的亲人们共同分享。在饭桌上，外婆会表示反对。她是能够接受人们谈论此类事情的，她自己也会说起，但正如她所说，“不要在餐桌上”。不过，她倒还能容忍有关西瓜的情节。西瓜公认的利尿，埃尔斯特又非常喜欢，吃西瓜时，他先是嘻嘻地笑，对着外婆调皮地眨眼睛，发出各种声响：吸气、反胃、咀嚼，等拿起一片西瓜咬几口后，便开始了模仿动作。手来回指点着红白相间的漂亮水果从口中到尿道的线路，做着鬼脸，脸庞上洋溢着快乐，瞪圆了眼睛，抑制不住地念叨着：“好，好。洗一洗，好，好。”逗得大家哈哈大笑。这种亚当式的单纯同样使他过于重视那时而出现的疼痛。他抱怨着，皱着眉头，目光转向体内，就好像在其内脏的神秘黑暗中探索。他说某一个“点”疼，痛点变化不定，有一个“球”在全身各处滚动。后来，雅克上了高中，他深信科学是唯一的，对所有人都一样，于是，他指着腰窝问雅克：“这儿，拉着疼，不好吧？”不，没什么问题。于是，他放心地走了，匆匆地迈着碎步，到街区的咖啡馆里去找他的伙伴们，那里有木制的家具和吧台，散发着茴香酒与锯末的味道，雅克有时在饭前得去那里找他。此时，孩子看到这个聋哑人在吧台前被他的同伴围成圈，喘着粗气讲述着什么，周围是一片并无恶意的笑声，因为埃尔斯特性情好，又慷慨大方，受到了同伴们的热爱（a，b，c，d）。

雅克深切地感受到这种爱，是在舅舅带着他与同伴们，那些箍桶匠或港口及铁路工人一起去打猎的时候。他们黎明即起。雅克负责叫醒睡在饭厅里的舅舅，因为无论什么样的闹钟都无法唤醒他。雅克铃响即起身，他哥哥抱怨着翻个身，睡在另一张床上的母亲在睡梦中轻轻动了一下。他摸索着爬起，划着火柴，点亮两床之间共用的床头柜上

（a）他存了钱，给雅克。

（b）中等身材，有点儿罗圈腿，肌肉厚实的背部有点儿驼，虽有点儿瘦，却显出少有的阳刚之气。不过，他的面庞一直是，也应该是一张年轻的脸，清秀、端庄，有点〔 〕（一个划掉的词。——原编者注），同他姐姐一样，漂亮的棕色眼睛，鼻梁挺直，秃秃的眉弓，下巴匀称，漂亮而浓密的头发，不，有点儿卷曲。仅仅他漂亮的外貌就足以解释了；尽管有残疾，他还是有过几次艳遇，虽未能达到谈婚论嫁，也极为短暂，但有时也带有爱情色彩。比如，他与街区里一个已婚商妇的交往。有时，他星期六晚上带着雅克去临海的布雷松广场听音乐会，军乐团在亭子里演奏“科奈维尔的大钟”，或“拉克梅”之曲。在夜间绕〔 〕而行的人群中，身着盛装的埃尔斯特设法碰到穿着柞蚕丝绸衣的咖啡馆老板娘，他们互相友好地笑笑，有时，做丈夫的也会对埃尔斯特说几句友好的话。当然，他从不会把他看作一个潜在的情敌。

（c）拉姆娜洗濯房〔作者圈起的词，日期不详〕

（d）海滩，白木板块，瓶塞，被腐蚀的碎瓷片……芦苇。

那盏小油灯。（噢！房中的家具：两张铁床，一张单人床睡着母亲，另一张是双人床，睡着孩子们。两床之间有一个床头柜，对着床头柜的是一个带镜子的衣柜。在母亲的床脚下，有一扇朝向院子的窗户。窗子下边是一个藤条大箱子，上面盖着网编罩布。由于雅克小时候身材一直都很矮小，他不得不跪在箱子上关百叶窗。总之，没有椅子。）然后，他走到饭厅，摇醒舅舅，他先是吼着，惊恐地望着头部上方的油灯，终于清醒过来。他们穿好衣服。雅克到厨房去，在小酒精炉上热剩下的咖啡，他舅舅准备背包，里面装满了食物，有奶酪、西班牙红肠、椒盐番茄及一切两半的半块面包，里面塞上外婆做好的煎鸡蛋。然后，舅舅最后一次检查两响猎枪及子弹，头天晚上已进行过了验枪仪式。吃过晚饭，撤掉桌上的东西，仔细地擦洗了漆布。舅舅坐在桌子的一头，在悬挂着的大油灯下，摆上猎枪零件，仔细地擦洗上油。雅克坐在桌子的另一头，等着自己的活儿。小狗布里昂也一样。他有一只狗，是一只杂种长鬈毛猎犬，极为善良，连一只苍蝇都不能伤害。有证可查：当它抓住了一只飞蝇时，会厌恶地急忙吐出，不停地伸着舌头，咂着嘴巴。埃尔斯特和他的狗形影不离，极为融洽。人们不禁想到了一对伙伴（只有不识狗也不爱狗的人才会觉得这很可笑）。狗会对人表示顺从与温情，而人也愿意稍微操点心。他们共同生活，从不分离，睡在一起（人睡在饭厅的沙发上，狗睡在磨坏露线的床前小地毯上），同去上班（狗睡在工作台下专为它预备的刨花床上），同逛咖啡馆，狗耐心地在主人腿间等待着演讲结束。他们互用象声词进行交流，对相互的气味感到愉悦。不能对埃尔斯特说他的狗总不洗澡，味道难闻，尤其是雨后。

“它没什么味儿。”他说道，并充满爱意地嗅着猎狗颤动的长耳朵。打猎对他们俩都是件大事，犹如大公出行般隆重。埃尔斯特只需将背包取出，猎狗便在小饭厅里狂转，臀部撞翻了椅子，尾巴响亮地打在碗柜边上。埃尔斯特笑着。“它懂，它懂。”然后，他把狗稳住，狗便把大嘴放在桌子上，观察着细致的准备工作，时而小心翼翼地打个哈欠，在愉快的场景结束前绝不离开（a）（b）。

枪支装好后，舅舅便递给他。雅克郑重地接过来，拿一块旧抹布，擦亮枪管。此时，舅舅便准备子弹。他摆弄着装在背包里的色彩鲜艳的铜底硬纸管，从里面取出一些葫芦形的金属瓶，里面装着火药和铅，以及棕色毛毡弹塞。他把火药和填弹塞仔细塞进硬纸管里，然后又拿出一个小仪器，把纸管嵌在里面，一个小手柄把雷管一直顶到硬纸管顶上填弹塞的高度上。子弹做好后，埃尔斯特便一个接一个地递给雅克，他便虔诚地将子弹摆在面前的子弹夹里。早晨，埃尔斯特把沉重的子弹夹绕在他那加了两层厚毛衣的腰间上时，便该出发了。雅克将子弹夹在他身后扣住。

（a）打猎？可以取消。

（b）书中也许应着重描写物品及食物。

小狗布里昂自打醒后便静静地绕来绕去，训练有素地压抑着快乐，以免吵醒别人，但却将热情发泄在可及之物上。靠着主人立起身，爪子搭在其胸前，伸脖挺背，要充分有力地舔舔那钟爱的面庞。

夜色渐薄，空气中飘溢着榕树清新的味道，他们快步向拉卡车站走去。猎狗在前面成之字形飞快地跑着，时而在夜露浸湿的道路上打滑，随后又飞速返回，由于看不到主人而带着明显的慌乱。艾蒂安背着套在粗布套里的猎枪，一个背包和一个装猎物的小猎袋，雅克双手揣在裤袋里，肩上挎着一个大背包。来到车站，伙伴们已经到了，带着他们的猎狗。猎狗紧随其主，只匆匆跑到其同类处快速视察一下而已。伙伴中有达尼埃尔和皮埃尔（a）两兄弟，他们是埃尔斯特的工友。达尼埃尔总是笑容满面，极为乐观，皮埃尔严谨，有条理，对人对事总有许多观点，具有洞察力。还有乔治，他在煤气厂工作，有时也去打拳击，挣点儿额外收入。通常还有两三个人，全都是好男儿，至少此时是的。当他们为这一短暂而猛烈的娱乐相聚时，他们都很快活，因为一整天都能远离车间，远离窄小拥挤的家，有时也因为能远离妻子，他们极为放松，满怀男人特有的、有趣的宽容。他们欢快地爬上其中的一节车厢，踩着门边的脚踏板，把背包传上去，把狗弄上去，然后坐下来，愉

（a）注意，改名字。

快地并排坐着，分享着同一温度。在这些周日里，雅克知道了，男人的这种结伴出行很有好处，能增进情感。火车启动了，急促地喘息着，逐渐加速，隔一阵子发出一声无精打采的短促鸣叫。火车穿过了萨海尔，从打看到田野，非常奇怪，这些强壮吵闹的男人都沉默了，望着曙光渐渐照亮那精耕细作的土地，晨雾如薄纱笼在田界边的干苇篱墙上。时而，车窗中闪过成片的树林及林内护着的刷了白粉的农场，那里还在沉睡。一只鸟儿从围堤的壕沟中突然飞起，一直飞到与车窗齐高，然后与火车同向飞行，好像要与火车拼速度，直到它突然转向与火车垂直，犹如一下子从车窗上甩出，被飞驰的风抛到了车后。绿绿的地平线微露霞光，随后一下子染得通红，太阳出来了，在天空中冉冉升起。太阳吸尽了大地的雾气，继续升高，车厢里一下子热了起来。男人们脱掉了一件毛衣，然后又脱了一件，稳住烦躁不安的猎狗，互相开着玩笑，埃尔斯特以其独特的方式开始讲述着有关吃饭、生病及总是他占上风的打架斗殴的故事。时而，一个伙伴问问雅克学习的情况，再聊点儿其他的，或者，让他证实埃尔斯特的模仿剧。“你舅舅，是个好样的！”

窗外景色变了，石头多了起来，没有了橡树，橙树多了起来，小火车越来越短促地喘息着，喷出大股的蒸汽。一下子又冷了下来，因为高山挡住了太阳，此时，还不到七点。终于，火车最后鸣了一声响笛，减缓了速度，慢慢地转了一个急弯儿，抵达山谷中一个无人的小站，这里只通达一些遥远、荒凉、寂静的矿区，车站上种着高大的桉树，弯弯的树叶在晨风中沙沙作响。下车也同样喧声一片，狗从车厢中奔出，跳下两级陡陡的台阶，男人们又重新列队传送出背包和枪支。出了车站，映入眼帘的便是层层山坡，原野的寂静渐渐地淹没了叹声与叫声，这一小拨人终于静静地爬上山坡，猎狗在周围不倦地蜿蜒奔跑。雅克尽力不被那些强壮的伙伴落下。他最喜欢的达尼埃尔不顾他的抗议把背包拿了过去，不过，他仍需加快脚步才能赶上其他人，清晨稀薄的空气使他胸口像在燃烧。一个小时后，他们终于到达了广袤的高原边上，那里长满矮小的橡树和刺柏，朦朦胧胧，岗峦起伏，高原上空，无边无际的蓝天及淡淡的阳光普照着大地。这便是狩猎区了。猎狗好似得到了信号，回到了主人身边。人们商定下午两点在一片松林边相聚用餐，那里有一池泉水，正好在高原边上，从那里可以遥望远处的山谷和平原。人们调准了手表。猎人们两人一组，吹声口哨唤上他们的狗，向四处散去。埃尔斯特和达尼埃尔一组。雅克拿着猎物袋，仔细地斜挎在肩上。埃尔斯特远远地告诉他人，他要比别人带回更多的野兔和山鹑。他们笑着，挥手告别，渐渐远去。

醉人的时刻来临了，雅克至今仍深深地怀念。两个男人相隔大约两米，并排前行，猎狗在前，他通常断后。舅舅常以他那一下子变得狂野而狡黠的目光瞟瞟他，以证实他在近旁。他们在无尽的寂静中前行，穿过灌木丛，时而，一只鸟儿尖叫着飞出，人们不屑一顾，走下飘香的沟壑中，沿谷底前行，再向高处攀登，阳光灿烂，越来越热，他们出发时还相当潮湿的大地很快就晒干了。河谷的另一侧传来了枪声，一群土灰色的小山鹑被狗撵出，扑棱棱地飞起，传来紧紧相随的两声枪响，猎狗跑上前去，目光狂野地跑回，满嘴鲜血，叼着一团羽毛，埃尔斯特和达尼埃尔把猎物从狗嘴里拿下，雅克兴奋而恐惧地收过来，看到其他的猎物落下，又去寻找。时而，埃尔斯特的尖叫与小狗布里昂的吠声混为一片，然后，又继续前行。这一次，雅克尽管戴着草帽，还是被晒惨了。高原周围已开始悄悄地震颤，就像太阳之锤打在铁砧上。时而又响起一两声枪响，这就足矣，因为只需一个猎手就够了。如果野兔是在埃尔斯特的瞄准范围内奔出，它必死无疑。埃尔斯特总是猴一般灵巧，此时，他跟他的猎狗一起狂奔，一起号叫，抓住死兔的后腿倒提起来，远远地让达尼埃尔和雅克看，他们俩便上气不接下气狂喜地跑过来。雅克把猎物袋张得大大的，把战利品装进去，然后又出发了，在阳光下踉踉跄跄，好几个小时地奔波在无边无际的大地上，沐浴在广阔的天空和无尽的阳光中，雅克觉得自己是最富有的孩子。返回午间聚餐地时，猎手们还在寻找时机，但已有些心不在焉了。他们拖着脚步，擦着额头上的汗水，全都饿了。他们接连而至，远远地炫耀着战利品，嘲笑着空手而归者，证实着一无所获的始终是那些人，大家齐声讲述自己的狩猎经过，每个人都有与众不同的故事需要补充。不过，最伟大的叙述者是埃尔斯特，他最终控制了话题，以极准确的动作模仿着——雅克和达尼埃尔为证——山鹑的飞起，野兔被逐，蜷着两个爪子，肩着地滚动，犹如橄榄球球员在对方球门线内带球触地。此时，做事有条不紊的皮埃尔拿起各人的金属大口杯倒上茴香酒，并到松树脚下细细流淌的泉眼处灌上清水。他们用抹布拼成一张大餐桌，每人拿出自己带来的食物。埃尔斯特具有厨师的天赋（夏季钓鱼时，他总是就地先做一锅海鲜鱼汤，他从不吝惜作料，简直能辣掉小舌），他把一些细棒削尖，插入带来的一块块西班牙红肠中，然后放在木柴微火上烧烤，直到它们裂开，红油流到炭火上，噼啪作响，燃起火来。在吃第二块面包之前，他拿出滚烫喷香的烤西班牙红肠，大家齐声欢呼，浇上在泉水中冰镇过的玫瑰酒，大口吞吃着。随后便是一片笑声，讲起了故事，开起了玩笑，而累极了的雅克嘴巴和双手黏糊糊、脏兮兮的，几乎充耳不闻，昏昏欲睡。事实上，所有的人都困了，过了一会儿，他们全都昏昏沉沉、蒙蒙眬眬地望着远处热气腾腾的平原，或是像埃尔斯特一样，脸上盖块手绢，从容入睡。不过，到四点就得下山去车站了，火车五点半出发。他们坐到车厢里，人困狗乏，狗睡在座位下或主人大腿间，人在沉睡中做着血淋淋的梦。平原上，日光渐弱，而后是非洲短暂的黄昏，忧人的夜色一下子笼罩了大地。稍后回到车站，人们都急于回家，吃过饭得早点儿睡觉，以不影响第二天上班。他们迅即在黑暗中分手，几乎一言不发，而是亲热地互拍一下。雅克听着他们远去的脚步声，听着那些低沉热情的嗓音，他爱他们。然后，他跟着毫无倦意的埃尔斯特，硬拖着双腿走近家门。在昏暗的街道上，舅舅转向他："你高兴吗?"雅克没作声。埃尔斯特笑了，吹声口哨召唤他的猎狗。不过，走了几步后，孩子将手伸进舅舅那粗硬结茧的大手中，舅舅紧紧地握住了。他们就这样回家了，静静地。

（a）（b）然而，埃尔斯特的愤怒也像他的快乐一样来得快，发得猛，根本就无法跟他说理或简单地讨论，他的愤怒就好似一种自然现象，是暴风雨，人们眼看着形成，等着它爆发。毫无办法，正如许多聋子，埃尔斯特的嗅觉极为灵敏（对他的猎狗除外）。这个特别功能给他带来了许多快乐，比如，当他闻到绿豌豆汤味儿，或他最爱吃的菜：炖乌贼、火腿炒蛋或用牛心和牛肺做的炖杂碎（这个炖杂碎是穷人家的红酒洋葱烧牛肉名菜，是外婆的绝活，由于价格低廉，餐桌上常备）时，或当他星期日洒上便宜的科隆水或称作〔蓬珀罗〕的花露水（雅克的妈妈也用）时，其和柠檬的清香持久不散，在饭厅和埃尔斯特的发间飘荡，

（a）托尔斯泰或高尔基（Ⅰ）"父亲"。从这里引出陀思妥耶夫斯基（Ⅱ）"儿子"，寻根产生当时的作家（Ⅲ）"母亲"。

（b）热尔曼先生—中学—宗教—外婆的去世—结束在埃尔斯特手上?

他深深地嗅着瓶子，表情神往……不过，他灵敏的嗅觉也会给他带来麻烦。对某些常人闻不到的味道，他表现得无法容忍。例如，他有饭前嗅一下盘子的习惯，当他嗅出所谓的生鸡蛋味儿时，气得满脸通红。外婆拿起可疑的盘子，用鼻子闻闻，宣称什么味儿也没有，随后递给她女儿，让她做证。卡特琳·科尔梅利将灵敏的鼻子凑近盘子，甚至闻都未闻便语气温柔地说，没有，没有味道。大家又闻闻别人的盘子，用以证实，只除了孩子们的碗具，因为他们用铁饭盒吃饭（搞不清究竟为什么，也许是餐具不够，或者像外婆有一天所说，是怕打碎，而他和哥哥手脚都不笨。不过，家庭的习惯并非总有充分的理由。人种学家们对众多神秘礼节寻根引据常使我发笑。在许多情况下，真正的神秘就在于毫无道理）。然后，外婆宣布判决：没有味道。确实，她从不会有其他的判断，尤其当头一天是她洗的餐具时。事关她家庭主妇的荣誉，她决不妥协。而此时，埃尔斯特的愤怒才真正爆发出来，特别是他找不到合适的词来证实他的判断（a）。必须任凭暴雨来临。最终，他或气得不吃饭，或满脸厌恶小鸡啄食一般，尽管外婆已给他换了盘子；或者起身离开饭桌，冲到外面宣称要下馆子。饭馆是他从未去过、家里的人也都未迈过门槛的地方，尽管饭桌上一有人表示不满，外婆就必定会说：“去下馆子吧。”

（a）微型悲剧。

从此，大家都觉得饭馆是一个表面诱人，实际害人的地方，只要付钱，想吃啥吃啥，但享用了那罪过的美味之后，总有一天，你的胃会付出沉重的代价。不管怎么说，外婆从不理睬她小儿子的愤怒。一方面她知道此举无用，另一方面她对他总有点儿特殊的偏爱，雅克刚开始发现时，认为这是由于埃尔斯特残疾的缘故（其实，有那么多例子，与人们固有的看法相反，做父母的抛弃了有残疾的孩子），过了一阵儿，他对此有了更深的理解。有一天，他撞见外婆清澈的目光中突然柔意浓浓，他还从未见过，他转过身，看到舅舅正在穿衣打扮。深色西装使他显得更加修长，清秀而年轻的面庞，新刮的胡子，精心梳理的头发，领口洁净，扎着领带，具有身着盛装希腊牧人的风采，他觉得埃尔斯特就该如此，也就是说，英俊异常。于是，他明白了，外婆爱她儿子的体貌，像所有的人一样，对埃尔斯特的优雅和力量着迷。不管怎么说，她对他表现出的那种特别的偏爱是人所共有的，这种爱或多或少，令人愉快地使我们变得更加温柔，使这个世界变得可以承受，这便是对美的偏爱。

雅克也还记得埃尔斯特舅舅的另一次狂怒，这一次要严重得多，因为，最后差一点儿与在铁路上工作的约瑟夫舅舅打起来。约瑟夫不住在他母亲家里（的确，他住哪儿?）。他在同一社区里有一处住房（此外，他从不邀请家里人去他的住地，比如，雅克就从未去过），但他交一点儿饭钱，在这儿吃饭。约瑟夫与他弟弟毫无共同之处。他大了十几岁，短短的小胡子，蓬乱的头发，也高大一些，内向一些，特别是很会算计。埃尔斯特常常遣责他吝啬。他表达得更简练："他，姆扎博人。"对于他来说，姆扎博人便是这一带的食品杂货商，他们的确是从姆扎博来的。在好几年中，他们家没有女人，一贫如洗地生活在弥漫着油味儿和桂皮味儿的商店后间，为的是养活他们生活在姆扎博五个城市中的一大家子人。姆扎博位于荒漠中，几百年前，一个被正统教派致命迫害的异端部落来到那里，他们选择了这个地方，因为他们确信无人会与他们争夺，鉴于那里只有石块，远离海滨的半文明世界，是地球上一块地面干硬没有生命的地方。他们在那里安顿下来，以并不富足的水源为中心，创建了五个城市，发明了这一奇怪的苦行主义做法，把健壮的男人派往海滨城市去做买卖，以保持这种创业精神，直到有其他人能替换他们，再回到他们用信仰取胜的王国中，在用泥土建起的城市里享受生活。因此，这些姆扎博人生活的节俭及贪婪只能与其深层的目标联系起来看。不过，社区里的工人们不了解伊斯兰教及其异端分子，看到的只是表面现象。对于埃尔斯特及其他人，将他哥哥比作姆扎博人就如将他比作阿拉贡[①]。约瑟夫确实挺吝啬，同外婆称之为对人"掏出心窝"的埃尔斯特

①阿拉贡为莫里哀喜剧《悭吝人》中的主角。意为吝啬鬼、守财奴。——译者注

完全不同（的确，当外婆跟他生气时，又会说这同一双手“漏财”）。不过，除了性情不同之处，约瑟夫的确比艾蒂安挣钱多些，而人们往往越穷越慷慨。当人们有了足够的资产后，很少有继续挥霍钱财的。他们是生活的主宰，应对他们表示敬意。约瑟夫绝非腰缠万贯，除了精心计划工资支出外（他采用称之为“信封”的办法，不过，精打细算至并不真的买信封，而是用报纸或购物包装纸自制），他还想尽办法，采用一些小小的手段挣点儿外快。他在铁路上工作，每半个月可享用一次免票乘车。因此，他每两个星期乘车去一次人们所说的“内地”，也就是说，去偏僻乡村。他到阿拉伯农场去廉价购进鸡蛋、瘦鸡和兔子。他购物归来，适当地加点儿利润将货物卖给邻居，他从各方面将生活安排得井井有条。没见过他有女人。此外，他整星期工作，周日又要做点儿买卖，他一定没有纵欲的闲暇。不过，他总说四十岁时要找个有点地位的女人结婚。直到此时，他还住在他的房间里，攒着钱，在他母亲家里共度部分时光。他虽缺乏魄力，但如此奇怪的是，竟如约实现了自己的计划，娶了一个绝对不难看的钢琴教师，还带来了她的家具，至少在婚后头几年，享受了有产者的幸福。的确，约瑟夫最终守住了家具，却未留住妻子。不过，这是另外一回事了。约瑟夫唯一未曾料到的事情是，与艾蒂安吵架后，不能继续在母亲家吃饭，被迫去饭馆享用昂贵的口福。雅克已不记得吵架的起因了。不明不白的争吵有时会分裂他的家庭，但其实无人能理出头绪来，而且大家都不往心里去，他们就更加不记得原因了。只是机械地维系着被永久接受及回味的后果。那一天，他只记得埃尔斯特在吃饭时站在饭桌前，吼着难懂的咒语，只能明白姆扎博人这个词，他哥哥仍旧坐着吃饭。后来，埃尔斯特抽了他哥哥一个耳光，他哥哥站起来，向后一闪身，朝他扑去。不过，外婆已抓住了埃尔斯特，而惊得面色苍白的雅克的妈妈往后拉着约瑟夫。“别理他，别理他。”她说道。两兄弟面色苍白，大张着嘴，一动不动地互望着，只听到单方面的狂怒言辞似潮水滚滚流动，直到约瑟夫脸色阴沉地说道：“这是只野兽，跟他无理可讲。”并转身离桌而去。外婆紧紧拽住想追出去的埃尔斯特，门砰的一声关上了，埃尔斯特还在没完没了，躁动不安。“放开我，放开我，我会把你弄疼的。”他对他母亲说。但她抓住他的头发，摇着：“你，你，你还要打你母亲？”于是，埃尔斯特倒在椅子上哭喊着：“不，不，不打你。你是我的上帝！”雅克的妈妈饭没吃完就去睡了。第二天，她一直头疼。自此，约瑟夫不再回来，只偶尔当他确信埃尔斯特不在时，才回来看看母亲。

（a）还有他另一次发怒是雅克不愿回忆的，这次他知道原因。有一段时间，一个叫安托尼的先生经常在晚饭前

（a）埃尔斯特的家，外婆去世后的卡特琳。

到家里来。他与埃尔斯特有点儿熟，是市场上的贩鱼商，原籍是马耳他，仪表堂堂，高大修长，总是戴着一顶奇怪的深色圆礼帽，同时，一条方格围巾围在脖子上，掖进衬衣里。后来想想，雅克记起了开始未留意的事，那就是他母亲比平常穿得稍微俏丽一点儿，穿上了浅色的罩衫，甚至脸颊上似乎也泛起了红晕。那个时候正是妇女开始剪掉一直留着的长发的时代。雅克爱看他母亲或外婆梳理长发。肩上披条毛巾，嘴里衔满发卡，她们用很长时间梳理长长的白发或棕发，然后将头发卷起，拉紧两鬓的长发，直到盘成发髻，她们从双唇微启、牙齿紧闭的嘴角一个一个地取下发卡，插在浓密的发髻上。在外婆眼里，这种新时尚既是可笑的，又是罪恶的，她低估了时尚的实际力量，不管不顾地肯定说，只有那些“放荡的”女人才会把自己弄得如此不伦不类。雅克的母亲未置可否。然而，一年后，大约就是安托尼来访的那一段，一天晚上，她回来时剪短了头发，更加年轻而容光焕发，掩饰着不安，假装高兴地说想要给他们一个惊喜。

外婆的确很惊奇。她上下打量着她，看到灾难已无法挽回，当着她儿子的面就对她说，她现在的样子像个妓女。随后，她就回到了厨房。卡特琳·科尔梅利止住了笑容，脸上显出极度的凄凉与泄气。然后，她碰上了儿子定定的目光，想对他笑一笑，但却双唇颤抖，哭着冲进了卧房，倒在了床上，这里是她休息、独处及哀伤的唯一隐蔽地。

目瞪口呆的雅克走近了她。她把脸埋在枕头里，短短的鬈发露出了脖颈，瘦瘦的背部哭得直抽动。“妈妈，妈妈，”雅克怯怯地用手碰碰妈妈叫道，“你这样很漂亮。”但她没听见，只用手势告诉他，让她静一静。他退到了门口，倚着门框，由于无能为力，也出于爱（*），他也哭了。

随后的几天，外婆一句话也不跟她女儿说。同时，安托尼来时也受到了冷遇。尤其是埃尔斯特，板着个面孔。安托尼尽管自命不凡、滔滔不绝，也感觉到了。发生什么事了？雅克多次发现母亲漂亮的眼中有泪痕。埃尔斯特常常一言不发，甚至推搡小狗布里昂。一个夏日的夜晚，雅克注意到他好像在阳台上守候着什么。“达尼埃尔要来吗？”孩子问道。他低声抱怨着什么。忽然，雅克看到安托尼来了，他已有好几天没来了。埃尔斯特冲了下去。几秒钟后，沉闷的声响传到楼上来。雅克冲下去，看到两个男人在黑暗中一声不吭地打斗在一起。埃尔斯特毫不理会自己挨打，用他的铁拳狠狠地捶，猛猛地打，过了一会儿，安托尼滚下了楼梯，满嘴鲜血地爬起来，掏出手绢擦着血，目光一直盯着疯了般走开的埃尔斯特。雅克回到屋里，看到他母亲坐在饭厅里，一动不动，表情僵滞。他也一声不响地坐了下来（a）。随后，埃尔斯特也回来了，咕咕哝哝地骂着人，并愤愤地瞥了他姐姐一眼。晚饭照常，只是他母亲没

（*）无能为力的爱的泪水。

（a）放到前面去——没有吕西安的打斗。

吃饭。“我不饿。”她对坚持要她吃点儿的母亲简单地说道。饭后，她回到了卧房。夜晚，雅克醒来时听到她在床上翻来覆去。自第二天起，她又穿上了黑、灰的长裙，穿上了穷人的服装。雅克觉得她同样漂亮，而且，由于捉摸不定、心不在焉而显得更加漂亮。此后，这种神态就始终伴随着贫困、孤独及将至的年老（a）。

在很长一段时间里，雅克都在怪他舅舅，却不大清楚究竟怪他什么。不过，他同时也知道这不能怪他。贫穷、残疾、全家生活的基本需求，如果这还不足以宽恕一切，无论如何能保护其受害者免受谴责。

他们无意中互相伤害，只是由于他们每个人都承担着家中的繁重劳动及严酷的现实需求。而且，无论如何，舅舅那种几近动物般的爱是不容置疑的，首先是爱外婆，其次是爱雅克的妈妈及其孩子们。这一点他在制桶工场发生事故的那一天便感觉到了（b）。每个星期四，雅克都去制桶工场。如果有作业，他就赶紧把作业打发了，然后飞跑着去工场，急促敏捷犹如去找街头伙伴玩耍。工场位于练兵场旁边，这是一个堆满碎屑、旧铁环、煤渣及灰烬的院子。在院子的一侧，用砖建了一个棚顶，间隔均匀地用石

（a）因为老年将至——那时候，雅克觉得母亲已经老了，而她不过是他自己现在的年龄，不过青春首先得有很多机遇，而对他来说，生活是仁慈的……〔圈起的段落，日期不详〕

（b）将工场事件放在生气之前，也许在介绍埃尔斯特之初。

柱支撑着。屋顶下有五六个工人在做工。一般来说，每个人都有自己的位置，也就是说，靠墙摆一张工作台，前面有一块空地，可以组装木桶和酒桶，中间一条长凳将下一个工作台隔开，长凳上面有一条挺宽的缝隙，可把桶底嵌入，用一个颇似绞肉机的工具手工将其削薄，这工具的利刃边朝向双手抓工具的人。说实话，这种位置安排乍一看毫不明显。最初当然是这样分配地盘的，但渐渐地长凳移动了位置，铁圈堆积在工作台之间，铆钉包装箱从一处拖到另一处，得观察许久，或常来常往才能发现每个工人的活动圈子始终在同一块场地上。雅克拿着舅舅的快餐到达工场之前，就听到了铁锤砸在凿子上的声响，这是为了将铁环嵌在刚刚聚拢的酒桶周围，工人们敲打着凿子的一端，将另一端灵巧地沿着铁环移动，或者，他能听到更响亮、间隔也更长的声音，他便猜到这是在台虎钳上铆铁环。当他到达锤声此起彼伏的工场时，人们愉快地同他打个招呼，然后又重新舞起铁锤。埃尔斯特穿一条打着补丁的旧蓝裤，一双沾满锯末的帆布鞋，一件无袖灰色法兰绒衣服，头戴一顶褪色的伊斯兰旧圆帽，以保护他的美发不受木屑及灰尘的损害。舅舅拥吻了他，让他帮忙。有时，雅克抓住固定在铁砧上立起的铁环，舅舅用力将铆钉锤扁，铁环在雅克手中摇晃，每敲一下都震得手心发麻；或是埃尔斯特骑坐在长凳一端，雅克骑坐在另一端，抓紧桶底两边，由埃尔斯特磨削桶底。不过，他最爱干的活儿是到院里去取木桶板，然后，埃尔斯特用一个铁环将其拦腰固定，把桶粗略组装。在两头无底的木桶中，埃尔斯特塞进刨花，由雅克负责点火。铁遇热比木头膨胀得大，埃尔斯特利用这一点，在呛得流泪的浓烟中，用锤子和凿子一下一下地将铁环敲上去。铁环嵌入后，雅克用大木桶到院子尽头的水井处泵满水提过来，人们散开后，埃尔斯特把水猛地倒入桶中，为铁环淬火，铁环收缩，更紧地咬住遇水变软的木头，周围散发出大量的蒸汽（a）。

人们放下未完的活儿，吃点儿东西。工人们聚在一起，冬天围拢在用刨花和碎木燃起的火堆边，夏天在阴凉屋檐下。有一个叫阿博岱尔，是个阿拉伯粗工，穿一条阿拉伯长裤，裤脚带褶，裤腿长及小腿，一件破旧的针织短上衣，一顶阿拉伯小圆帽，他口音怪怪地称雅克为“同事”，因为他为埃尔斯特帮忙时与雅克干同样的活儿。老板〔　〕[1]先生，也是一个制桶老工人，他与助手们一起经管着一个更大的匿名制桶工场。一个意大利工人，总是神情忧郁，且长年感冒。这里尤其是有快乐的达尼埃尔，他总是把雅克留在身边，拿他逗乐并爱抚着他。雅克在工场里闲逛，黑色的罩衫沾满锯末，热天赤脚穿着难看的皮条凉鞋，上面沾满泥土与锯末，陶醉地嗅着比刨花更新鲜的锯末的味道，回到火边品味着那好闻的烟味，或将一块木头卡在台虎钳

(a) 做完酒桶。

①看不清名字。——译者注

中，小心地试着磨削工具，他双手灵巧，得到了工人们的赞扬。

正是一次休息时，他愚蠢地穿着湿漉漉的鞋子上了条凳。突然，他向前滑去，而条凳却向后翻倒。他重重地摔在条凳上，右手被挤在条凳下。他马上觉得右手一阵剧痛，但在奔过来的工人们面前笑容满面地一下爬起来。他笑意还在脸上，埃尔斯特已扑过来，抱起他跑出工场，狂奔着，嘴里含糊不清地说着："去医院，去医院。"这时，他才看到右手拇指指尖被压得像一块变了形的脏面团，血水在上面汩汩地流着。他一下子失掉勇气，昏了过去。五分钟后，他们到了住在家对面的阿拉伯医生那儿。

"没事儿吧，医生？没事儿，对吧？"埃尔斯特脸色惨白地问道。"到边上去等我，"医生说，"他会很勇敢。"当时应该是很勇敢的，今天，雅克那粗粗医治的怪异的拇指还证明着这一点。伤口处理包扎完后，医生给了他一副活血药作为表彰。埃尔斯特还想抱着他过马路，他拒绝了，在他们家的楼梯上，他呻吟着搂住了孩子，用力抱紧他，直到把他弄疼。

"妈妈，有人敲门。"雅克说道。

"是埃尔斯特，"母亲说，"去开门。我现在怕有强盗，锁上了门。"

在门口，看到雅克，埃尔斯特发出一声惊喜的欢呼，有点儿像英语的“how”，挺起身子来拥抱了他。尽管头发全白了，他的面庞还显得惊人的年轻，端庄而和谐，但罗圈腿更厉害了，腰几乎全弯了，走路时撇着胳膊和腿。“还好吗？”雅克问他。不好，他有痛点，有风湿病，很不好。雅克呢？是的，很好，很强壮，她（他用手指着卡特琳）很高兴见到他。自外婆去世，孩子们离家后，姐弟俩便共同生活，甚至互不可缺。他需要人照顾，从这一点上来说，她就像他的妻子，做饭，洗衣，照料着他。而她虽不缺钱，因为儿子们给他提供生活费，但需要一个男人陪伴，在他们共同生活的那些年里，他便以其特有的方式看护着她，是的，正如丈夫与妻子，不是肉体意义上的，而是出于血缘的关系，互相扶持着度过由于残疾而更加艰难的生活。时而用只言片语说明一下无言的交流，但却比许多正常的夫妻更加和谐与理解。“是的，是的，雅克，雅克，她总是说。”埃尔斯特说道。“那么，我回来了。”雅克说道。噢，的确，他像以前一样，又回到了他们两人中间，不能对他们说什么，但始终依恋着他们，至少是爱他们，想到他对那么多值得献出爱心的人们都未尽爱意时，他便更加爱他所能爱之人了。

“达尼埃尔呢？”

“挺好。像我一样老了；他兄弟皮埃尔进了监狱。”

“为什么？”

“说是工会的事。我觉得他跟阿拉伯人混。”

突然，他有些忧虑地说：

“你说，强盗，好吗?”

“不好，”雅克说，“其他的阿拉伯人好，强盗不好。”

“嗯，我对你母亲说，老板们太狠心，简直是疯了，不过强盗也不行。”

“是的。”雅克说，“得为皮埃尔做点儿什么。”

“好，我告诉达尼埃尔。”

“多纳呢?”（是那个打拳击的煤气厂职工）

“他死了。癌症。大家都老了。”

是的，多纳死了。玛格丽特姨妈、他母亲的姐妹也死了。那时，每星期日下午，外婆都拉着他去她家，他觉得无聊至极。除非是米歇尔姨父在家。他是一个赶车夫，他也厌倦在昏暗的饭厅里围着漆布饭桌，喝着黑咖啡闲聊，于是，他带他到旁边的马厩里，在那儿，午后的太阳炙烤着外面的街道，而在马厩的暗光中，他首先嗅到好闻的毛皮、麦秸及马粪味儿，听到马笼头链子在木食槽上擦来擦去，马匹将睫毛长长的眼睛转向他们，此时，高大、瘦削、长着长长唇髭，自己身上也散发着草料味儿的米歇尔姨父把他举到其中的一匹马背上，马静静地在食槽里吃着燕麦，姨父又给孩子拿来一些角豆树果，他兴高采烈地嚼着，吮着，深深地爱戴这个一直对马有深情的姨父。而在复活节的星期一，他跟姨父一起，随着全家一同去西迪菲鲁克森林野炊……米歇尔租一辆跑阿尔及尔市中心的马车，这是一种背靠背放着条凳的带栅棚架，套上马匹，套在前面的马是米歇尔从他的马厩中选出来的，一清早，人们就把大衣筐装上车，筐里放满了叫作苜纳的环行大面包和叫作猫耳的易碎的小甜点，这是出发前家中所有的女人在玛格丽特姨妈家忙了两天才做出来的，是在漆布桌上撒上面粉，把面团用擀面杖擀得差不多同桌布一样大，用一个黄杨木的轮状刀将其切成片，孩子们将其放到餐盘上，人们将它放进滚油大锅中炸，然后再小心地摆在大衣筐里。此时，从那儿飘出一股甜甜的香草味儿，伴他们一路旅行到西迪菲鲁克森林，同时，还掺杂着从海边传到海滨大道上的浪花味儿，四匹壮马在路上奔跑，米歇尔（a）不时地扬鞭催马，时而把鞭子交到坐在身边的雅克手中。雅克着迷地望着四匹马肥壮的臀部在他面前摆动，铃铛脆响，或是尾巴一撅，便看到一团团诱人的马粪掉在地上。这时马蹄铁掌擦出火星，铃铛声响愈加急促，马匹频频仰头。到了森林，其他人在林间摆上衣筐和垫布，雅克帮着米歇尔用草把擦马，在马脖子上系上灰褐色布食槽，马匹咀嚼着，友好的大眼睛时睁时闭，或用腿不耐烦地驱赶苍蝇。森林里到处是人，人们从这儿吃到那儿，在手风琴或吉他的乐曲声中从这儿舞到那儿，大海在近旁咆哮，天气还不够暖，无法下水游泳，但却可以赤脚踏浪；另一些人在午睡。柔柔的

(a) 在奥尔良城地震时再提到米歇尔。

阳光使天空显得更加广阔，如此之广阔，让孩子感动得热泪盈眶，同时，快乐地大叫了一声，充满了对美好生活的感激。但玛格丽特姨妈却去世了，她曾那样漂亮，据说总是穿戴得过于俏丽，她是对的，后来，糖尿病把她钉在了扶手椅上动弹不得，在乱糟糟的套房里，她开始浮肿，身肥体宽，肿得连气都喘不过来，丑得吓人，身边围着她的女儿们和那个做鞋匠的跛脚儿子，他们揪心地注意着她，注意着她是否会断气（a）（b）。她继续发胖，注射了许多的胰岛素，最后还是气短而亡（c）。

外婆的姐妹让娜姨婆也去世了，就是那个参加周日下午音乐会的，她坚持在用白灰粉刷过的农场里住了很久，同她那三个成为战争寡妇的女儿同住，不停地谈论着她去世已久的丈夫（d），约瑟夫姨公，他只会讲马翁话，雅克很欣赏他那漂亮的红润脸膛，白白的头发上戴着一顶阔边毡帽，始终戴着，甚至吃饭时也不摘下，有那么一种特别的高贵气质，真正乡村族长的作风，然而却有时在用餐中轻轻起身放出失礼的声响，在他老婆容忍的责备声中优雅地请求原谅。他外婆的邻居马松一家全去世了。首先是老

（a）第二部的第六节。

（b）弗朗西斯也去世了（见最后注释）。

（c）德尼兹十八岁离开他们去闯生活——二十一岁发了财返回，卖了她的首饰，将她父亲——被流行病夺去了生命——的马厩翻整一新。

（d）女儿们呢？

婆婆，随后是大姐——大个子亚历山德拉和〔　〕[1]那个招风耳朵的兄弟，他是做柔体表演的杂技演员，上午也到阿尔卡扎尔影院唱歌。全死了，是的，甚至最年轻的女孩玛尔特也死了，他哥哥亨利曾向她大献殷勤，甚至还不仅仅是献殷勤呢。

没有人再提起他们，不管是他母亲还是他舅舅，都不再谈论去世的亲友，不谈他此时正在苦寻踪迹的父亲，也不谈其他人。他们依然生活俭朴，尽管他们已不再缺钱，习惯已经养成，同时也出于对生活的一种提防，他们都本能地热爱生活，但经验告诉他们，生活常常毫无迹象地播下灾难（a）。再者，正如他们俩围坐在他身边，弯腰驼背静静地坐在那儿，从不回忆，也只记得起几个模糊的画面，他们现在已生活在死亡的边缘，也就是说，始终活在现实中。他永远无法从他们口中了解他父亲，不过，只要他们出现，就能在他心中打开记忆的源泉，记起那贫穷快乐的童年。他无法断定内心这如此丰富，如泉喷涌的记忆是否完全符合他的童年。而更有把握的是保留在脑海中的那两三个特殊画面，这使他与他们更加贴心，使他以他们为根基，使他放弃多年所图，使他最终默默无闻，这正是他的家庭在多年中保留下来的东西，这造就了他真正的高贵之处。

---

①看不清名字。——译者注

（a）不过，事实上这是些魔鬼？（不，他才是。）

一个画面是夏日的傍晚，全家吃过晚饭后搬着椅子下楼到门前的人行道上，从灰蒙蒙的榕树上洒下满是灰尘的热气，街区的居民们从他们眼前来来往往，雅克（a）头靠在母亲瘦弱的肩膀上，椅子稍向后仰，透过枝杈望着夏日夜空的星辰；另一个画面是圣诞的夜晚。午夜后，他们从玛格丽特姨妈家返回，当时埃尔斯特不在，他们在离家不远处的饭馆门前看到一个男人躺在地上，另一个男人围着他跳舞。两个男人喝了酒，还想再喝。老板，一个瘦弱的金发青年拒绝了他们，他们便用脚踢正怀孕的老板娘。老板开了枪，子弹打在一个男人的右侧太阳穴上。此时，这脑袋正枕在伤口上。吓傻了的醉汉便围着他跳起舞来。饭馆关了门，人们在警察到来之前一哄而散。在一个僻静的角落，他们紧靠在一起，两个女人搂住了孩子们。刚下过雨的光滑路面上灯光极暗，汽车在湿地上打滑，隔一段时间便轰轰地开过一辆亮着灯的有轨电车，上面坐满了快乐的旅客，对这另一世界的场面无动于衷。这在雅克恐惧的心中刻下了深深的痕迹，留下了比其他所有的场面都更为清晰的一幕：白天，这个街区温馨稳靠，他在这里无忧无虑纵情地玩耍了一整天，但傍晚时突然变得神秘而令人不安。此时，街上的阴影多了起来，或者，倒不如说是一条陌生的黑影，伴着沉重的脚步声及低沉的言语声突然出现，

（a）忧郁的君主，为夜晚的美景而自豪。

在药店的红光中，浸着鲜血淋淋的荣誉，孩子的内心突然充满恐慌，向贫穷的家中跑去，回到亲人们中间。

六　（附）学校[①]

此人并不认识他父亲，但却常常讲神话般地向他提起，不管怎么说，在一些特定的场合，他能取代父亲。因此，雅克从未忘记过他。正如，对他从未谋面的父亲，他没感到过缺乏，而他却无意识地，开始是在孩提时期，后来是整个一生，将那深思熟虑、果断利落的行为当作父亲的举止，这父亲的举止曾左右了他的童年。因为，贝尔纳先生，他高小时的老师，在那个特定时刻，以他男人的力量想要改变他班上的这个男孩的命运，而他的确也做到了。

此刻，贝尔纳先生在他的家中，就在雅克面前。这房子位于鲁维格街拐角处，差不多在长斯巴社区脚下，这个社区俯瞰着城市与大海，住着各色人种、各种宗教的小商贩，那里的房屋散发着香料的味道及贫穷的感觉。他就在那儿，年老、发稀，脸上、手上已皱化的皮肤后面显出老人斑，行动迟缓不比从前，为能坐到他的藤椅上而感到高兴，藤椅放在窗前，正对着商业街，一只金丝雀在窗边啾啾地叫着；随着年老，他更加柔情，并常常显得激动。他

①见附录：单页（Ⅱ）作者当时插在手稿的第68—69页之间。——译者注

从前并不这样，不过腰板挺直，声音有力而果断，就像从前站在全班学生面前，说："两人一排！两人！我没说五人一排！"于是，对贝尔纳先生既怕又爱的学生们停止了拥挤，在二楼走廊沿教室外墙排成队，直到孩子们队列整齐、安安静静、一动不动时，一声令下："进去吧，一群小精豆！"这才解放了他们，给了他们活动的信号。队伍审慎地动起来，贝尔纳先生牢牢站定，服饰漂亮，面庞棱角分明，有点儿稀疏的头发梳得溜光，身上散发着花露水的味道，愉快而严肃地监视着队伍。

学校位于这个老区相对来说较新的地方，在1870年战争稍后建起的两层或三层小楼及一些新建的货栈中间，货栈尽头将雅克家所在区的主要街道同运煤码头所在的阿尔及尔内港连接起来。雅克每天两次步行到这个学校上学，他从四岁起就在这个学校的幼儿班，他对此已没有什么印象，只记得有篷操场尽头有一长条深色石头盥洗盆。有一天，他脸朝下摔在上面，起身时满面鲜血，眉弓开裂，旁边围满吓坏了的女老师，他那时知道了什么是创口夹子。不过，这个创口刚好，又放在了另一侧眉弓上，因为他哥哥在家玩时给他戴了一顶旧瓜皮帽，遮住了他的眼睛，给他穿了一件旧大衣，妨碍了他行走，以至于他脑袋摔在地板的一块碎石上，又一次鲜血直流。那时他就同皮埃尔一起去幼儿班。皮埃尔比他大一岁左右，住在邻街，他母亲也是一个战争寡妇，后来做了邮局职工，与他们同住的还有他两个在铁路上工作的舅舅。他们的家庭是一般朋友，正如这个区的情形，也就是说，人们互相尊重，却几乎从不互访，随时准备互相帮助，却几乎从无机遇。只有孩子们成了真正的朋友。自那一天起，即雅克还穿着婴儿罩衫，被委托给已穿上裤子，并意识到哥哥责任的皮埃尔，他们便一起去幼儿班了。他们随后一起度过了各个年级直到高小毕业班，雅克进毕业班时九岁。在五年间，他们每天四次走着同样的路线，一个头发金黄，一个棕色头发，一个沉着冷静，一个热情急躁，但他们是出身相似、命运相同的兄弟，两人都是好学生，玩起来也都不知疲倦。雅克在某些学科更为优秀，但他的行为，他的冒失，他的好出风头让他做了许多蠢事，反让更加沉静、更加谨慎的皮埃尔超出。于是，他们轮番成为班里的第一名，从未想到过虚荣的快乐，与他们的家人不同，他们的乐趣也不同。清晨，雅克在楼下等皮埃尔。他们在清扫工到来之前，或更准确地说是在一个阿拉伯老人赶着一匹马拉着的大车经过之前就出发了。人行道上还留有夜晚的潮气，海风吹来咸咸的空气。皮埃尔家的街道直通市场，路边摆着垃圾桶，拂晓，饥饿的阿拉伯人或摩尔人，时而有一个西班牙老流浪汉就已用铁钩在里面翻找过一遍了，在节俭的穷人家庭认为不屑再留的废物中还能捡到点儿可用的东西。通常，垃圾桶的盖子是盖着的，此时，街区里健壮而精瘦的猫取代了衣衫褴褛的人们。两个孩子静悄悄地走到垃圾桶的后面，猛地关上桶盖，把猫关在桶里。他们并非轻易成功，因为生长在穷人区里的猫极为警觉，行动敏捷，已习惯于保护自己的生存权。不过，有时被美食所吸引，舍不得离开垃圾堆，猫便被逮个正着。桶盖砰地盖住，猫吓得惊叫起来，痉挛地用背和爪子顶开锌制的监狱顶，逃了出来，吓得猫毛倒竖，就像有一群狗在后面追逐，在并不意识到自己残忍行为的刽子手们的大笑声中飞快地逃掉了（a）。

说实在的，这些刽子手们的行为也是自相矛盾，因为他们对那个被当地孩子们唤作“嘎鲁发”[①]的套狗人满怀憎恨。这个市政职员差不多定时采取行动，不过，根据需要，有时也在下午转一圈。这是一个身着西装的阿拉伯人，通常他站在一辆套着两匹马的奇怪车子后面，赶车的是个面无表情的阿拉伯老人。车身是一个木制的立方体，顺其长度在两边装了带有厚实栅栏的双层笼子，总共有十六个笼子，每个可圈一条狗，让它挤在栏杆与笼底之间。套狗人站在马车后面的一个小踏板上，鼻子正齐笼顶，能扫视到他的狩猎地盘。马车在湿湿的街道上慢慢行驶，街上的行人开始见多。有去上学的孩子；有穿着大花绒布睡袍去买面包牛奶的家庭主妇；有去市场的阿拉伯商人，他们将小货架折叠起来挎在肩上，另一只手拿着一个装着货物的草编大筐。突然，套狗人喊了一声，阿拉伯老人勒住缰绳，

（a）异国情调，豌豆汤。

①绰号出自第一个工作的人，他的名字确实叫嘎鲁发。——译者注

马车停了下来。套狗人发现了一只可怜的猎物，它正狂热地翻找着垃圾箱，时而向身后投去发狂的目光，或者它正沿墙快跑，神色急促不安，是那种营养不良的饿狗。嘎鲁发从车顶上拿起一条牛筋鞭子，鞭头有一条铁链，通过链节沿鞭柄滑动。他以狩猎者轻软、迅速、无声的脚步走向猎物，靠近它，如果它颈上没有标记家庭豢养的项圈，便突然以惊人的敏捷跑过去，将他手中的武器，一个铁链皮条的套索套上狗的脖子。猎物一下子便被勒紧了脖子，发出呜咽哀号，拼命地挣扎。但那个男人迅速地将它拉到马车边，打开一个栅门，将狗提起，狗的颈部也勒得更紧，把它扔到笼子里，并小心地把鞭柄从栅栏门中取出。狗被逮住，他松开铁链，还狗脖子以自由。如果狗未得到孩子们的帮助，就会发生这样的一幕。所有的孩子都联合起来，共同反对嘎鲁发。他们知道，被逮住的狗要被带到市政待领场，关上三天，如果这期间无人来收养，狗就要被处死。当他们不在场时，死亡马车收获颇丰地巡视一圈后，满载毛色各异、大小不同的可怜的猎物，它们在笼栅后面惊恐不安，车子所过之处留下一路垂死的呻吟号叫。这一令人同情的场面足以使他们气愤不已。因此，囚车一出现在街区，孩子们便互相发出警报。他们分布到各个街道去追狗，是为了把它们赶到城里的其他地方，远离可怕的套索。皮埃尔和雅克都遇到过几次，尽管他们采取了措施，套狗人还是在他们眼前发现了游荡的狗，这时他们总是采取同样的计策。雅克和皮埃尔在猎手快走近猎物时，突然大叫："嘎鲁发，嘎鲁发。"声音尖利吓人，狗立即飞一般逃开，几秒钟便跑出了围捕范围。这时，两个孩子就得发挥他们的速跑水平了，因为可怜的嘎鲁发本来抓住一条狗便能得到一份奖金，他气得发疯，便挥舞着牛筋鞭子转而追赶孩子们了。大人们一般都会帮助他们逃跑，有的阻挡嘎鲁发，有的直接拦住他，请他照顾这些狗。社区的工人们全都喜欢打猎，平时很爱狗，对这一奇怪的职业毫无好感。正如埃尔斯特舅舅所说："他，懒鬼！"赶马车的阿拉伯老人一言不发，无动于衷地置身于动乱之外，如果争吵持久，他便不慌不忙地卷一支烟抽。孩子们在抓了猫或放了狗之后，便急忙跑向学校，冬天跑得风掀斗篷，夏天跑得凉鞋咔咔响。经过市场时，瞟一眼货摊上的水果，按季节的不同，一堆堆枇杷、橙子、橘子、杏、桃、橘子[①]、甜瓜、西瓜摆满四周，他们只少量地买点儿最便宜的尝尝；背着书包在喷泉上了釉彩的大水池上玩两三个鞍马，沿着梯也尔大街的仓库跑去，迎面扑来橙子的味道，那是工厂里在剥橙子，用橙皮制作橙剂，走过两旁是花园和别墅的上坡道，最后在拥挤的奥梅拉街碰到一群孩子，他们聊着天，等着开门。

然后，便上课了。贝尔纳先生的课总是非常有趣，理由很简单，他酷爱这一职业。室外，太阳火辣辣地照着浅

①原文如此。——译者注

黄褐色的墙壁，室内热浪袭人，尽管有黄白宽条遮帘遮阴避凉。瓢泼大雨也会像在阿尔及利亚其他地方一样下个不停，使街道变得像个昏暗潮湿的井，但教室里的人却专心读书。只有下暴雨时的苍蝇有时能转移孩子们的注意力。苍蝇被抓住，扔在墨水瓶里，它们在那儿面目可憎地死去，淹没在紫色的墨水中，锥形的小瓷瓶嵌在桌上的小洞里，瓶中装满了紫墨水。但贝尔纳先生的方法是毫不动摇，反而让教学更加生动有趣，这甚至战胜了苍蝇的吸引力。他总是适时地从聚宝柜中拿出收集的矿石、草木、蝴蝶和昆虫标本、卡片或……能引起学生思考兴趣的东西。他是学校中唯一有幻灯的人，他每个月放两次有关自然历史或地理的幻灯片。算术课上，他组织心算比赛，训练学生的思维敏捷。他让学生叉着手臂，他出一些乘、除法试题，有时也有较为复杂的加法题。1267＋697等于多少？第一个算对的人加一分，在月评比中有效。此外，他使用教材游刃有余，极为准确……教材是市里通用的。这些只知道西罗科风、尘土、急风暴雨、海滩细沙及阳光下冒火的大海的孩子们，认真地阅读着，时而夹杂着逗号、句号，读着他们感到神秘的故事。故事中的孩子们戴着软帽和羊毛围巾，穿着靴子，在冰天雪地里拖着柴捆往家走，直到看见覆盖着白雪的屋顶，烟囱里冒着炊烟，他们知道炉上的汤罐里正煮着热汤。雅克觉得故事充满了异国情调。他幻想着，满脑子是对那个他从未见过的世界的描绘，不断地询问外婆二十年前在阿尔及尔地区下了一个时辰雪的情景。对他来说，这些故事构成了学校生活富有诗意的一部分。同时还有尺子和文具盒的清漆味儿，他经常在学习时长久地咬着书包带儿的好滋味，紫墨水苦涩粗糙的气味，而尤其是轮到他为墨水瓶倒墨水时，他拿着一个深色的大瓶子，瓶塞里插入一根弯成肘形的玻璃管，雅克此时快乐地嗅着管孔；在轻轻触摸某些书籍平滑冰冷的书页时，也能闻到油墨和胶水的好味道；还有下雨的日子，发自教室后面的厚呢上衣的羊毛的潮味儿，就好像暗示着那个伊甸园般的世界，穿靴戴帽的孩子在那里踏雪返回温暖的家中。

唯有学校能给雅克和皮埃尔带来这种欢乐。他们如此热爱学校的，正是他们在家中无法得到的东西。贫穷无知使家庭生活更加艰难，更加沉闷，好似禁锢了自我；贫穷是未设吊桥的堡垒。

但并不仅仅如此，因为雅克在假期时才觉得自己是最不幸的孩子。为了摆脱这个精力过剩的孩子，外婆在假期时把他送到夏令营去，和五十来个孩子一起，由几个辅导员带着到米利亚纳的扎喀尔山里去。他们住在一所寄宿学校里，吃住都挺舒适，每天嬉戏散步，由几个亲切的护士照管着；但同时，当夜幕降临时，昏暗一下子笼罩了山丘，从邻近的兵营里传来军号声，宵禁的哀伤音符飘落在这个离旅游地百来公里的山区小城那浓浓的寂静中，孩子觉得内心涌现了无尽的绝望，默默地呼唤着他童年那一无所有、贫穷的家。

不，学校并非仅仅使他们逃离了家庭生活，至少在贝尔纳先生的课堂上，学校在他们心中滋养了孩子比成人更基本的渴求，即对探索的渴求。在其他课上，也教给他们许多东西，但总有点儿像填鸭。人们端来已做好的饭菜，请他们好好吞下去。而在热尔曼先生[①]的课堂上，他们第一次感觉到了自己的存在，感到他们受到了尊重；人们认为他们能够揭示世界。他们的老师也不仅仅为所领取的工资而教授他们，他在个人感情上也淳朴地接受了他们，他与他们共生存，向他们讲述自己的童年及他知道的儿童故事。向他们阐述自己的观点，而不是灌输自己的思想，比如，他像许多同事一样反对教权，但在课堂上从未讲过反宗教的话，也未表示过对某种选择或某种信仰的反对意见，但他却着力谴责那些不容置疑的恶习：偷窃、告密、不诚实、不正直。

尤其是，他还向他们讲述刚过去不久的战争。他曾打了四年的仗，他讲士兵们的艰苦、他们的勇敢、他们的坚忍及停战的快乐。在每个学期末放假前，或者如果时间允许的话，他时常习惯于给他们读上长长的一段多热莱斯的《木十字架》。雅克觉得这种阅读将异国风情的门敞得更大，不过，这异国风情中却笼罩着恐怖与不幸，尽管除情理上

---

①作者在此写出了小学教师的真实姓名。——译者注

之外，他从未同他陌生的父亲亲近过。他只是全身心地倾听着他的老师全身心投入地读着的一个故事，这故事又一次向他讲述了漫天大雪及可爱的寒冬，同时也讲述了那些奇怪的男人们，他们穿着沾满泥浆硬邦邦的厚布衣服，说着奇怪的语言，生活在洞子里，头上飞着炮弹、火箭和子弹。他和皮埃尔以越来越急迫的心情等待着这种阅读。这个所有人仍在谈论的战争（雅克曾沉默不语却全神贯注地倾听着达尼埃尔以自己的方式叙述他亲自参战的马恩战争，他说不清他是怎么回来的。据他说，当时，他们朱阿夫兵被摆成散兵线，然后负重下到一个沟壑里，他们前面一个人也没有，他们前进着，走到半山腰时，突然机枪手层层倒下，沟底流满了鲜血，到处是哭爹喊娘的叫声，可怕极了），这个活着的人无法忘却的战争，其阴影依然影响着人们的决定及做出的计划。这个故事比其他课上讲述的仙女故事更诱人，更神奇，如果贝尔纳先生想要改变计划，他们定会感到失望而厌倦。不过，他的故事还在继续讲述，有趣的场景及骇人的描述交替出现，渐渐地，非洲的孩子们认识了属于他们这个社会的X、Y、Z，他们谈起这些人时，就如同谈论着老朋友，这些人无处不在，如此的生机勃勃，至少雅克从来无法想象，他们会成为战争的牺牲品，尽管他们都生活在战争中。年末的一天，贝尔纳先生读到了书（*）的结尾，他以更为低沉的声音读到了D的死，他默默地合上了书，压抑着感动与回忆，他抬起眼睛望向沉浸在惊愕与沉默中的全班学生，他看到坐在第一排的雅克定睛望着他，满面泪水，无休止地抽噎着，好像永远也不会停止。“好了，小家伙，好了，小家伙。”贝尔纳先生的声音几乎听不见，然后，他站起身去柜旁整理书籍，背对着全班学生。

“等等，小家伙。”贝尔纳先生说。他艰难地站起身，将食指伸进金丝雀鸟笼中，小鸟叫得更欢了：“啊，卡西米尔，饿了，向父亲要。”他〔挪〕向房间尽头壁炉旁边的小学生课桌。他在一个抽屉里乱翻一阵，关上，再打开另一个，从里面拿出点什么东西。“噢，”他说，“这是给你的。”雅克拿到一本以杂货店棕色包装纸作封面，没有任何题目的书。无须开卷，他便知道是《木十字架》，正是贝尔纳先生在班上读过的那本。“不，不，这是……”他说道。他想说：这太漂亮了。他找不到合适的词。贝尔纳先生摇了摇他那老人的头。“最后的一天你哭了，你还记得吗？打这一天起，这本书就归你了。”他转过身去掩饰突然发红的眼圈。他再次走向书桌，然后，手藏在背后，回到雅克身边，在他眼皮下挥舞着一根短粗的红尺子（a），笑着问他：“还

（*）小说。

（a）惩罚。

记得麦芽糖吗?”“啊，贝尔纳先生,”雅克说，“你还留着它呢！您知道现在是禁止使用的。”“啐，那时也禁止。不过，你可以证明我用过它!”雅克可以做证，贝尔纳先生是赞成体罚的。的确，一般惩罚只是记分，在月底时从学生所得的分数中扣除，使你在总排名中下降名次。但情况严重时，贝尔纳先生从不像他的同事常做的那样，把违章者送到校长那儿去。按照不变的惯例，他自己采取行动。“我可怜的罗贝尔,”他镇静而心情愉快地说，“得拿麦芽糖了。”全班学生无任何反应［只除了窃笑，按照人类心态的常规，一些人的受罚总是另一些人的快乐（a）］。那孩子站起身，面色苍白，不过，通常会尽力显得泰然自若（有些人从桌边站起时即开始吞咽泪水，一直走向黑板，贝尔纳先生站在旁边的桌子前）。还是按照惯例——这有点儿虐待的味道——罗贝尔或约瑟夫自己到桌上拿来“麦芽糖”，把它交到祭司手中。

麦芽糖是一根短粗的红木尺子，沾着墨迹，上面布满刻痕与切口，这是很久以前贝尔纳先生从一个被遗忘的学生手中没收的；学生把它交到贝尔纳先生手里，他通常以嘲弄的神情接过，并叉开双腿。孩子得把脑袋伸进老师的膝盖之间，老师便收紧大腿，将其紧紧夹住，在撅起的屁股上，贝尔纳先生视违规的情况，数量不同地好好打上几

（a）或有人受罚，有人乐。

下，板子均匀地分布在两侧屁股蛋上。学生们对这种惩罚的反应各异。有的人在挨打之前就开始呻吟，于是，无所畏惧的老师注意到了他们的提前反应。另一些人天真地用手护着屁股，贝尔纳先生不经意地一下将其分开。还有的人遭到尺罚的疼痛后，拼命地反抗。还有一些人，其中包括雅克，一声不吭地轻轻战栗着忍受挨打，回到座位时吞下大滴的泪水。不过，总体来说，这种惩罚被毫无怨言地接受了。首先因为几乎所有的孩子在家里都挨过打，他们觉得这种体罚是一种正常的教育方式，其次因为老师绝对公正，人们预先便知道哪种违规——一成不变——会招致这种赎罪方式，所有超越了扣分行为界线的人都知道他们面临的是什么，而惩罚自始至终标准一致。贝尔纳先生显然很喜欢雅克，但他也像其他人一样经历了这一关，甚至就在贝尔纳先生公开表示对他偏爱的第二天。当时雅克站在黑板前，他出色地回答了一个问题，贝尔纳先生爱抚地摸了摸他的脸蛋儿，教室里传来一个喃喃的声音“宝贝”，贝尔纳先生认为这是冲他来的，就以严肃的口吻说：“是的，我是偏爱科尔梅利，正如偏爱你们中间所有在战争中失去了父亲的人。我曾同他们的父亲共同作战，而我还活着。至少在此，我尽力想要代替我死去的战友。现在，如果有人想说，我有一些‘宝贝’，那就让他去说吧！”全班学生寂静无声地听着。出了教室门，雅克问是谁唤他为“宝贝”。的确，毫无反应地接受这样的侮辱就是丧失荣誉。

“是我。”米诺兹答道。这是一个懦弱而面色苍白的大个子金发男孩，他很少出头露面，但却始终对雅克表示厌恶。“好啊，”雅克说，“你妈是个婊子（a）。”这也是一个例行的辱骂，会立即挑起战争，因为在地中海沿岸，侮辱母亲及先人自古以来就是最大的侮辱。规矩总归是规矩，其他人开始为他说话。“噢，到绿野去。”绿野是离学校不远的一大块空地，那里长着细草，堆满了旧铁圈、罐头盒及烂木桶。“拳斗”就发生在那儿。“拳斗”是一种决斗，只是用拳头取代了剑，但遵从同样的仪式，至少是在思想上。它的目的是了结争执，因为其中一方的荣誉受到了损害，或是对他的民族或种族表示了蔑视，或是被揭露、被控告做了此类的事情，偷窃或被控偷窃，或是其他一些在孩子的世界中每天都会产生的并不明确的原因。当某个学生认为，或当其他人站在他的立场上（而他也注意到了），认为他被冒犯应洗清耻辱时，惯用语为：“四点，绿野见。”此言一出，激情骤降，争吵结束。在接下来的课堂上，此消息及决斗人的姓名从一处传到另一处，同学们用眼角瞟着他们，而他们则要装出男子汉的镇定与坚决。内心深处却不然，最勇敢者也会在课堂上走神，为必须面对暴力的时刻即将来临而感到不安。但不能让对立面的同学嘲笑他，或以他们的说法，谴责决斗者“夹着尾巴”。

（a）及你死去的先人是婊子。

雅克在以男人的名义挑战了米诺兹后，不管怎么说，还是大大地夹紧了尾巴，正如每次他要面对暴力并行使暴力时一样。但他的决心已下，在他的脑子里从未有过一丝一毫要退却的念头。这是事物的规则，他也知道，在决斗前他感到难受的轻微的恶心在决斗时就会消失，被他自己的暴力行为压倒，此外，这种暴力在策略上既妨碍了他又帮助了他……值得他[①]。

与米诺兹决斗的那个晚上，一切都按规矩进行。决斗者在自己的支持者——此时已成为护理者，并已开始为其提书包了——的簇拥下首先来到了绿野，后面跟着看热闹的人，他们最终在战场上将已把斗篷及上衣脱给护理者拿着的决斗者团团围住。这一次，雅克急于求成，首先扑了上去，但并不十分自信，米诺兹向后退着，慌乱地退了几步，笨拙地躲过了对手的勾拳，照着雅克的脸就是一下。疼痛激怒了他，叫声、笑声及助手的激励声使他更加盲目。他冲向米诺兹，拳头雨点般地打过去，使他无招架之力，而碰巧一个愤怒的勾拳打在了倒霉蛋的右眼上，他失去了平衡，一屁股悲惨地坐在了地上。一只眼流着泪，另一只立即肿了起来。青肿的眼睛，漂亮而难得的一拳。在此后的好几天内，成效显著，证实了胜者的战绩。在场者发出了苏人[②]般的狂叫。米诺兹未能马上爬起，密友皮埃尔立即

①本段于此处结束。——译者注

②苏人为北美印第安人的一个部族。——译者注

庄严地宣布雅克获胜，帮他穿上衣服，披上斗篷，带他离开，身边簇拥着一群崇拜者。米诺兹一直哭着，站起身，在一小圈沮丧的人中穿上了衣服。雅克被出乎意料的速战速决冲昏了头脑，几乎听不见周围人们的祝贺及已经美化了的决斗场面叙述。他想高兴起来，这也确实在某方面满足了他的虚荣心。然而，在走出绿野，回头望向米诺兹，看到他那被自己打得变了形的脸，忧伤突然涌上了心头。由此他认识到打架并非好事，因为胜者与败者感受到的都是苦涩。

为了使教育臻于完善，人们立即让他明白了塔尔皮埃悬崖[1]就位于朱庇特神殿[2]旁边。第二天，在同学们的一片赞扬声中，他以为应该神气活现，充当好汉。开始上课时，米诺兹点名未到。雅克的邻座们对他的缺席报以冷嘲热讽，并向得胜者眨眼睛。雅克也忘乎所以地对他的同学们眯着双眼，鼓起双颊，做着粗鲁的怪样，却未注意到贝尔纳先生正看着他。当老师的声音突然回响在一下子静下来的教室里时，他的鬼脸瞬间消失了。"我可怜的宝贝，"这个冷面滑稽的人说道，"你也像其他人一样，有权享用麦芽糖了。"得胜者不得不站起身，找到受罚工具，在贝尔纳身上浓浓的花露水味道中摆出了受罚的屈辱性姿势。

---

①在古罗马卡皮托利山丘的西南端，古罗马时期，将罪犯由此处抛下。——译者注

②位于古罗马卡皮托利山丘上。——译者注

米诺兹事件并未以这种应用哲理教训而告终。这男孩缺了两天课。第三天，一个高年级学生进了教室，通知贝尔纳先生说，校长找科尔梅利同学。雅克尽管外表挺神气，内心已隐隐地感到不安了。只有情况严重时，才会被叫到校长办公室去。老师扬了扬他的浓眉，只说了声："快去吧，小不点。我希望你没做蠢事。"雅克双腿发软，跟着高年级大同学沿着院子上方的走廊——院子铺了水泥，种植着淡紫花牡荆，但其微弱的阴凉不足以抵抗酷暑—— 一直走到走廊尽头的校长办公室。他进去第一眼看到的是，米诺兹站在校长办公桌前，身边站着一位太太和一位先生，全都面带愠色。尽管他的同学肿胀的眼睛完全睁不开，面目有些变形，看到他还活着，雅克松了一口气。但他没有时间品味这种轻松。"是你打了同学吗?"校长问道。这是一个面色红润、语气果断的秃顶小个子男人。"是的。"雅克淡淡地答道。"我对您说过了，先生，"太太说道，"安德烈不是个流氓。""我们打架来着。"雅克说。"我不想知道这些，"校长说，"你知道我禁止一切斗殴，即使是在校外。你打伤了同学，你也许还能打得更重。作为第一次警告，一个星期内所有的课间休息，你都被罚站墙角。如果再发生此类的事，你就要被开除。我会把对你的处罚通知家长。你可以回教室了。"惊愕的雅克呆呆地一动不动。"去吧。"校长说。"怎么样，方托马斯大侠?"雅克回到教室时，贝尔纳先生问道。雅克哭了。"好吧，我听你说。"男孩抽噎着，断断续续地先宣布了处罚，然后说到米诺兹的父母告了状，最后讲到了打架。“你们为什么打架?”“他叫我宝贝。”“第二次?”“不，就在这儿，课堂上。”“噢，是他呀!那你认为我对你的保护不够?”雅克诚心诚意地望着贝尔纳先生：“噢，不是！噢，不是！您……”此时，他放声大哭起来。“去坐下吧。”贝尔纳先生说。“这不公正。”男孩含着泪说。“不对,”温和地对他说。[①]

第二天课间活动时，雅克在操场尽头，在同学们愉快的叫喊声中，背对着院子，罚站墙角。他两条腿轮换地站着，自己也极其渴望跑动跳跃。时而，他向后望上一眼，看到贝尔纳先生与同事们在院子的一角散步，望也不望他。但第二天，他没注意他已走到他的身后，轻轻地拍拍他的后颈：“别这个样子，垂头丧气的。米诺兹也站了墙角。你看，我允许你看一看。”在院子的另一头，米诺兹的确也孤独一人，闷闷不乐。

“在你罚站墙角的这一周，你的同伴们也不跟他玩儿。”贝尔纳先生笑了，“你看，你们俩都受到了惩罚。这合乎规则。”他俯向男孩对他说，慈爱的笑容在被罚者心中激起了爱潮：“嗯，小不点，看不出你的勾拳这么厉害。”

现在正与金丝雀说话的这个男人，在他四十岁时还叫他“小家伙”，而雅克从未停止过对他的爱戴，即使时光流

①此段于此结束。(最后一句话无主语。——译者注)

逝，相距遥远，以及第二次世界大战将他们先是分离，随后便完全杳无音信时也一样。直到1945年，一个身着军大衣、孩子般高兴的本土保卫军战士来敲他在巴黎的家门，那正是贝尔纳先生，他又一次服了役。“不是去打仗，”他说，“而是反对希特勒，你也一样，小家伙，你也参加了斗争，我就知道你是有种的。希望你别忘了你母亲，她是世上最好的。我现在要回阿尔及尔了，来看我啊。”十五年来，雅克每年都去看他，每年都像今天一样，临行前拥抱动情的老人，老人在门口握紧了他的手，正是他将雅克推到了大千世界中，独自承担起责任，让他远离家乡去揭示更多的事物（a）。

学期临近结束，贝尔纳先生唤住雅克、皮埃尔、弗勒里——他各门功课都很好，老师说：“他是进综合工科学校的料。”——以及桑迪亚哥，一个天赋差点儿，但很努力的漂亮男孩。“是这样，”教室里的人走完后，贝尔纳先生说，“你们是我最好的学生。我决定让你们去考初中和高中的助学金名额。如果你们成功了，就能得到助学金，完成中学学业，直到取得高中会考毕业证书。小学是学校中最好的，但不能引导你们的前程。高中能向你们敞开所有的大门。我更希望像你们这样穷人家的孩子从这些大门中走进去。不过，这必须得到你们父母的同意。赶快回去吧。”

（a）助学金。

他们走了，有点儿愣神，甚至相互也没说什么就分手了。雅克看到他外婆独自在饭厅的饭桌漆布上挑滨豆。他犹豫片刻，决定等母亲回来。她回来了，显得很疲惫，戴上围裙，帮外婆挑滨豆。雅克也自愿帮忙，人们给了他一个白色的粗瓷盘，这样会比较容易把滨豆中的石块挑出来。他埋着头，宣布了这一消息。“这是怎么回事？”外婆问，“毕业会考是什么时候？”“六年以后。”雅克说。外婆把盘子一推。“你听到了吗？”她对卡特琳·科尔梅利说。她没听到。雅克又慢慢地把这一消息向她重复了一遍。“噢！”她说，“这是因为你聪明。”“不管聪明不聪明，明年得让他去学徒。你明知道咱们没有钱。他得拿回他每周的工资才行。”“是的。”卡特琳说。

外面天色渐晚，气温渐爽。此时，车间里正全速运转，社区空旷而安静。雅克望着街道。除了想服从贝尔纳先生的安排外，他不知自己想要什么。不过，他才九岁，他不能，也不会违抗外婆。不过，她显然有些犹豫。“那你以后干什么？”“我不知道，也许当小学教师，像贝尔纳先生一样。”“是的，六年以后！”她慢慢地选着滨豆。“哎，”她说道，“不行，我们太穷了。你告诉贝尔纳先生我们不能。”

第二天，另外三人告诉雅克他们家里同意了。“你呢？”“我不知道。”他说，突然感到自己比其他朋友更加贫穷，这使他很难过。下课后，他们四人留了下来。皮埃尔、弗勒里和桑迪亚哥都给予了肯定的答复。“你呢，小不点？”

“我不知道。”贝尔纳先生望着他。“好吧，”他对其他人说，“不过，下课后晚上得同我一起学习。我来安排这些，你们可以走了。”他们出去后，贝尔纳先生坐在了扶手椅上，把雅克拉到身边。“怎么着?”“我外婆说我们太穷了，我明年得去干活。”“你母亲呢?”“是我外婆主事。”“我知道。”贝尔纳先生说。他考虑了一下，然后把雅克拥入怀中。“听着，应该理解她。生活对她来说太艰难了。她们两个人养活了你们，你哥哥和你，她们把你们教养成了好孩子。她有点儿怕，这是必然的。即便有助学金，也还得给你些钱。不管怎么说，在六年里，你不能为家里挣钱。你理解她吗?”雅克望着别处点了点头。“好吧。不过也许可以给她解释解释。拿上你的书包，我和你一起去!”“到家里?”雅克问。“是的。我很高兴再见你的母亲。”

过了一会儿，贝尔纳先生在雅克惊愕的目光中敲响了他家的大门。祖母开的门，用围裙擦着双手。围裙带儿扎得太紧，显出了老妇人圆圆的肚子。她见到老师，急忙用手拢了拢头。“噢，奶奶，”贝尔纳先生说，“像往常一样正在干活？您可是有功之臣啊。”外婆请来访者进屋，得先穿过睡房才能到达饭厅，让他坐在桌旁，拿出杯子和茴香酒。“您别忙了，我是来同您聊聊的。”开始，他问了问孩子们的情况，然后问到她在农场的生活，她的丈夫，他说起了自己的孩子。这时，卡特琳·科尔梅利进来了，慌了神，叫贝尔纳先生为“老师先生”，然后回到她的房间梳了梳头，穿了件干净外套，坐在离桌子稍远些的椅边上。“你嘛，”贝尔纳先生对雅克说，“你先给我出去。”“您知道，”他对外婆说，“我要说些他的好话，他会以为全是真的……”雅克走了出去，跑下楼梯，守在大门口。他在那儿又待了个把小时，街道上已渐渐热闹起来，透过榕树，可见天上的云彩随风飘动。这时，贝尔纳先生从楼梯上下来出现在他背后。他摸摸他的脑袋。“好啦，”他说，“已说定了。你外婆是个勇敢的女人。至于你母亲……噢，永远别忘记她。”“先生，”外婆突然出现在楼道里叫道，她一只手拿着围裙，另一只手擦着眼睛。“我忘了说……您说过要给雅克加课。”“当然，”贝尔纳先生说，“他不会闲玩的，请相信我。”“不过，我们不能付您钱。”贝尔纳先生认真地看着她。他抓住雅克的肩膀。“别担心，”他摇了摇雅克，“他已经付给我了。”他走远了，外婆抓着雅克的手上楼回家，这是她第一次握住雅克的手，握得紧紧的，带着某种绝望的温情。“我的小家伙，我的小家伙。”她说道。

在一个月里，每天下课后，贝尔纳先生留下这四个孩子，让他们再学习两个小时。雅克晚上回家后疲倦而兴奋，还继续做功课。外婆以忧伤而自豪的神情望着他。“他脑袋好。”埃尔斯特信服地用拳头敲着脑门说。“是的，”外婆说，“不过，我们会成什么样呢？”一天晚上，她惊跳起来，“那他的初领圣体仪式怎么办？”说实在的，宗教在这个家庭里毫不重要[1]。无人去做弥撒，无人引用或教授戒律，也无人影射彼世的报应与处罚。当有人在外婆面前提到某人去世时，她会说：“好啊，他不再放屁了。”如果是某个她觉得至少还有点儿爱戴的人时，她会说：“可怜的人，他还年轻啊。”哪怕逝者很久以来就已步入垂死的年龄了。她并非无意识。因为她见到了周围太多的死亡。她的两个孩子，她丈夫，她女婿及她所有死在战争中的侄子。准确地说，她觉得死亡同劳动和贫穷一样平常，她不用去想，可以说，她就生活在其中。再有，她极为需要出现在葬礼上，这种需要比那些阿尔及利亚人更强烈，他们被忧虑及共同的命运所迫，失去了对这些盛开在文明峰顶的花朵——葬礼的虔诚（a）。对于他们来说，死亡是必须面对的考验，就像那些先他们而去的人一样，他们从不去谈论，他们尽力表现出面对的勇气，他们把这当作男人的主要美德，但在此之前，应该尽力忘却并远离它（这便是为什么在葬礼上会显出快活的样子。莫里斯表兄?）。如果说生活中充满了斗争及日常操劳的艰难，而雅克的家庭，还得加上贫穷的可怕消耗，这便很难再有宗教的位置了。对于靠感觉来生活的埃尔斯特舅舅，宗教只是他所见，也就是说神父和仪式。他发挥自己的滑稽天才，从不错过模仿弥撒仪式的机会。他用〔拖长音调的〕象声词表示拉丁语，最后同时扮演在

---

①在空白处，有三行无法辨认的字体。——译者注

（a）死亡在阿尔及利亚。

钟声里低头祈祷的信徒及趁此机会偷喝圣酒的神父。至于卡特琳·科尔梅利，她是唯一一个温柔得让人想到信仰的人，但温柔恰恰就是她的全部信仰。对她弟弟的玩笑，她既不反对，也不确认，而是一笑了之，不过，她见到神父时，确实是称之为“神父先生”。她从不谈论上帝，说实话，这个词雅克在童年时从未听到过，他自己也从不关心。神秘而灿烂的生活足以占据了他的整个身心。

与此同时，如果在家庭中谈起一个世俗的葬礼，相反的，外婆，甚至舅舅都会对没有神父而感到遗憾：“像条狗一样。”他们说。这是因为，对于他们，正如对于大多数阿尔及利亚人，宗教已成为社会生活的一部分，但仅此而已。他们是天主教徒，正如他们是法国人，因此，便得有一定的礼仪，准确地说有四次：洗礼，初领圣体，结婚（如果有婚配的话）及临终圣事。在这间隔颇远的仪式间歇，人们得顾着其他的事，首先是生存。

理所当然，雅克得进行初领圣体仪式，正如亨利已做过的那样。他对此留下了极坏的印象，倒并非仪式本身，而是由此带来的社会后果，主要是在随后的几天里，他被迫戴着臂章去走访亲戚朋友，他们应该给他一点儿钱作礼物，孩子颇不自在地收下了，而钱随后即被外婆收回，只给了亨利一点点零钱，留下了绝大部分，因为这仪式得“花钱”。此仪式一般在小孩十二岁左右举行，而且还得上两年的教理课。因此，雅克应在中学二、三年级时再参加初领圣体仪式。但外婆此时却突然产生了这个念头。她对中学的概念模模糊糊，觉得有点儿吓人，那儿似乎是一个必须比在社区小学用功十倍的地方，因为那儿的学习能带来地位的改变。而在她的脑海中，没有加倍的劳作，任何物质改善都无法得到。此外，她衷心地希望雅克成功，因为她刚刚答应要做出牺牲，她想象着上教理课会夺去上课的时间。“不行，”她说，“你不能又上中学又上教理课。”“那好吧，我不搞初领圣体。”雅克说，他想到的主要是逃脱拜访亲友的苦差及收受钱财这种他无法忍受的侮辱。外婆望着他：“为什么？这能安排好。穿上衣服，我们去见神父。”她站起身，神色坚定地走进了她的睡房。她出来时脱掉了短上衣及干活时穿的裙子，穿上了唯一一条出门才穿的长裙〔 〕[1]，扣子一直扣到颈部，头上系着一条黑丝巾，紧贴两鬓的白发露在头巾边上，明亮的目光，紧闭的双唇，显得神情坚定。

在一座难看的现代哥特式建筑——圣查理教堂的圣器室里，外婆握住站在身边的雅克的手，坐在神父的面前，这是一个六十来岁的胖老头，圆脸，略微浮肿，大鼻子，厚唇，面带笑意，头上顶着银发，双手合掌放在由于叉开双腿而绷紧的袍子上。“我想让小家伙参加初领圣体仪式。”外婆说。“很好，太太。我们要让他成为一个好基督徒。他

①一个无法辨认的词。——译者注

儿岁了?”“九岁。”“您让他早点儿上教理课是对的。在三年中，他一定可以做好充分准备，迎接这个隆重的日子。”“不,”外婆生硬地说，“他要立即做。”“立即? 不过，仪式要一个月以后才进行。而且，不经过至少两年的教理课教诲，他是不能走到祭坛前的。”外婆将情况向他做了解释。但神父对无法同时上中学和宗教课程的说法毫不认同。他耐心而慈祥地援引自己的经验，列举例子……外婆站起身。“这样的话，他就不参加初领圣体仪式了。走，雅克。”于是，她领着男孩向出口走去。神父在他们身后急忙赶上来。“等等，太太，等等。”他慢慢地将她引回原座，试图给她讲道理。但外婆摇着头，像头固执的母驴。“要不，马上进行，要不，他就不参加了。”最后，神父让了步。他们说定，雅克去参加速成教理课程，一个月后参加仪式。神父摇着脑袋把他们送到门口，他在那儿抚摩了男孩的脸颊。“好好听讲。”他说。然后，他有些伤感地望着他。

于是，雅克要上热尔曼先生的辅导课，同时，每星期四和星期六晚上还得加上教理课。助学金考试与初领圣体仪式同时临近，他每天的日程安排得很紧，再没有玩儿的时间了。甚至星期日，而尤其是星期日，他终于做完作业后，外婆还让他干家务活或让他去购物，理由是全家已同意为他未来的教育做出牺牲，而且他在好几年中不能为家里做丝毫贡献。“不过，”雅克说，“我也许考不上，考试很难。”有时，他有点儿希望考不上，他感到人们常常提到的这种牺牲分量太重了，他那年轻好胜的心承受不起。外婆惊愕地看着他，她从未想到过这种可能。然后，她耸了耸肩膀，毫不顾忌是否矛盾，说："我建议你这么做。你的屁股会被打成两半。"教理课由堂区第二神父讲授。这是一个大个子，穿着黑色长袍，更显得高得不得了，干瘦、鹰钩鼻、深陷的两颊，极为严厉，与老神父的和蔼慈祥正相反。他的教学方法是背诵，这虽然很初级，但也许是唯一适合这些粗鲁固执的人们的方法。他的任务是对这些人进行精神教育。需要学习一些问答题，如："上帝……什么？……(a)"严格地说，这些词对于听教理课的年轻人来说毫无意义，雅克记忆力极佳，根本不懂，却能沉着地全部背诵出来。别的孩子背诵时，他便胡思乱想，张口呆望，或向同学做鬼脸。一天，他正做鬼脸时被大个子神父撞见了，他以为是冲着他的，于是，认为有必要教会人们尊重他享有的神圣特权，他把雅克叫到所有的孩子面前，一言未发，用他那瘦骨嶙峋的长手狠狠地打了他一个耳光。雅克被打得险些跌倒。"现在回到你的位置上去。"神父说。男孩看着他，滴泪未落（在他一生中，他只为仁与爱落泪，从不为苦与难流泪，相反地，这只会使他的心更坚，意更决），他回到了自己的座位上。他的左脸火辣辣的，口中有血的味道。他用舌尖舔舔，发现脸颊内侧被打破了，流着血。

(a) 见教理课本。

他把自己的血吞进了肚里。

在余下的教理课上，他心不在焉，神父对他说话时，他平静地望着他，目光中既无谴责也无爱意，毫无错误地背诵有关圣人及基督祭献的问答，心却飞到离背诵地几百公里的地方，想象着这双重的考试其实最终只是一个而已。沉浸在学习中，正如沉浸在不断的幻想中，冰冷可怕的教堂中越来越多的晚间弥撒使他隐约有些感动，管风琴让他第一次听到了音乐，因为在此之前，他所听到的都是些愚蠢的老调，于是，他更多更深地幻想着这样一个梦境：幽暗中，到处金光闪闪，闪烁在物体及圣职服饰间，终于与神秘相遇。但这神秘无名无姓，教理课上命名并严格确认的圣人们与此毫不相干，他们只是延伸了他生存的这个赤裸裸的世界；而他沉浸其中的这种热烈、内在、模糊的神秘却仅仅扩展了他母亲日常那审慎的笑容或静默所带来的神秘感。晚上，他走进饭厅，看到母亲独自在家，也不点灯，任凭夜色渐渐笼罩全屋，她自己像一个更加灰暗、更加丰满的形体，透过窗户沉思地望着街上那热闹的——但对她来说却是寂静的——来来往往。于是，男孩在门口止住脚步，内心痛苦，极爱母亲及母亲身上那种不属于或不再属于这个世界和日常平凡生活的那种东西。后来，举行了初领圣体仪式。雅克对此已没有什么印象了，只还记得前一天的忏悔，他承认了人们曾告诉他做错了的那几件事，也就是说，无关紧要的事，然后是：“你不曾有过罪恶的念头吗?”“有的，神父。”为防万一，孩子说道，尽管他不明白念头怎么会成为罪恶。直到第二天，他都惴惴不安，生怕无意中流露了罪恶的念头，或者，这一点他比较明白，怕说漏嘴他众多小学生词汇中的粗话。他好歹坚持到举行仪式的那天早上，至少是没使用这样的语句。在仪式上，他穿着海员服，戴着臂章，拿着一本小经本和小白球的念珠，这些都是由家境稍强的亲戚们提供的（玛格丽特姨妈等），在一列手持大蜡烛的孩子中间，挥动着蜡烛走在中心过道上，站在第二排的亲友着迷地望着他们。雷鸣般的音乐奏起，他不知所措，内心恐慌，满怀一种奇特的激情，这使他第一次感受到自己的力量，那要获胜、要生存的无穷的自我能量。在整个仪式期间，他始终被这种激情攫住，以至对所发生的一切都毫不在意，其中包括领圣体，直到返回家中上桌吃饭。那天请了亲友吃饭，饭菜比平常〔丰盛〕一些，渐渐地，惯于吃喝节俭的客人们兴奋起来，最后全屋里快乐无比，这破坏了雅克的情绪，使他极为困惑，直至吃甜点时，在兴奋热闹的场面达到最高潮时，他放声哭了起来。“你怎么了?”外婆问道。“我不知道，我不知道。”被激怒的外婆打了他一个耳光。“这样，”她说，“你就会知道为什么哭了。”实际上，望着母亲从桌子上方向他投来的忧郁的微笑，他知道自己为什么哭。

“这一项已顺利过去，”贝尔纳先生说，“好吧，现在好好学习。”又过了几天艰苦学习的日子，最后的课程是在贝尔纳先生家里上的（描写一下房间?），而后，一天早上，在雅克家附近的有轨电车站上，四个学生手拿垫板、尺子和文具盒围在热尔曼先生周围，在他家的阳台上，雅克看到母亲和外婆俯着身子，向他们挥着手。

举行考试的中学正好在城的另一侧，位于沿海湾建造的半圆形城市的另一端，这个社区从前富裕而沉闷，现在，由于西班牙移民的加入，已成为阿尔及尔大众喜爱、生机勃勃的社区之一，中学是一座俯瞰街道的巨大方形建筑。两侧的台阶及正面宽阔壮观的楼梯直通中学，两边是种植着香蕉树和[1]的小园子，用栅栏围起，以防学生破坏。中央楼梯通向一个走廊，走廊与两侧的台阶相连，直接通往一个漂亮的大门，它只在重要场合时才打开，旁边一个对着守门人玻璃窗的小门供平时进出。

走廊里有一群提前到达的学生，大部分都举止轻松，以掩饰内心的胆怯，有几个面色苍白，一言不发，暴露了内心的焦虑。贝尔纳先生同他的学生就在其中等待着，站在紧闭的大门前，清晨的气温还挺凉爽，街上还潮漉漉的，过一会儿，太阳出来后就会给街道铺上尘土了。他们提前了足有半个小时，默默无语，紧靠在老师旁边，老师也找不到话说，他突然走开去，告诉他们一会儿就回来。的确，过了一会儿，他们就看见他回来了，戴着卷边帽子，这一

①手稿上此处没有其他的词。——译者注

天特意穿上了护腿套，非常优雅，每只手各拿着两个螺旋形的纸包，他走近后，他们看到纸上浸满了油。“是牛角面包，”贝尔纳先生说，“现在吃一个，另一个十点时吃。”他们说声谢谢，吃了起来，但吃在口中却难以下咽。“别害怕，”小学老师重复着，“好好看试题及作文题，多看几遍，你们有时间。”是的，他们要多看几遍，照他说的去做，他无所不知，在他身边，生活无障碍，只需听从他的指导。这时，小门旁一阵喧闹。六十来个学生一齐向那个方向拥去。一个办事员开了门，念名单。雅克的名字在前边。他抓住老师的手，有点儿犹豫。“去吧，孩子。”贝尔纳先生说。雅克颤抖着走向门口，进门前，回过身来望着老师，他站在那儿，高大，结实，他平静地对雅克笑着，对他点点头（a）。

中午，贝尔纳先生在门口等着他们。他们把草稿拿给他看。只有桑迪亚哥做错了题。“你的作文很好。”他简单地对雅克说。一点钟，他又把他们带回来。四点钟，他又站在那儿，检查着他们的答题。“好啦，”他说，“得等了。”两天后，上午十点，他们五人又一起来到小门前。门开了，办事员又念起了名单，此次名单短多了，念的是录取者的名单。在吵闹声中，雅克没听到他的名字。但他的脖子被人快乐地一拍，听到贝尔纳先生对他说：“好啊！小不点，

（a）证实一下助学金计划。

你考上了。”只有桑迪亚哥未成功。他们有些悲伤地望着他。“没什么，”他说，“没什么。”雅克已弄不清身在何方，发生了什么。他们四个人一起回到电车站。“我去见你们的父母，”贝尔纳先生说，“我先去科尔梅利家，因为他家最近。”简陋的饭厅里此时坐满了女人，其中有他的外婆，他的母亲——她为此而请了一天假（?）——他们的邻居马松家的女人们，他站在老师身旁，最后一次嗅着花露水的味道，紧贴着这个温暖的壮汉，外婆在邻居面前兴高采烈。“谢谢，贝尔纳先生，谢谢。”她说着。此时，贝尔纳先生正抚摩着孩子的脑袋。“你不再需要我了，”他说，“你会有更有知识的老师。不过，你知道我在哪儿，如果需要我帮忙，就来找我。”他走了，雅克独自留在一帮女人中，随后，他冲向窗户，看到他的老师最后一次向他挥手告别，让他日后独自去闯荡。他没有了成功的喜悦，一种无尽的孩子的痛苦绞得心痛，就好像他预先知道，这一成功使他刚刚脱离了那个无辜而热情的穷人世界，这世界自我封闭，犹如大千世界中的一个小岛，在那里，贫困使众人一家，团结一致，而被抛到了一个陌生的世界，那里不是他的世界，他不能相信那里的老师会比这个内心无所不知的老师更博学。今后，他必须无助地去学习，去了解，最终成为一个男人，不再有那唯一曾助他一臂之力的男人的帮助，要自己去成长，去提高，并为此付出极大的代价。

七 蒙多维：殖民化与父亲

（a）现在，他长大了……从博恩到蒙多维的路上，雅克·科尔梅利乘坐的马车与竖着长枪慢慢行驶的吉普车交错而过……

“韦亚尔先生？”

“是的。”

男人站在他那个小农场的门里望着雅克·科尔梅利。这是一个矮壮的人，肩膀浑圆。他左手扶着打开的门扇，右手紧抓门框，因此，尽管房门大开，进屋的道路却并不畅通。他那花白稀疏的头发使他看起来颇像个罗马人，由此判断，他应该四十来岁。不过，他面容端庄，双目明亮，晒得黝黑，身体稍欠灵活，却既无赘肉也不显肚腩，身着土黄色长裤，皮编凉鞋及带口袋的蓝色衬衣，显得要年轻得多。他一动不动地听着雅克的解释。随后，一声“请进”，他让开了路。雅克走在小走廊里，走廊的墙壁刷得很白，里面只摆了一个棕色的箱子及一个顶端弯曲的木制伞架。这时，他听到农场主在他身后笑了起来。“总之，这是一次朝圣！坦白地说，来得正是时候。”“为什么？”雅克问道。“到饭厅去吧，”农场主说，“那儿是最凉快的房间。”

（a）马车，火车，船，飞机。

饭厅的一半是阳台，除了一扇外，所有的软草帘子都放了下来。房间里除了一张桌子及式样现代的矮木橱柜外，还有几把藤椅和折叠式帆布躺椅。雅克回转身，发现他是独身一人。他向阳台走去，透过帘子的缝隙，他看到院子里种着淡紫花牡荆，牡荆间两辆鲜红色的拖拉机闪着光。稍远处，在午前十一点那尚可忍受的阳光下，是一排排葡萄藤。过了一会儿，农场主托着一个托盘进来了，托盘上有一瓶茴香酒、杯子和一瓶冰镇凉水。农场主举起装满乳状液体的杯子。

“如果您再迟些，您可能在这儿什么也见不到了。不管怎么说，没有一个法国人能向您提供情况了。”“是老医生告诉我说，您的农场就是我出生的地方。”“是的，它属于圣·阿波特尔垦区，不过，我父母是在战后买下它的。”雅克环视着周围。“您肯定不是生在这儿。我父母全部重建了。”“他们战前认识我父亲吗?”“我想不认识。他们原先住得离土耳其边境很近，后来他们想靠近文明的地方。索尔弗里诺，对他们来说，就是文明之地。”“他们没听说过原来的经营者?”“没有。既然您是这地方的人，您知道怎么回事。这里什么都留不住。人们总是推倒了，再重建。人们展望未来，遗忘过去。”“噢，”雅克说，“我徒然地打扰了您。”“不，”另一位说，“我们很高兴。”他对他微笑着。雅克喝光了他的酒。“您的父母留在边境那边了?”“没有。那是禁区，在战壕附近。可见您不知道我父亲。”他也喝光了杯中的酒，好像又来了情绪，大笑起来："他是一个老移殖民，古式的，就是巴黎人辱骂的那种人，您知道的。的确，他一直很严厉。六十岁了，细高干瘦，就像一个不辞劳苦的清教徒。您看，族长式的。他让阿拉伯工人卖苦力，不过，公正地说，也让他的儿孙们干苦活。因此，当去年非得撤离时，真是一场混乱。这地区已住不得了，得抱着枪睡觉才行。当拉斯吉尔农场遭到攻击时，您记得吗?""不。"雅克回答。"应该记得。父亲和两个儿子被割了喉咙，母亲和女儿被数度强奸，然后处死了……总之……省长非常不幸地对聚集的农民们说，得重新考虑〔殖民化〕问题，对待阿拉伯人的方式问题，并说，以往的那一页已翻过去了。"老人家让人明白，在他的家里，谁也不能发号施令。但从此，他就一直咬紧牙关。夜里，他有时会爬起来，走出屋门。我母亲透过百叶窗观察他，看到他在自己的土地上来回踱步。疏散的命令传来时，他什么也没说。他的葡萄已收获完毕，酒已入桶。他把酒桶都放开，然后走向咸水泉，以前，正是他亲手为其改了道，现在又让它重新流过他的土地，随后又装备了一台带深耕犁铧的拖拉机。整整三天，他光着脑袋，一言不发地握着方向盘，把整个农场土地上的葡萄藤都犁了出来。想想吧，干瘦的老人颤颤地坐在拖拉机上，当犁铧遇到一支特别粗的葡萄枝蔓时，就推动加速手柄，甚至不停下吃饭，我母亲给他送去面包、奶酪和西班牙红肠，他大口吞下，安宁地、像做其他事一样，扔掉一大块硬面包头，加速工作。从早到晚，不看远处的群山，也不瞅聚拢来的阿拉伯人，他们很快得到了消息，远远地看他干活，也同样一言不发。当一位年轻上尉得到通知赶来，并让他对此做出解释时，他对他说："年轻人，既然我们在此所做的都是罪恶，那就应该铲除它。"做完这一切后，他回到农场，穿过浸满从酒桶中溢出的葡萄酒的院子，开始收拾行装。阿拉伯工人们在院子里等着他（还有一支巡逻队，是上尉派来的，也不知究竟为什么，由一位和气的中尉带着，等待着命令）。"老板，该做什么?""如果我是你的话，"老人说道，"我就去科西嘉丛林。他们就要取胜了。法国没有男人了。"

农场主笑了："嗯，够直率的吧！"

"他们和您住一起?"

"不，他们再也不想听人说起阿尔及利亚了。他目前在马赛，住在一套现代化套房里。妈妈写信说，他在房间里转来转去。"

"您呢?"

"噢，我嘛，我留下来了，并要坚持到底。不管发生什么，我都留在这儿。我把全家都送到阿尔及尔去了。我要在这儿咽气。在巴黎，人们理解不了。您不包括在内，您知道唯一能理解这一切的是什么人吗?"

"阿拉伯人。"

"完全正确。大家天生就挺融洽。像我们一样简单而粗野，但同是男人的血脉。还会有相互残杀，相互阉割及相互小小的折磨，然后，又重新共处。这地方就这样。再来点儿茴香酒？"

"淡一点儿。"雅克说。

随后，他们走出房门。雅克询问这地方是否还有可能认识他父母的人。韦亚尔认为除了为他接生，并在索尔弗里诺当地退休了的老医生外，没有他人了。圣·阿波特尔垦区已换了两次主人，许多阿拉伯人都死在两次大战中，许多其他人又诞生了。"这里的一切都在改变，"韦亚尔重复着，"变得太快，太快了，都已忘却了。"不过，也许唐扎尔老人……他是圣·阿波特尔垦区其中一个农场的守场人。1913年，他应该二十来岁。不管怎么说，雅克可以看看他的出生地。

远处的群山环绕着除北边外的整个地区，正午的酷暑使其犹如明亮薄雾中的巨大石块，轮廓朦胧，山间从前曾是沼泽地，现在是塞浦兹平原，一直延伸至北部海边，在酷热泛白的晴空照耀下，是大片齐整的葡萄园，发蓝的叶子，是经过硫酸铜杀菌处理的，已经黑紫的串串葡萄，田间时而可见一排排柏树或桉树丛，树荫下坐落着几幢房屋。他们沿农场小道而行，每踏一步都会扬起红红的尘土。他们眼前直至群山的大片园地颤颤悠悠，太阳正肆虐猖獗。当他们来到梧桐树丛后的小房屋时，已是汗流浃背了。一只看不见的狗狂吠着迎接他们。

小房屋已相当破旧，桑木小门紧紧地关着。韦亚尔上前拍门。狗叫得更凶了。吠声好似来自房屋另一侧一个紧紧关闭的小院。“信任至关重要。”农场主说，“他们在那儿。但他们在等待。”

“唐扎尔，是韦亚尔。”他叫着。

“六个月前，有人来找他的女婿，人们想知道，他是否给科西嘉丛林提供供给。从此再无人提起他。一个月前，有人告诉唐扎尔，似乎他想逃跑，于是被打死了。”

“噢，”雅克问，“他是为科西嘉丛林提供供给吗?”

“也许是，也许不是。有什么办法呢？这是战争。不过，这就说明了，为什么在这好客的地方，门迟迟不开。”

正好此时，大门开了。唐扎尔，小个儿，〔　〕[①]发，头上戴一顶宽边草帽，身穿打了补丁的蓝色连衣裤，他对着韦亚尔微笑，瞅瞅雅克。“这是一个朋友。他出生在这儿。”“请进，”唐扎尔说，“喝点儿茶。”

唐扎尔什么也不记得。对，可能。他听一个叔叔说起过有一个经营者在这儿待了几个月，那是战后的事了。

“是战前。”雅克说。或是战前，也有可能。他那时似乎很年轻。他爸爸后来怎么样了？他死于战争。“Mektoub。”[②]唐扎尔说，“不过战争不好。”“总有仗打。”韦亚尔说。人们很快便习惯了和平，人们以为这很正常。不，

①两个看不清的词。——译者注

②阿拉伯语：“这是命中注定。”——译者注

战争才是正常的（a）。“战争中的人都发了疯。”唐扎尔说着，走向一个女人，从她手中接过茶盘，她站在另一间屋里，转过了头。他们喝了滚烫的咖啡，道了谢，又重新走上葡萄园间烤人的小路。“我坐出租车回索尔弗里诺，”雅克说，“医生请我吃午饭。”“我不请自去，请等一等。我去拿点儿吃的。”

后来，在返回阿尔及尔的飞机上，雅克尽力想将他收集到的情况整理出个头绪。说实在的，收集到的不多，而且没有一条与他父亲直接相关。黑夜奇怪地好似从大地上，以几乎可测的迅速腾起，直至咬住飞机，飞机笔直、平稳地飞行着，好似一颗螺钉直接钻入浓浓的夜幕中。这昏暗使雅克更加不适，他觉得受到了飞机和黑暗的双层封锁，感到呼吸有点儿困难。他重见了户籍册及两个证人的名字，名字是地道的法国名，正如巴黎的路牌上常见的那种。老医生在向他叙述了他父亲的到来及他的出生后，又对他说，那两个出生证人是索尔弗里诺的商人，他们是首先到来者，并同意给他父亲帮忙，他们的姓名是巴黎郊区人中常见的，是的，不过有点儿奇特，因为索尔弗里诺是由法国1848年的革命党人建起来的。“是的，”韦亚尔说，“我的曾祖父母就是。正因为此，老父是一颗革命的种子。”他又明确地说明，最早的祖先中，他是圣德尼区的木匠，她是个洗衣女

（a）发挥。

工。当时巴黎失业人口很多，引起了不满与骚动，于是，制宪会议投票通过拨款五千万法郎用以建立一个殖民地(a)，许愿给每个人一处住房和二至十公顷土地。“您可以想象当时有多少应征者。有一千多人。所有的人都梦想得到许诺的土地。尤其是男人们。女人们对陌生之地有点儿恐惧。但他们！他们革命了一场可不想一无所获。这正如对圣诞老人的信任。对于他们来说，圣诞老人拥有一件阿拉伯呢斗篷。那么，他们得到了他们的圣诞礼物。他们于1849年出发，1854年建起了第一座房屋。在此期间……”

雅克此时呼吸顺畅了些。最初的黑夜经过滗析，身后留下了潮水般的星辰，此刻已是满天繁星了。只是身下发动机的嗡嗡声还使他感到头晕。他试着想想那个售角豆树果和草料的老人，他认识他的父亲，模模糊糊有些印象，不停地重复说：“不爱说话，不爱说话。”但嗓音使他疯狂，使他陷入麻木状态，他徒劳地想要回忆，想象他的父亲，他消失在了身后这片无边无际仇视敌对的土地上，在这个村庄，这片平原默默无闻的历史中建家立业。在医生家他们谈到的一些细节与这些驳船的到来一齐涌入他的脑海，按医生说，正是这些驳船将巴黎的殖垦者们运到了索尔弗里诺。当时没有火车，噢，不对，不对，有的，但只通到里昂。于是，六艘驳船由拉纤马匹拖着，市府管乐队高奏

(a) 48（作者框起的数字）。

《马赛曲》和《出征之歌》，神父们在塞纳河岸上祈祷祝福，河岸上飘扬着旗子，上面绣着村庄的名字，此时，这些村庄并不存在，乘船者们正满心兴奋地要去建立。驳船已开始漂流，慢慢地掠过巴黎，航路流畅，将要消失，让上帝的祝福保佑你们的事业吧，即便是强者，巷战中的硬汉也闭紧双唇，心情沉重，他们那心悸的妻子们一切都依靠他们了。在底舱，得睡在草垫子上，耳边是丝般的声音，头上是肮脏的流水，女人们互相拉起床单脱换衣服。在这一切中，他父亲在哪儿？哪儿都不在。然而，这百年前晚秋运河上的拖船在落满枯叶的江河上漂流了一个月，在灰蒙蒙的天空下，岸边闪过光秃秃的榛树与柳树，在各城市受到官方铜管乐队的欢迎，又载上新的漂流者向陌生地进发。正是这一切使他对圣布里厄的年轻逝者有了更多的了解，远远胜出他去寻找的那些〔老人们的〕杂乱无章的记忆。此时，发动机改变了转速。下面那黑暗的大片土地，那些支离破碎、锋利刺人的夜之碎块便是卡比利亚，是这一地区最野蛮、血腥的地带，长久以来始终野蛮、血腥，一百年前，1848年的工人们就奔向那里，他们挤在军舰里，是“石岩号”，老医生说：“这是船的名字，您想象一下，‘石岩号’驶向阳光灿烂、蚊虫飞舞的地方。”“石岩号”桨片急转，在密史特拉风[1]激起的暴风雨冰冷的水中转动帆桁，

①法国南部及地中海上干寒而强烈的西北风或北风。——译者注

甲板被极地的风横扫了五个昼夜，征战者们在底舱里翻肠倒肚地呕吐，你吐到我，我吐到你，真是生不如死，直到进入博恩港口，码头上人们奏乐迎接脸色发绿的探险者们，他们来自那么遥远的地方，远离欧洲的首都，同妻子孩子及家具来到这里，经过五个星期的漂流，踉踉跄跄地踏上了这片远处泛蓝的土地，他们不安地感受到陌生的气味儿，混杂着厩肥香料和〔　〕[①]。

雅克在他的座椅上翻了个身；他处于半睡半醒之中。他看见了从未谋面，甚至不知高矮的父亲，看见他在博恩码头的移民之中，此时滑车正在卸运那些航行后存留下来的简陋家具，而为家具遗失引起的争吵声渐起。他站在那儿，坚决、忧郁，咬紧牙关；大约四十年前，在同样的秋日下，坐着破旧的马车，他不也正是走过了从博恩到索尔弗里诺的这同一条道路吗？不过，那个时候的移民是无路可寻的，女人和孩子们挤在军队的辎重车里，男人步行，约略地摸索着在大片沼泽地或荆棘丛中开路，时而遇到成群阿拉伯人敌视的目光，这些人远远地站着，身边始终伴着狂吠不止的卡比尔狗群，直至他们在傍晚时到达了他父亲四十年前到的那个地方，平平坦坦，远处高山环绕，没有住房，没有一分耕地，只有几顶土色的军用帐篷，只有大片光秃秃的荒漠，对于他们来说，这是世界的尽头，处

①一个辨认不清的词。——译者注

在天荒荒、地茫茫（*）之中。于是，夜里，女人们哭泣了，为劳累，为恐惧，为失望。

同样是夜晚抵达一个敌对的穷乡僻壤，同样是男人们，随后，随后……噢！雅克不知他父亲怎样，但其他人，同一回事，得在笑着的士兵面前打起精神，住到帐篷里。房子是以后的事了，就要建房的，然后是分土地，劳动，神圣的劳动能拯救一切。“不能马上开工……”韦亚尔说。雨水，阿尔及利亚的雨水，量多，雨大，没完没了，足足下了八天，塞浦兹河泛滥了，帐篷周边都成了沼泽，他们无法出去，敌对的兄弟们待在又脏又挤的大帐篷里，无休止的暴雨打得帐篷噼啪作响。为了除去臭味儿，他们割来空心芦苇，用于从屋里向外尿尿，雨一停，他们便在木匠的指挥下开工建简易棚屋。

“哦，勇敢的人们，”韦亚尔笑着说，“他们在春天建完了小小的棚屋，然后又患上了霍乱。据老父说，我的木匠祖先失去了妻子和女儿，她们当时对远行犹豫不定是有道理的。”“是的。”老医生来回踱着步子说。他系着绑腿，腰板挺直而自豪，他坐不住。“每天都要死十来个人。天热得太早，棚屋里酷热难耐。而且，卫生条件，可想而知。总之，每天要死十来个人。”与他们同行的那些军人们应付不了了。这些人真奇怪，他们用光了所有的药。于是，他们

（*）陌生的。

想出了一个主意：用跳舞来活血。每天晚上收工后，殖垦者们在送葬间歇里伴着小提琴跳起了舞。这主意不坏。勇敢的人们热得满身大汗，流行病止住了。“这真是个费尽心思的主意。”是的，是个主意。在潮热的夜里，就在病人沉睡的棚屋间，乡村小提琴师坐在货箱上，身旁点亮一个灯笼，蚊虫围着灯笼嗡嗡地叫着，穿着长袍布服的征服者们跳着，围着熊熊的荆棘大火，拼命地流汗，在营地的四周，有一个哨兵值班放哨，保卫着围在中央的人们免受侵犯，有黑色浓毛狮子，牲畜盗贼，阿拉伯团伙，有时也有来自其他法国营地为了食物或消遣而进行的劫掠。后来，终于分了土地，零散的小块土地离棚屋区很远。再后来建起了村庄，垒起了土围墙。但三分之二的殖垦者已死去了，就像整个阿尔及利亚一样，镐和犁连碰都未碰。剩下的人继续做着田里的巴黎人，耕耘着，头戴高顶黑礼帽，肩背长枪，嘴里咬着烟斗，这里只允许抽带盖的烟斗，从不许抽卷烟，怕引起火灾，兜里揣着奎宁片，奎宁当时在博恩的咖啡馆和蒙多维的饭堂里当作日常消费品出售，为您的健康！由他们身着绸裙的妻子陪伴着。不过，始终得背着长枪，周围还有士兵守卫，甚至去塞浦兹河中洗衣服，也得有士兵护送，而她们从前在档案街的洗衣处时，是边洗衣边闲聊的。村庄本身也常遭夜袭，比如1851年，在一次暴动中，几百个穿着阿拉伯呢斗篷的骑手围着围墙乱转，最后，看到被围者用炉筒佯作大炮瞄准时才逃离开去。在敌对的地方建设与劳动，敌人不接受这种占领，向一切可触及之物实行报复。重现脑中的是在博恩路上，一辆车子陷入了泥潭，殖垦者们留下了一个孕妇，去寻求帮助，他们回来时看到女人的肚子被划开，乳房被割掉。“这就是战争。”韦亚尔说。“我们要公允，”老医生补充说，“人们把他们一家大小关在洞穴里，是的，是的，他们阉割了最早的柏柏尔人，他们自己……再追溯到最早的罪人，你们知道，他叫该隐，从此以后，就有了战争，人变得面目可憎，尤其是在烈日炎炎之下。”

吃过午饭，他们穿过村庄，这村庄雷同于全地区的几百个村庄，几百个十九世纪末期风格平庸的小房子，分布在几条街市上，几座大楼，如合作社、农业信用社及集会大厅与街道形成直角，而所有的街道又都汇合于一个用金属架搭成的音乐亭，好似一个驯马场或一个地铁入口。多年来，节日时，市政乐队或军乐队在此演奏音乐，而身着节日盛装的夫妇们成双结对地在周围漫步，在酷热与尘土中，剥吃着花生。今天也是星期日，但军队的心理研究部门在亭子上安装了扩音器，人群大部分为阿拉伯人，但他们并不绕场走动，而是呆呆地站着，聆听夹杂着述说的阿拉伯音乐。法国人混在人群中，全都一个模样，神情忧郁，前程渺茫，正如从前乘坐“石岩号”来到此地或在其他同等条件的地带登陆的先辈们，有着同样的痛苦，为了远离贫穷或迫害，遇到的是痛苦和石头。就像马翁的西班牙人，雅克的母亲就来自那里，或这些阿尔萨斯人，他们在1871年时拒绝了德国人的统治，选择了法国，人们将1871年被杀或被俘的暴乱分子的土地分给他们，逃避兵役者取代了造反者——既是受害者又是迫害者——滚烫的位置，他的父亲就来自那里。四十年后，他也来到了这些地方，同样的神情忧郁而执拗，衷心地展望着未来，正像那些不喜欢他们的过去，并否认过去的人一样，他也是一个移民，正如那些曾在这里生活，或生活过而未留痕迹的人一样，只有一块殖民者小墓地那破损、长着绿苔的墓碑了，就像韦亚尔走后，雅克与老医生最后参观过的那个一样。一面是最新殡葬方式那充满跳蚤市场和珍珠市场上小玩意的崭新丑陋的墓碑，现代人迷恋这些；另一面，在古老的柏树中，在铺满松针、松果的小路间，或在脚下长着盛开小黄花的酢浆草的湿墙边，旧墓碑几乎与土同色，已辨认不清了。

一个多世纪以来，成群的人们来到这里，耕耘、犁地，某些地方越犁越深，另一些地方的耕地却越来越浅，直到一层薄土将其盖住，整个地区又重新野草丛生，他们生儿育女，然后消失了。他们的儿子们也是如此。他们的子孙在这块土地上生存，就像他一样，没有过去，没有道德，没有教导，没有信仰，但乐于如此，乐于这样生活在阳光之中，在夜晚与死亡面前感到忧虑。这几代人，这些来自众多不同地区的人们，在已初见暮色的奇妙天空下，固守住自己，不留痕迹地消失了。他们已被深深地遗忘，事实上，这片土地给予的正是这个，它与暮色一起从天而降，罩住正走在乡间小道上的三个男人，由于夜色临近，他们感到忧伤，充满焦虑，当夜幕一下子降至大海，笼住起伏的大山及高原时，非洲的男人们都会感受到这种焦虑不安，正如在德尔弗山边所感受的那种神圣的不安，那里的夜晚会产生同样的效果，庙宇与祭坛会显现山中。但在非洲大地上，庙宇已被毁坏，残存的只有心灵上这种无法承受的负重及温馨的感觉。是的，他们都死去了！他们还将死去！静静地，抛开一切，正如他的父亲，死于无人理解的悲剧中，远离他的故乡，度过了不是自然而成的一生，从孤儿院到医院，中间经过了不可避免的婚姻，生活就这样不以他的意志建立了起来，直到战争杀害了他，埋葬了他，从此成为家人及儿子的陌生人。他也被深深地遗忘，无尽的遗忘是他这一类人最终的祖国，是无根无源的起始的生命的必达之地，在现时的图书馆里如此多的回忆录利用在这个殖垦地找到的孩子们，是的，在这里的都是寻回及失去的孩子，他们建起了临时的城镇，日后有一天，在他们自己中间及其他人中间死去，就好似人类的历史在其中一片古老的土地上从未停止过步伐，但却留下太少的痕迹。这历史在不落的阳光下同真正创造了历史的人们的记忆一起蒸发掉，只简化为暴力与屠杀，仇恨的怒火，迅速涨满又一下子干涸了的血流，一如此地的平谷。此时，夜色从地面升起，开始淹没一切，死去的和活着的，在始终神奇的天空下。他恐怕永远也无法了解他的父亲，他继续沉睡在那边，面容永远消失在灰烬中。这个男人身上有种神秘感，他曾想弄清这种神秘。但最终，只有贫困这个秘密让人们既无姓名，也无过去，让人们回到了默默死去的大众之中，他们创造了世界，又永远地摆脱了世界。这正是他父亲与“石岩号”船上的人们的共同点。萨海尔的马翁人，高原上的阿尔萨斯人，以及这个介于沙与海之间的很大的岛屿，现在已被寂静覆盖住了，也就是说，从血缘、勇气、劳作、天性上来看，都是既残酷又令人同情。他曾想摆脱无名的地区，无名的人群及家庭，但在他内心，却固执而持续地寻求着无闻无名，他属于这个部落。夜色中，他茫然地走在气喘吁吁的老医生左侧，聆听着从广场上传来的阵阵音乐，眼前又出现了亭子边那些阿拉伯人冷漠而难以捉摸的面孔，韦亚尔的大笑及倔强的面庞，也重现了爆炸时，他母亲那绝望的面庞上使他心痛的柔弱与悲伤。在年代的夜幕中走在遗忘国里，那里每个人都是第一个人，他自己就不得不独自成长，没有父亲，从未经历过这样的时刻：父亲唤着儿子，等他稍大懂事时，对他诉说家庭的秘密，或往昔的痛苦，或他的生活经验，在这样的时刻，甚至愚蠢丑恶的波洛尼厄斯在听雷欧提斯诉说时也会一下子变得伟大起来。而他长到十六岁、二十岁，从来无人对他诉说，他只得自己去学、独自成长，长力气，长能力，独自寻找他的道德准则及他的真理，最终长成一个男人。随后，又经历了更加艰难的诞生，开始同他人相处，同女人相处，正如所有出生于此的男人们，一个又一个地在没有根基、没有信仰中试图学会生活。今天，他们全都面临着一个危险，即永远的默默无闻，并失去他们曾留在这片土地上的那点儿神圣痕迹。墓地中夜色笼罩的那些无法辨认的墓碑应教会其他人去感受那些已被遗忘的、这片土地上众多的前辈征服者们，此时，他们应该承认其先驱种族团结及命运的力量。

飞机正向阿尔及尔降落。雅克想着圣布里厄的小墓地，在那儿，士兵们的墓地比蒙多维（*）的墓地养护得好。地中海在我心中隔开了两个世界：一个是在有限的地域，记忆与姓名都保存完好；另一个是在大片的土地上，风卷沙土擦去了人的痕迹。他曾试图摆脱那种无声无息、贫困无知的生活，摆脱他禁锢其中的那种盲目的忍耐，无语言、无计划的现实生活。他曾周游了世界，立业、创造、揭示了人类，他每天都忙得不可开交。然而，此时，在他的内心深处，他知道，圣布里厄及其象征，对他来说，从未占据过什么位置。他想到他刚刚离开的破旧、长着绿苔的坟墓，以一种奇特的愉悦接受了这个事实：死亡将他带回了他真正的祖国，也以无尽的遗忘掩住了那个怪异而〔平凡〕之人的记忆，他曾无助地成长、立业，在贫穷之中，在幸

（*）阿尔及尔。

福的大海边，在世界的晨曦中，以便日后能独自地、没有回忆、没有信仰地去接触他那个时代众人的世界及可怕而振奋的历史。

第二部

儿子或第一个人

一　中　学

（a）这一年的10月1日，雅克·科尔梅利（b）脚穿大大的新鞋，颇不得劲儿，身穿浆过的衬衣，举止拘谨，肩挎散发着油漆和皮子气味的书包，与皮埃尔一起站在有轨电车的车头前部，看着他们旁边的司机将手柄推到了一挡速度，沉重的车辆离开了贝尔库车站。这时，雅克回转过头，想看看几米之外的母亲和外婆，她们依然俯在窗台上，目送他第一次走向神秘的中学，但他未能看到她们，因为他旁边的人翻开《阿尔及利亚快讯》，正在阅读内版。于是，他又转身朝向前方，看着钢轨被机车一段段地吞进，

（a）从中学初期开始并依序写下去，或者先介绍成年时期，然后再回到中学初期，直至生病。

（b）描述孩子的外貌。

在他们的头顶上，电缆线在晨风中晃动。离开了家，离开了这个除了几次远游外，他从未真正离开过的熟悉的社区（当人们进城时，说是“去阿尔及尔”），他心里有点儿难过。车速越来越快，尽管皮埃尔友好地与他肩靠着肩，他还是感到孤独不安，就像走进一个陌生的世界，不知如何是好。

实际上，无人能助他们。他和皮埃尔立即发现他们得独自面对一切。贝尔纳先生，他们不敢去打扰，况且他也说不出什么，因为他对中学一无所知。在他们家里，更是全然不知。对于雅克全家，比如说，拉丁语是完全没有意义的符号。曾有那样几个时代（只除了原始兽性时代，这他们倒可以想象），人们不讲法语，有那样的一些文明相继而至，其习俗与语言是如此的不同，这些事实他们浑然不知。图像、书籍、传闻，以及平常交谈中肤浅的文化知识，这一切她们从未涉及过。在这个家庭中，没有报纸，在雅克带回书以前，没有书籍，也没有收音机，有的只是一些常用的东西。家里来的都是亲戚好友，人们很少出门，即便出门，也总是去拜访同样无知的家庭，雅克从中学带回的东西在家里无人理解，于是，他与家人之间便更加无话可说。在中学，他同样不能谈论他的家庭，他感觉到这个家有点儿特别，即便他能够战胜使他缄默不语的强烈的羞耻感，他也无法表达这种感觉。

使他们感到孤独的，并非是社会阶层的不同。在这个移民国家中，到处可见迅速致富及惊人的破产，阶层的界线远不如种族明显。如果孩子们是阿拉伯人，他们会更加痛苦，倍感苦涩。此外，他们在社区小学时已接触过阿拉伯同学，不过，中学的阿拉伯孩子却不同，他们都是有钱有势的人家的子弟。不，使他们感到不同于人的东西，而雅克比皮埃尔更甚，因为这种独特感在他家中比在皮埃尔家更为明显，这便是他的家庭不可能符合传统的价值及观念。在学年初的问卷中，他当然可以回答说他的父亲死于战争，这大致上已体现了其社会地位，说明他是国家抚养的战争孤儿，这大家都明白。但随后，便犯难了。在发下来的表格中，他不知应在“父母职业”中写什么。他先写上了“家庭妇女”，而皮埃尔写的是“邮电局职工”。但皮埃尔告诉他，做家务不是一项职业，而是指一个不工作、在家做家务的主妇。“不，”雅克说，“她也给其他人做家务活，特别是对面的服饰用品店。”“那么，”皮埃尔迟疑着说，“我想，应该写上女佣。”雅克从未有过这个念头，理由很简单，这个不常用的词在他家中从未有人提过——还有一个理由便是他们家里从来无人感觉到她在为别人工作，她首先是为自己的孩子工作。雅克写上了这个词，写完后，一下子感受到了羞耻，并为有这种羞耻感而感到羞耻。

孩子本身并不重要，代表他的是他的父母。正是通过其父母的社会地位，他为自己定位，在世人眼中定位。他感到自己所受到的真正的评价也要受父母的影响，也就是说，是无可辩驳的。雅克刚刚发现的正是这种世人的评价，以及对自己心态的自我评价。他那时无法知道，长大成人后，自然就不会有这种羞耻感了。因为，判断一个人的好坏，要看他的为人，家庭的影响很小，反之，甚至可能会以长大成人的孩子来评判其家庭。但此时的雅克需具有超常的坚强而纯洁的心灵才能承受他的发现，需具有强人的忍辱负重才能接受向他揭示了自己本质的痛苦而不会发狂及感到耻辱。他毫不具备这些品质，但固有的骄傲至少在此时帮助了他，让他坚定地在表格上写下了“女佣”，并神色坚定地交给了辅导老师，而老师却毫未留意。就此，雅克丝毫不想改变家庭及家况，他现在的母亲就是他在世界上最爱的人，即使他是极其狂热而痛苦地爱着她。此外，如何才能让人明白，一个穷孩子虽然有时会感到羞愧，但却从来无所想望?

还有一次，当人们询问他的宗教信仰时，他答道：“天主教。”当问他是否要上教理课时，他想起了外婆的恐惧，回答说不。板着面孔的辅导老师说：“总之，你是一个不遵守教规的天主教徒。”雅克无法解释他家的事及他们家人对待宗教的奇特方式。因此，他坚定地答道：“是的。”人们笑了起来，觉得他挺任性。而此时，正是他最六神无主的时候。

又一天，语文老师发给每个学生一份有关校内管理的印刷材料，让他们带回家由父母签字。材料上列举了禁止学生带入学校的物件，从武器乃至画报，还有扑克牌等，其用词极为讲究，雅克只得用白话给他母亲和外婆做了个概述。家中只有母亲能够在材料下边好歹签个名字（a），因为丈夫去世后，她每个季度要去领取战争寡妇抚恤金，国库的管理部门——不过，卡特琳·科尔梅利只简单地说去国库，对她来说，这只是个专有名词，没有任何意义，但却使孩子们感到那是个神话般的地方，是取之不尽的财源。他们的母亲每隔一段时间就可去取上一小笔钱——每次都让她签名，开始她感到为难，后来，一个邻居（?）教她照葫芦画瓢地学会了“寡妇加缪”的签名，她凑合着写了上去，并得到了认可。但第二天早晨，母亲由于要去清扫一个开门很早的商店，已先于他出了门，雅克发现母亲忘记签名了。他外婆不会。她是用画圈的方法来算账的，根据一个圈，还是两个圈，分别代表个位、十位或百位。雅克只得带着未签名的材料去了学校，解释说母亲忘记了。当被问到他家里是不是没有别人能签名时，他回答说是的。从老师惊讶的神情上，他才发现，这种情况并不像他始终认为的那样平常。

更使他感到困惑的是那些大城市的年轻人，他们是由于父亲的工作调动而偶然来到阿尔及尔的。最令他琢磨的是乔治·迪迪埃（b）。他们俩都非常喜欢法文课和阅读课，

（a）在他逝世时又重见他。

（b）回忆。

因此，他们之间关系很密切，皮埃尔对此颇为忌妒。迪迪埃的父亲是个官吏，是一个严格遵守教规的天主教徒。他母亲“搞音乐”，他姐姐（雅克从未见过，但他有着美好的幻想）绣花，而迪迪埃的一生，据他自己说，是要成为神父。他极为聪明，在信仰与道德问题上毫不妥协，坚定不移。从未听他说过一句粗话，或像其他孩子那样，扬扬自得地说些暗指生理或生育之类的话，尽管在他们头脑中对此类话题的含义并不十分清晰。他们成了好朋友后，他试着做的第一件事，便是让雅克不再说粗话。雅克同他在一起时轻而易举地就办到了。但当他同其他人共处时，又随意地说起了粗话（此时，他多变的性格已显现出来，这使他能够轻易地做许多事，使他能讲多种语言，适应各种环境，扮演各种角色，只除了……）。同迪迪埃在一起，雅克才知道了什么是法国中产阶级。他的朋友在法国拥有一座住宅，他每年都回去度假，他经常对雅克讲起或在信中描述，这房屋有一个阁楼，里面放满了旧箱子，箱子里保存着家庭里的通信、纪念物和照片。他了解自己祖父母及曾祖父母的故事，一个曾在特拉法加当过水手的祖先的故事，这漫长的历史在他的想象中栩栩如生，是他日常行为举止的榜样及鞭策。“我爷爷说过……我爸爸希望……”他就这样显示着他的严谨，他那累人的纯正。当他谈到法国时，总是说“我们的祖国”，并表示在需要时，愿为祖国做出牺牲（“你的父亲是为祖国而死的”，他对雅克说……），而祖国的概念对雅克来说没有意义，他知道他是法国人，应承担某些义务，但对于他来说，法国是看不见、摸不着的，人们倚仗她，有时她也需要你，有点儿像他在外边听人谈论过的上帝，这上帝似乎是善与恶的最高掌管者，人们无法影响它，而它却左右着人类的命运。他的这种感觉比同他一起生活的几个女人更强烈。“妈妈，什么是祖国（a)?”有一天他问道。她显得有点慌，正如她每次遇到不明白的事。“我不知道。”她说道。“是法国。”“噢！是的。”她好似松了口气。而迪迪埃知道这一切，对他来说，世代相传的家庭牢牢地存在于世，通过其历史，他了解他的出生地，他称呼圣女贞德时只呼其名：让娜。同样，对他来说，善与恶都有一定之规，正如他自己当年与未来的命运一样。雅克，以及皮埃尔隐隐地感觉到他们属于另类：没有过去，没有祖屋，没有堆满信件与照片的阁楼。从理论上说，他们是一个模糊国家的公民，那里会有白雪覆盖屋顶，然而他们却是在烤人的骄阳下长大，具有最初级的道德观，例如教导他们不能偷窃，要保护母亲及妇女，但对有关女人及对待上级的关系等众多问题却毫未涉及……（等等）。总之，他们是被上帝遗忘，也不知晓上帝的孩子，无法设计未来。他们觉得，在太阳、大海或贫困那漫不经心的神灵保护下，每日的现实生活已是如此取之不尽了。的确，如

（a）1940年对祖国的发现。

果说雅克如此深切地依恋迪迪埃，恐怕正是由于这孩子那颗追求完美的心，极为忠诚的心（雅克第一次听到忠诚这个词——他曾读过上百次——就是出自迪迪埃之口），以及他那种迷人的温情，不过，也是由于他的与众不同。在雅克看来，他的魅力具有异国情调，深深地吸引着他，正如长大成人后，雅克感到不可抗拒地被外国女人所吸引。那个具有家史、传统及宗教的孩子对雅克的诱惑力可与晒黑了皮肤的冒险者相媲美，他们从热带地区归来，罩在奇特而不可思议的神秘光圈中。

但卡比利亚[1]牧童站在阳光暴晒而光秃的山上，望着大雁飞过，幻想着它们来自北方，途经万里来到此地。他在白天幻想了一整天，晚上回到长满乳香黄连木的山丘上，回到家中穿长裙的女人身边，回到破旧的茅屋，他的根基扎在这里。就这样，雅克被资产阶级（?）传统这种奇特的媚药所迷醉，而实际上，他最亲近的人是同他最为相似者，这就是皮埃尔。每天早晨六点一刻（只除了星期日和星期四），雅克大步地跃下他家的楼梯，奔跑着，无论是在夏季的湿润气候中，还是在冬季把他的披风吹得鼓鼓的暴风雨中，在喷泉处转弯，跑上皮埃尔家的街道，冲上三楼轻轻地敲门。皮埃尔的妈妈，一个漂亮大方的女人给他打开门，一进门就是摆设简单的饭厅。饭厅两头的墙上各有一扇门，

①阿尔及利亚山区名。——译者注

通向卧室。一间是皮埃尔与母亲同住，另一间住的是他的两个舅舅，强壮的铁路工人，不爱说话，总是面带笑容。进入饭厅右手一间既不通风也无光线的小房间用作厨房和卫生间。皮埃尔总不准时。他坐在铺着漆布的饭桌前，如果是冬天还亮着一盏油灯，手里端着一个棕色的釉瓷大碗，小心地大口喝着他母亲为他准备的滚烫的牛奶咖啡。“吹一吹。”她说道。他吹了吹，咂着嘴吮吸着，雅克来回换腿站在旁边望着他（a）。皮埃尔喝完后，还得到点着蜡烛的厨房去，洗碗池前放着一杯水，水杯上摆着一支挤上一条专用牙膏的牙刷，因为他患有牙齿脓漏。他穿上斗篷，背上书包，戴好帽子，全副武装地到厨房里用力而长久地刷着牙，然后很响地吐在洗碗池中。牙膏的药味儿与牛奶咖啡味儿混在一起，雅克有点儿恶心，同时也等得不耐烦了，他显示在脸上让皮埃尔知道，随之而来的便常常是赌气，而这也恰是友谊的凝固剂。于是，他们沉默不语地走下楼梯，来到街上，板着脸一直走到有轨电车站。有时却正相反，他们嬉笑着互相追逐，或是把一个书包当橄榄球相互传递。他们在车站等着车，窥着红色电车是否到来，以便早知道坐两三位司机中哪一位的车。

他们看不上后面那两节车厢，总是爬到车头上去，站在前边。每次都很艰难，因为电车上挤满了进城上班的工

（a）中学的校服帽。

人，而且他们的书包也挺碍事。每次有人下车，他们就赶紧往前挤，站到最前面去。在那块用铁板和玻璃制成的隔板后边，高而窄的变速箱顶上有一个手柄，可平行环绕转动，其中一个大而凸起的钢卡槽为空挡，另外三个为各挡速度，第五个卡槽为倒车挡。只有司机们可以操纵这手柄，在他们的上方贴着一个告示，禁止与司机谈话。两个孩子极为崇拜他们，把他们看作半个神仙。他们身穿准军事化的制服，戴着硬牛皮帽檐的制服帽，只有阿拉伯司机顶着小圆帽。两个孩子以貌辨人。一个是“友好的小个儿青年”，他看上去很年轻，肩膀瘦削；“棕熊”是一个又高又壮、线条粗犷的阿拉伯人，目光始终直视前方；“动物之友”是一个面色灰暗、目光明亮的意大利人，总是弓腰握着手柄，他绰号的由来是——他几乎会把车停下来，以避免压着一条心不在焉的狗，还有一次是一条狗大模大样地将狗屎拉在铁轨之间时；“佐罗”是个大个子蠢家伙，他的面庞和小胡子颇像道格拉斯·范朋克[1]。“动物之友”是孩子们心仪的朋友，但他们最崇拜的是“棕熊”，他沉着镇静，稳稳地端坐着，快速驾驶着轰轰响的电车，蒲扇般的左手紧握着操纵杆，只要可能，立即将速度推到三挡，警惕的右手放在变速箱右侧的大制动轮上，做好准备，一旦手柄推到空挡，电车在钢轨上沉重滑动时，便有力地把制

①道格拉斯·范朋克（1883—1939），美国演员。——译者注

动轮转上几圈。“棕熊”驾车时，在转弯和道岔处，用大螺旋弹簧固定在电车顶上的集电器杆常会脱离通过一个空心轮相连接的电缆线，于是，它震颤着，噼啪作响，擦着火星，直立起来。售票员跳下电车，抓住集电器杆一端的长线——这长线自动卷入动力车后面的铁箱中——用尽全身力气顶住钢轮的阻力把线拉出，把集电器杆重新向后拉去，让它慢慢上升，试着让电线进入轮子的空心轮辋中，周围迸溅着火花。孩子们把身子探出车外，如果是冬天，就把鼻子挤在车窗上，关注着一切，成功时，便对着人群通告一声，这样既通知了司机，又未违规与其交谈。但“棕熊”却无动于衷，他按规矩等着售票员拉动悬在电车后部的细短绳，使前面的铃声响起，发出开车信号。于是，他又重新启动电车，仍然勇往直前。孩子们聚在前面，在阴雨绵绵或阳光灿烂的清晨，看着脚下与头顶驶过的钢轨和电网，快乐地望着电车快速超过一辆马车，或与一辆笨重的汽车并驾齐驱一阵。随着市中心的临近，每到一站，就有一些阿拉伯工人和法国工人下车，而穿着整洁的另一些人又上了车，铃声一响，电车又重新起动，就这样从城市弧形的这一端驶向另一端，直到一下子来到港口，宽阔的海湾一直延伸到天边那蓝蓝的大山边。再过三站，就是终点站：市府广场，孩子们就在那儿下车。广场的三面环着树木及带拱廊的房屋，一面朝向白色的清真寺，后面是港口。广场中央矗立着奥尔良公爵的跃马雕像，在明亮的天空下盖满铜锈，青铜已成黑色，阴天下雨时流淌着雨水（传说，雕塑家忘了雕上马衔索，因而自杀了），马尾上不停地流着水，落在用铁栅围绕雕像的小花坛中。广场上铺着亮亮的小块铺路石，孩子们跳下电车后，在路面上一直滑向巴巴苏恩街，从那儿五分钟就能走到中学。

巴巴苏恩街是一条狭窄的街道，两边的拱廊坐落在粗大的方柱上，使其更显狭窄，也就刚好铺设上电车轨道，由另一家公司经营，保障着此区与城市高地社区的交通。晴天，蔚蓝的天空像一个火热的盖子罩在街上，拱廊下的阴凉处还算凉快。雨天，整条街就变成一个潮湿发亮的石头深沟。拱廊里的商店接连不断。布匹批发商的店面涂成深色，柔和地衬托出亮色面料；香料店中飘出丁子香花蕾和咖啡的香味儿；阿拉伯商贩摆摊出售流着油和蜜的糕点；阴暗幽深的咖啡店中，大咖啡壶此时正噗噗作响（而晚上，灯光照得通亮，咖啡店里人声鼎沸，一群男人踏着撒在地板上的锯末，挤在吧台前，吧台上摆着装满烧酒的杯子及满茶碟的羽扇豆、鳀鱼、芹菜块、橄榄、炸薯条和花生米）；最后是为游人开的百货店，里面出售难看的东方彩色玻璃小饰物，小饰物摆在平放的玻璃框中，四周是放着明信片的旋转栏及色彩鲜艳的摩尔式头巾。

其中一个百货店位于拱廊中部，店主是一个总坐在玻璃窗后面的胖男人，无论是在阴凉中还是在灯光中，他都显得臃肿、苍白，金鱼眼，就像是搬起石块或枯木后看到的动物一样，尤其是头上一毛不留。鉴于他这一特点，中学生们为他起了绰号“苍蝇溜冰场”及“蚊子赛车场”，宣称蚊蝇在这头顶的不毛之地上奔跑转弯时会失去控制，无法保持平衡。通常，在晚上，他们像一群惊鸟一样从商店前蜂拥而过，看着他，叫着倒霉蛋的绰号，发出“滋滋”的叫声，模仿着苍蝇滑下的声音。胖商贩斥骂着他们；有那么一两次，他自以为是地试图追赶他们，却不得不放弃了。突然，他在叫嚷取笑声中缄默不语，接连几个晚上，助长了孩子们的威风，最后竟然到他眼皮底下来大喊大叫了。一天晚上，胖商贩雇用的几个阿拉伯青年从藏身的柱子后突然出现，扑向了奔逃的孩子们。雅克和皮埃尔那个晚上多亏腿脚敏捷，才快速逃脱了惩罚。雅克只是脑后挨了一巴掌，醒过神来后，立即远离了对手。但是他们有两三个同学脑袋上却重重地挨了好几下。随后，学生们又密谋要劫掠商店，打伤店主，但事实上，他们的诡计没有任何下文，他们不再折磨他们的受害者，并习惯了假惺惺地从对面的人行道上走过。“人们泄气了。”雅克苦涩地说道，“不管怎么说，是我们错了。”皮埃尔答道：“是我们错了，而且我们怕拳头。”后来，他回忆起这段故事，那时，他（真正）明白了，人只是装作遵纪守法，而从来只在强力面前屈服（a）。

（a）他也像其他人一样。

巴巴苏恩街的中部，有一侧没有拱廊，显得宽阔些，那里坐落着圣维多利亚教堂。这座小教堂占据的位置原来是一座清真寺。在教堂刷白的正面上，有一个奉献祭品箱，总是鲜花盛开。在畅通的人行道上开着花店，孩子们经过的时候，架上已摆满了鲜花，按季节的不同，大把的鸢尾花、康乃馨、玫瑰花或银莲花插在高高的保养盒里，其上部边沿由于经常洒水淋花而锈蚀了。在同一条人行道上，还有一个阿拉伯炸糕店，这实际上是一间陋室，勉强住下三个男人。陋室的一侧挖了一个火炉，周围铺着蓝白相间的瓷砖，火炉上一个翻滚的大油锅正在欢唱。火炉前总是盘腿坐着一个怪人，穿着阿拉伯短裤。天热时上身半裸，其他时候穿一件欧式上衣，翻领处用一个安全别针扣紧，再加上他剃光的脑袋，瘦削的脸庞及缺齿的嘴巴，活像一个未戴眼镜的甘地。他手持一个红色搪瓷漏勺，照看着炸在油中渐黄的圆炸糕。炸好一个，也就是说，当炸糕外表金黄，而细腻的内心面团变得松脆呈半透明状时（就像透明的炸薯条），他就小心地将长柄大勺伸到炸糕下，迅速把它捞出油锅，在上面晃动三四下漏漏油，然后将炸糕放在面前用玻璃罩着的货架上，货架的隔板上戳了几个洞，一边摆着已经备好的蜜糖糕条，另一边，扁而圆的是炸糕。皮埃尔和雅克酷爱这些甜食，当他们两人中哪一个极其偶然地有点儿钱时，他们便停下脚步，接过用纸包着的炸糕，包纸立刻被油浸成透明状，或是买一个蜜糕，小贩在交给他们之前，先浸入火炉旁边的一个坛子里，糕条于是沾满深色的蜂蜜，星星点点地夹杂着炸糕碎屑。孩子们接过漂亮的美食，咬上一大口，一直往学校跑去，头及上身向前倾着，怕弄脏衣服。

正是从圣维多利亚教堂前，每年开学后不久，燕群南飞。的确，街道在此处变宽，街道上方拉满了电线，甚至还有一条高压电缆，从前为有轨电车所用，废掉不用后也未拆掉。寒潮初至——此地的冷也是相对的，因为从不冻冰。不过，经过几个月的炎炎夏日后，这种寒冷也是极为明显的——燕子（a）常飞翔在海滨大道上空，飞在中学前的广场上，或飞在贫民区的上空，时而尖叫着啄几下榕树果、海上的垃圾或新鲜的驴粪蛋儿，先是形单影只地出现在巴巴苏恩街的过道中，低低地飞着迎向电车，再呼的一下飞往高处，消失在屋顶上方的天空中。一天早晨，圣维多利亚小广场屋顶上方的电线上突然站满了几千只燕子，紧紧相挨，淡黑色脖颈上的小脑袋点点啄啄，轻轻地移动着爪子，摆动着尾巴为新来者腾点儿位置，灰色的鸟粪盖满了人行道，上万只燕子齐声喳喳叫着，时而夹杂着短促的咕咕声，从清晨起就在街道上空不停地窃窃私语。黄昏，孩子们奔向电车站时，燕叫声渐渐高亢，几乎震聋耳朵，而突然好似得到了无声的命令，万只小脑袋、黑色尾巴的

（a）即格雷尼埃所说的阿尔及利亚麻雀。

燕子相依而眠。有两三天的工夫，燕子分拨从萨海尔各地赶来，有的还来自更遥远的地方，尽力地在先来者之间安顿下来，渐渐地占据了主要居住地两侧沿街的檐口，齐声欢叫，最后终于变得震耳欲聋。随后，一天早晨，骤然间，燕去街空。曙光来临之前，燕子成群南飞了。对于孩子们来说，冬天远早于季节来临了，因为，他们觉得夏季是不能缺少温暖夜色中的燕群欢叫的。

巴巴苏恩街的尽头是一个大广场，左右两侧面对面坐落着中学与兵营。中学背靠阿拉伯城区，其陡峭潮湿的街道沿山坡而上。兵营背临大海。过了中学就是马朗格公园。过了兵营是几乎住了一半西班牙人的巴贝鲁埃德贫民区。离七点一刻差几分钟的时候，皮埃尔和雅克大步爬上台阶，从正门旁边的小门融入一群孩子中。他们来到正面宽大的阶梯前，阶梯两侧贴着光荣榜，他们飞跑上阶梯来到平台前，平台左侧是楼梯，一道玻璃长廊将其与院子隔开。在平台的一根柱子后边，他们看到“犀牛”正在监视着迟到者（“犀牛”是总学监，科西嘉岛人，矮小，爱激动，因有两撇翘胡子而得名）。另一种生活开始了。

皮埃尔和雅克出于“家庭状况”而获得了半寄膳生待遇助学金。因此，他们可以整天待在学校，中午在食堂吃饭。通常早上八点或九点上课，但住校生于七点一刻吃早饭，半寄膳生也有权享用。两个家庭所能享受的权利如此之少，他们从未想象过要放弃某种权利；因此，雅克和皮埃尔便成为极少数七点一刻到校的半寄膳生了。他们来到白色的圆形大饭堂，睡眼惺忪的住宿生们已经坐在镀锌长桌前，面对着大碗及堆着厚厚的干面包片的大筐子。侍者们——大部分为阿拉伯人——裹着粗布大围裙，手提带着长长壶嘴、原本亮闪闪的大咖啡壶穿行于排排饭桌间，往大碗里倒滚烫的饮料，其中的菊苣多于咖啡。孩子们享用了早餐，一刻钟后，便可去学习室，在一个本身也住校的老师的监督下，学生们在课前温习课文。

与社区小学最大的区别是教师很多。在中学，课变老师变，教学方法也随之而变（a）。于是便可做比较，也就是说，可以选择对之爱或不爱。从这一点上看，一个小学老师更像父亲，几乎无所不管，不可或缺。因此，爱不爱他其实不能成为问题。人们爱他，常常是因为要绝对依靠他。如果偶尔有哪个孩子不喜欢他，或不太喜欢他，这种依赖与需要依然存在，与爱也差不多。在中学则相反，老师就像叔叔，是有权进行选择的。尤其是，可以不爱他们。有那么个物理老师，穿着讲究，语言却专横粗鲁，雅克和皮埃尔始终无法“忍受”他，尽管在几年中常常得见他。有幸成为他们最爱的是文学老师。孩子们见他的次数比别的老师多。的确，每次上课，雅克和皮埃尔都很迷恋他，但却无法依赖他，因为他对他们毫无所知，课一结束，他

（a）贝尔纳先生受到爱戴与欣赏。而在中学，最好的老师也只是被欣赏，学生们不敢去爱。

就回到了未知的生活中去，而他们也返回远处的社区，那里绝不会有中学老师居住，他们从未遇到过老师或同学。在他们的电车线上——红色的电车通向下城区（C. F. R. A. 线），而被认为是富人居住的上城区走的是另一条线，跑的是绿色电车（T. A. 线）。此外，T. A. 线直达学校，而C. F. R. A. 线却停在市府广场，得从下边〔 〕[①]到中学。因此，课一结束，两个孩子一出校门，或者在稍远的市府广场上，他们离开一帮欢快的同学，走向通往贫民区的红色电车时，就会产生隔离感，他们感到的正是隔离，而不是自卑。他们住在别处，仅此而已。

日间上课时，却没有这种隔膜。身上的罩衫可新可旧，但他们都很相像。唯有课堂上的聪颖及游戏中的灵巧才是竞争。在这两项竞争中，这两个孩子都不落后。他们在小学得到了扎实的训练，这使他们从六年级[②]起就名列前茅。他们工整的书写，准确的计算，训练有素的记忆力，特别是，他们受到的教育，是要尊重所有的知识，这些至少从一开始就成了他们的王牌。如果雅克不是那么坐不住——这常常影响他上光荣榜，如果皮埃尔拉丁语学得更好，他们就会获得全面的胜利。通常，他们都会得到老师的鼓励，受到同学们的尊重。至于游戏，主要是足球，课间休息时，

---

①一个无法辨认的词。——译者注

②按法国中学的学制，初中为六年级至三年级，高中为二年级、一年级、毕业班。——译者注

雅克一开始就展示了他多年酷爱足球的水平。比赛是在饭后的休息时间，以及住宿生、半寄膳生和留校学习的非住宿生在四点钟最后一节课前的一个小时休息时进行。此时的一个小时时间是让学生们吃点儿东西并放松一下，以便能在随后的两个小时中专心准备第二天的功课（a）。雅克才不吃点心呢。这个足球迷跑向水泥地院子，院子周围是有粗柱子的长廊（长廊下，用功者及乖孩子们正边走边聊），那一溜儿摆着四五条绿色的长凳，种植着粗壮的榕树，并用铁栅保护着。两个阵营分占了院子，守门员守在各侧的两个柱子之间，一个大大的泡沫橡胶球置于中央。没有裁判，球一脚踢出，比赛便伴着叫喊声开始了。学习上与优等生已平起平坐的雅克，正是在这个球场上，得到了差生的尊重与爱戴，他们由于缺乏头脑，常常受到从天而降的狠狠的一脚，跑得上气不接下气。在这儿，他首次与皮埃尔分开了，因为皮埃尔尽管也生来灵活，却从不踢球，他比雅克长得快，也弱些，头发也更黄，就好似换了地方，他适应得差些。雅克呢，迟迟长不起来，人们给他起了一些优雅的外号："超低空飞行""矮臀"。不过，他对此毫不在意，用脚飞快地传着球，接连躲过大树，绕过对手，他觉得自己是院子里的国王，生活中的主宰。鼓声响起，预示着课间休息结束，课堂重新开始，这时，他才真

（a）班上人数有所减少，因为非住宿生回家了。

正从天上掉下来，突然感到脚踏水泥地，喘着粗气，淌着汗水，为时间的短暂感到气恼，随后，渐渐意识到该上课了，于是又重新与同学一起拥向人群，用袖子大把地擦去满脸的汗水，突然想到鞋钉的磨损，心中一悸。上课后，不安地查看着鞋底，试图估摸一下与前一天的不同及鞋尖的亮度，看到难以衡量磨损程度，稍稍放了点儿心。不过，有时出现了无法弥补的损坏，如鞋底开了，鞋面断了，或鞋跟扭了，毫无疑问，他回家会受到什么样的对待。这时他收紧肚腹，吞咽着口水，在两个小时的学习中，试图以更加用心的学习来弥补错误。然而，尽管他非常努力，挨打的恐惧还是闹得他心不在焉。此外，这最后的课堂学习显得非常漫长。首先是两个小时。随后，天黑或黄昏时还得继续。高大的窗户朝着马朗格公园。在同桌坐着的雅克和皮埃尔周围，学生们比平时更安静，学习和游戏使他们疲倦，此时他们都埋头于最后的学习时刻。尤其是岁末时，夜色降临在公园的大树上、花坛中及香蕉树丛间，青天渐渐色浓，缓缓弥漫，此时，城市的嘈杂声变得遥远而低沉。天气炎热，某扇窗户微启，能听到小花园上空传来的最后一批燕子的叫声，山梅花及大玉兰树的香味淹没了笔墨尺子的酸苦味。雅克幻想着，心里挺难过，直到年轻的辅导老师将他唤回现实，这个老师自己也在准备大学里的功课。还得等待放学的鼓声。

七点钟，人流拥出校门，一拨拨喧嚷的学生沿着巴巴苏恩街奔跑，街边所有的商店都亮起了灯光，长廊下的人行道上挤满了人，以至于有时得跑到汽车道上去，走在铁轨中间，直到看见电车开来，又得赶紧挤进长廊下，一直跑到市府广场前，四周阿拉伯商贩的亭子及货摊，用乙炔灯照得通亮，孩子们愉快地嗅着灯的香料。红色的电车等在那儿，已经人满为患，人远多于早晨，有时人多得站在踏脚上，这是不允许的，但同时又被容忍了，直到有人在某一站下了车，孩子们才钻入人群，各自散开，绝对无法交谈，只用臂肘和身体慢慢挤撞着来到扶手边，从这儿能看到昏暗中的港口，那些缀着灯光的大游船，在暮色笼罩的大海中，好似失火后还残留着炭火的楼房。于是，通亮的大电车在大海的咆哮声中驶过，随后便向市中心开去，在越来越破烂的房屋间穿行，直到贝尔库区，他们在那儿分手。从永远都是黑黢黢的楼梯走向煤油灯的亮光，圆圆的油灯只照亮了餐桌上的漆布及周围的椅子，其他地方依然昏暗，卡特琳·科尔梅利在橱柜前忙着准备餐具，外婆在厨房里热着午间剩下的烩菜，哥哥则在桌角读探险小说。有时，得去姆扎博人开的副食店买即时缺少的盐或四分之一块黄油，或去咖啡馆卡比家找回仍在夸夸其谈的埃尔斯特舅舅。八点钟吃晚饭，静悄悄的，或者舅舅讲起一个不知其所以然的奇遇，逗得自己哈哈大笑。一般来说，不会谈论学校的事，只有时外婆问雅克是否得了高分，雅克说是的，便再无人说话。他母亲从不问他什么，当他说得了好分数时，晃晃脑袋，温柔地望着他，始终是默默的，有点远远的。“别动，”她对母亲说，“我去拿奶酪。”然后，便毫无动静地直到吃完饭，她站起身收拾餐桌。“帮帮你妈妈。”外婆说道。此时，他正拿起小说《帕尔达扬》，准备贪婪地读下去。他帮忙收拾完了，回到灯下，将充满决斗与勇气的大厚书本放在光滑无物的漆布上，这时，他母亲从灯下拿开一把椅子，冬季时坐到窗户边，夏季时坐到阳台上，观望着来来往往、逐渐稀疏的电车、汽车及行人。又是外婆告诉雅克得去睡觉了，因为他第二天早上五点半就得起床。他先拥吻了外婆，随后是舅舅，最后是他母亲。母亲温柔而心不在焉地吻了他一下，又重新一动不动地在夜色中望着街上及下面不懈地流淌着的生命之河，她不懈地待在上边，而她儿子，嗓子发紧，也不懈地在黑暗中观视着她，看着她那弯弯瘦瘦的脊背，充满了在不幸面前那种说不清楚的不安，他一点儿也不懂。

鸡窝与杀鸡

这种对未知事物与死亡的不安，他出了校门回家时总能感受到，每天傍晚时便一下子充满他的胸膛，犹如昏暗迅速地吞没了大地，直到晚上外婆点亮煤油灯为止。外婆将灯罩放在漆布桌上，稍稍踮起脚尖，双腿靠在桌沿上，身体前倾，拧着脖子看灯罩下的灯口，一只手捏住调灯芯的铜制调节轮，另一只手用燃着的火柴拨弄着灯芯，直到灯芯明亮地燃烧起来。于是，外婆将灯罩罩进带齿的铜制灯托槽里，发出些许响声，然后，在桌前重新站直，抬起一只手臂，继续调节灯芯，直到黄黄的、暖暖的灯光在桌子上照出圆圆的一圈，光线更加柔和，好似在漆布上反着光，照着女人与孩子的脸庞。孩子此时正在桌子的另一侧观看着点灯仪式，随着灯光亮起，他的心情渐渐放松了。

有时，外婆在某些特定的场合让他去院中抓鸡时，他也会感受到同样的不安，他尽力用骄傲或虚荣去战胜它。那总是在晚上，节日的前夕，复活节或圣诞节前，或者是一个阔点儿的亲戚来家时，家里既想表示尊重，也想掩饰家中的实际经济情况，显得体面一些。的确，雅克上中学的头几年，外婆让约瑟夫舅舅星期日做小买卖时弄回一些阿拉伯小鸡崽，动员起埃尔斯特舅舅在院子尽头潮湿发黏的地上就地盖起一个简陋的鸡棚，她养了五六只鸡，这些鸡为她下蛋，时而还要献出生命。外婆第一次决定采取行动时，全家正在吃饭，她让哥哥去把受害鸡抓来。但路易[1]拒绝担此重任，他明确地表示他害怕。外婆冷笑着斥责这些富人的孩子们丝毫不像她那个时代的孩童们，他们那时在穷乡僻壤，什么都不怕。“雅克嘛，他比较勇敢，我知道的。你去吧。”说实话，雅克一点儿也不比哥哥勇敢。但当

[1]雅克的哥哥时而叫亨利，时而叫路易。——译者注

人们这样说他时，他不能退却。于是，第一个晚上他去了。他在黑暗中摸索着走下楼梯，然后在黑漆漆的走廊向左拐，摸到院落大门，打开大门。夜色没有走廊里那么黑，能分辨出通向院落那长着青苔、很滑的四级台阶。右边，居住着理发师及阿拉伯人的小亭子间的百叶窗透出隐隐的亮光。对面，他看到团团泛白的鸡或睡在地上或卧在沾满粪便的栏杆上。来到鸡窝前，他蹲下身，手指抓住头上方的铁丝网网眼，刚一碰这摇摇晃晃的鸡窝，沉闷的咕哒咕哒的叫声及暖暖的、令人作呕的鸡粪味儿便一齐扑面而来。他打开地上的小栅栏门，弯下身子将手臂伸了进去，厌恶地碰到了地面和脏脏的条棍，立即缩回了手，他极为害怕。此时，鸡窝里嘈杂一片，家禽扇动着翅膀，爪子四处挥舞。然而，他得采取行动，既然他被认为是最勇敢的。不过，在一片黑暗中，在这个昏暗肮脏的角落里，鸡的喧闹使他感到焦虑不安，腹部开始阵痛。他停了一下，望望头顶上纯净的夜空，夜空的繁星明亮而安静。然后，他向前扑去，抓住碰到的第一只爪子，将尖叫着吓晕了的鸡拉到小门边，用另一只手抓住另一只爪子，用力把母鸡拉出鸡窝，碰到门边时蹭掉了一些鸡毛，此时，鸡窝里一片尖声狂叫。阿拉伯老人警惕地出现在一下打开窗棂的亮光中。“是我，塔哈尔先生，”孩子干巴巴地说道，“我给外婆抓只鸡。”“啊，是你，我以为来了小偷呢。”他缩回头，院子又笼罩在昏暗中。雅克跑起来，母鸡在他手中拼命挣扎，撞到了走廊的墙上或楼梯栏杆上，他病态般地感到厌恶与恐惧，觉得手心里呈鳞片状的鸡爪皮厚厚的、冷冷的。在楼梯口及家中的走廊里他跑得更快，最后终于以胜利者的姿态出现在饭厅里。胜利者出现在门口，头发散乱，膝头被院中的青苔染绿，抓着母鸡，尽可能远离自己的身躯，脸色吓得惨白。“你看，”外婆对老大说，“他比你小，他让你害臊。”还未等雅克骄傲起来，外婆就用坚定的手一把抓住了母鸡的爪子，母鸡一下子安静下来，好似知道已落入了无情的手中。他哥哥吃着甜食，一眼也不看他，只是向他做了个蔑视的鬼脸，这使雅克更加满足。不过，这种满足只持续了一瞬间。外婆对有一个具有男子气概的外孙感到高兴，作为酬劳，让他在厨房中观看宰杀母鸡。她已系好一条蓝色的大围裙，用一只手抓着母鸡的爪子，在地上放了一个又大又深的白瓷盘，还有一把长长的菜刀，埃尔斯特舅舅常常在一块又长又黑的石头上磨刀，把已用得又窄又薄的刀刃磨得只剩下了闪亮的一条线。“待在那儿。”雅克站在厨房里面指定的地方，外婆待在门口，堵住了母鸡，也堵住了孩子的出路。腰部靠着洗碗槽，〔左〕肩倚着墙，他恐惧地看着祭司的每一个动作。外婆将盘子正好放在灯光下，小煤油灯放在门口左边的木桌上。她把母鸡摁在地上，右膝着地压住鸡爪，用双手压住母鸡防止它挣扎，随后，用左手抓住鸡头，向后拉着放在盘子上方。用那把像刮胡刀一样锋利的刀子，她慢慢地在应该是男人喉结的地方割开了母鸡的脖子，扭动着鸡脖子拉开伤口，同时，将刀子插到软骨深处，发出一声可怕的声音，此时，母鸡吓人地抽跳着，一动不动了。鲜红的鸡血流入了白色的盘子，雅克望着，双腿发抖，好似流淌着的是他自己快要流尽的鲜血。

“拿走盘子。”漫长的时间过后，外婆说道。母鸡的血已流尽了。雅克小心地把盘子放在桌子上，盘中血的颜色已变深了。外婆将母鸡扔在盘子旁边，母鸡的羽毛也发暗了，无神的目光，圆而皱的眼皮已耷拉下来。雅克望着一动不动的母鸡，鸡爪已缩起，无力地吊着，鸡冠已褪色、松弛了，终于死了。然后，他回到饭厅里（a)。“我不能看这个，我。”第一个晚上，他哥哥压抑着愤怒对他说，“让人恶心。”“不对。”雅克不大肯定地说道。路易用敌意而审视的神态望着他。雅克恢复过来了。他藏匿起不安，这种在夜晚及骇人的死亡面前感受到的恐慌，在骄傲之中，仅仅是在骄傲之中，他找到了相抗的勇敢意志，最后，这真的使他充满了勇气。“你怕了，就是这么回事。”他最后如是说。“是的，”正好进屋的外婆说道，“以后就由雅克去抓鸡。”“好，好，”埃尔斯特舅舅说，“他勇敢。”雅克呆住了，他望着稍远处的母亲，她正在补罩着袜架的袜子。母亲望着他。“是的，”她说，“很好，你很勇敢。”然后，她又转向街道。雅克睁大双眼望着她，再一次感到心中充满

(a) 第二天，火烤生鸡的味道。

了不幸。“去睡吧。”外婆说道。雅克连灯也未点，借着饭厅的余光在房间里脱了衣服。他睡在双人床的床边上，以便不碰到，也不妨碍他哥哥。由于劳累及感情冲动，他疲惫不堪，一下子就睡着了。因起床晚于他而睡在里面的哥哥跨过他的身体进去睡觉时他醒了，或者母亲有时在黑暗中碰到柜子时会吵醒他，母亲在黑暗中脱了衣服，轻轻地上了床，睡得如此宁静，还以为她醒着。雅克有时真的觉得她醒着，想叫她，又暗忖她是听不到的，于是便强迫自己同她一道醒着，静静的，一动也不动，不出一点儿声响，直到瞌睡击倒了他，同时也击倒了已劳累了一天、洗涮持家的母亲。

周四与假期

只有周四和周日，雅克和皮埃尔才能寻回他们的天地（只除了某几个星期四），雅克不得脱身，也就是说被课后留校（正如总监的通知条上所注明的，雅克用“惩罚”这个词向母亲做了概述后，让母亲在上面签字），得在中学待上两个钟头，即八点至十点（错误严重时为四个小时），在一个专门的教室，一群受罚者中间，由一个通常为此日还得工作而愤愤不平的辅导老师监管着，做那些枯燥至极的额外作业。皮埃尔在八年的中学期间，从未尝过留校的滋味，但雅克过于好动，也过于虚荣，常为了表现自我而做蠢事，便一次次地被留校。他徒劳地向外婆解释说，这些惩罚涉及的只是某一行为，她辨别不清犯傻与品行不端的区别。对她来说，一个好学生必得是德行好又乖巧，品德高尚才能学习优良。因此，至少在头几年，周四的惩罚由于周三的体罚而变得更加严重。

未被留校的周四及周日，上午用于购物及做家务活，下午，皮埃尔和让[1]才能结伴出去。在气候宜人的季节，可以去细沙海滩，或去练兵场，这是一片宽阔的地带，包括一个画线粗糙的足球场及好几个滚球游戏场。大家可以踢足球，通常是用破布做成的球，踢球的阿拉伯孩子和法国孩子自动组成两队。在其他的季节，两个孩子去库帕（a）荣军院玩儿。皮埃尔的妈妈已离开邮局，在那儿当洗衣女工总管。库帕是阿尔及尔东部一座山丘的名字，位于一条有轨电车的终点（b）。城区到此截止，悦目的萨海尔原野一望无边，有和缓的山坡，充盈的河水，肥沃的草地，以及诱人的红色田园，田间被高高的柏树或芦苇分隔成片。葡萄、果树、玉米茂盛生长而无须精耕细作。城区及潮热的低地社区的人们认为这儿空气新鲜，有益健康。每当阿尔及尔人有点儿富余钱时，便会避开阿尔及尔的盛夏去气候比较温和的法国度假，只要一个地方的空气稍稍新鲜纯

①此处应为雅克。——译者注

（a）名字是这个吗？

（b）火灾。

净一点儿，便被冠以“法国的空气”。因此，在库帕，人们呼吸的是法国的空气。荣军院是在战后不久为住院的残废军人建的，离电车站只有五分钟的路。这里曾是一个旧修道院，建筑结构复杂，几个侧翼房屋那厚厚的白灰墙下是遮阳长廊及凉爽的拱形大厅，这里是厨房及服务区。皮埃尔的妈妈，马尔隆太太领导的洗衣房就在一个大厅里。她先在弥漫着熨斗的热气及湿衣服味道的大厅里招待孩子们，旁边是她领导的两个职员，一个是阿拉伯人，一个是法国人。她给他们每人一块面包，一块巧克力，然后，挽起袖子，露出漂亮、青春而有力的手臂：“把东西放进口袋，四点时再吃，去花园里玩吧，我要工作了。”

孩子们先在走廊及内院溜达，通常是立即就把他们的下午点心吃掉，以便除去碍事的面包及在手指间融化的巧克力的累赘。他们遇到一些残废军人，有缺胳膊少腿的，有坐在轮椅上的，没有毁容或瞎眼的。只有残肢的，穿戴整洁，常常挂着勋章，衣服袖子或裤腿仔细地挽起，用安全别针别在看不见的残肢端部。一点儿也不可怕，他们人很多。孩子们第一天感到震惊，随后便如同他们见过的所有新鲜事物一样，立即将其融入了这个世界的正常秩序中。马尔隆太太告诉过他们，这些男人在战争中失去了臂膀或腿，而战争正是他们那个天地的一部分，他们耳闻的都是战争，战争影响了他们周围那么多的事物，他们毫不费力地明白，战争中完全可能失去臂膀或腿，甚至可以把战争准确地定义为一个失去大腿和胳膊的生活时期。因此，这个瘸子、跛子的世界对于孩子们来说毫无悲剧色彩。的确，有些人阴沉着脸，一言不发，但大多数人年轻而欢乐，甚至拿自己的残疾开玩笑。“我只有一条腿，”说话者金发方脸，健康开朗，常常在洗衣房里闲逛，“但还能踢你们的屁股。”他对孩子们说。于是，他右手拄着拐杖，左手扶着长廊护墙，跃起唯一的一条腿踢向孩子们。孩子们随他一起笑着，撒腿逃掉了。只有他们能够跑动并使用双臂，他们觉得很正常。仅一次，雅克在踢足球时扭伤了脚。在几天里不得不拖脚而行时，他想到，周四的那些残废军人一生都不能跑动，不能跳上徐徐开动的有轨电车，不能踢球。人体机器的这种可惊可叹之处一下子震动了他，同时，想到自己也可能成为残疾人，他感受到了一种盲目的恐慌，随后，又忘到了一边。

他们（*）沿着半掩着百叶窗的食堂走着，镀锌的大桌子在昏暗中隐隐地闪着光，然后是厨房，里面有巨大的容器、锅炉及锅子，从那儿飘出残羹剩菜的味道，在最后一个侧廊里，他们看到了两人或三人的房间，床上铺着灰毯，屋内还有白木的壁柜。然后，他们走下一个通向外面的楼梯，来到了花园。

荣军院的周围是一个被废弃的大公园。几个残疾军人

（*）孩子们。

在房屋周围整理出一片玫瑰园及花圃，还有一个圈在千芦苇树篱中的小菜园。但再远些，从前漂亮的公园已荒芜了。有数不清的桉树、棕树、椰子树及树干粗壮的橡胶树（a），其垂下的枝干已在稍远处扎下了根，由此构成了一个充满阴影与秘密的植物迷宫。浓密而结实的柏树，茁壮的橘子树，茂盛的月桂树丛，红的、白的，占领了看不见的小路，路上的砾石已被黏土盖住，被一簇簇芬芳的山梅花、茉莉花、铁线莲、西番莲、忍冬丛所吞噬，这些植物的下面茁壮生长着三叶草、酢浆草及各种野草，构成了一片草毯。在这芬芳的热带丛林中散步、爬行，潜伏在齐耳的草中，用刀子开发出缠绕不清的小路，走出来时腿上布满斑纹，脸上沾满水珠，这真让人心醉。

不过，制作骇人的毒药也占据了下午的很多时间。孩子们在靠着一堵长满野葡萄墙面的旧石凳下堆了全套的工具：有阿司匹林管子，药瓶或旧墨盒，碗碟碎片及破口的杯子，这构成了他们的实验室。隐在公园最茂密处，避开人们的目光，孩子们在那儿制作神秘的毒药。主要成分是夹竹桃，因为他们常听周围的人说夹竹桃的影子为不祥之物，不小心睡在树下的人会沉睡不醒。在花开季节，他们长时间地用两块石头磨树叶及花，直到磨成有害的糊状，一看就觉得能致人于死地。糊糊放在露天，立即闪现了几

（a）其他的大树。

缕吓人的虹彩。这时，一个孩子跑到水边用一个旧瓶子装满水。然后再磨松果。孩子们坚信松果对身体有害，站不住脚的理由是柏树是墓地之树。不过，松果是从树上，而不是在地上收获的，干燥得硬邦邦的。两种糊糊搅和在一个旧碗里，加上水，用一块脏手帕过滤。滤汁呈忧人的绿色，孩子们尽可能小心地进行加工，把它作为致命的毒药。他们小心地将药汁倒在阿司匹林管中或药瓶里，然后盖紧盖子，避免用手碰着。剩下的与其他的糊糊掺在一起，把他们能采到的都磨成糊，以组成一系列浓度渐强的毒药，仔细地编上号，放在石凳下，一直存到下个星期，使其发酵，让配剂最终变得致命。完成这项邪恶的工作后，雅克和皮埃尔高兴地望着骇人的成套瓶子，醉心地嗅着从沾满绿糊糊的石块上散发出的酸苦味儿。然而，这些毒药并不针对任何人。两位化学家估算着他们能够杀死多少人，有时甚至乐观地假设他们制作了足够的毒药，可使城市荒无人烟。不过，他们从未想过这神奇的毒药能让他们除去某一个讨厌的同学或老师。事实上，他们谁也不讨厌，这使他们长大成人走入社会后处境颇为尴尬。

不过，最有意思的是刮大风的日子。荣军院朝向公园的一侧顶端从前有个平台，其石头栏杆倒在铺着红砖的大水泥台脚下的野草里。从三面敞亮的平台上，可以俯瞰公园，出了公园，有一条河谷将库帕山丘与萨海尔高原分开。阿尔及尔的东风特别强劲，平台的朝向正好整个受到狂风的洗礼。在这些日子里，孩子们跑向近处的棕榈树，树下总会有长长的干棕树叶。他们刮去底部的刺，以便用双手握住叶子，然后，拖着棕叶，跑向平台；大风狂刮着，在枝干剧烈摇摆的桉树间呼啸着，将棕树刮得乱七八糟，揉搓着橡胶树宽大油亮的树叶，发出揉纸般的声响。孩子们得背对大风，扯着棕叶爬上平台。他们用双手抓住哗哗作响的干棕叶，用身体遮掩着，然后猛然转身。一下子，棕叶便贴在了他们身上，他们呼吸着其灰尘与干草的味道。游戏在于，顶风前进，同时将棕叶越举越高。谁先到达平台边缘，手中的棕叶不被风吹掉，并能高举着棕叶挺立在那儿，一条腿向前支撑住全身，顽强地搏击，尽量长久地顶住怒吼的狂风，谁就是胜者。在那儿，俯瞰着公园与树木狂舞的山丘，在大片乌云飞驰而过的天空，雅克觉得四处来风顺着棕叶和他的手臂灌进他的全身，如此有力，如此狂喜，使他不停地放声叫喊，直到臂膀被劳累所击倒，终于抛下了棕叶，暴风雨一下子便呼啸着将其卷走了。晚上，睡在床上，筋疲力尽，房中静悄悄的，母亲浅浅地睡着，他似乎还能听到内心的风雨大作，他一生都钟爱着它。

星期四（a）也是雅克和皮埃尔去市立图书馆的日子。雅克一直狼吞虎咽般地读着落入手中的书，其贪婪程度不

（a）将他们从那个环境中隔离开。

亚于他对待生活、游戏及梦想。阅读让他躲进一个纯情的天地，在那儿，贫富同样有趣，因为完全是虚构的。《无畏者》这厚厚的连环画集在他和同学们手中传来阅去，直至硬壳封面变得灰白粗糙，内页折角破损。画集首先将他带到一个滑稽的或大无畏的世界，这满足了他内心两个基本的渴求，即对快乐及勇敢的渴求。两个男孩应该是非常崇尚英勇威猛的气质，只要看看他们令人难以置信地读了那么多武侠小说，那么轻而易举地将《帕尔达扬》中的人物与他们的日常生活融在一起，就可知道了。他们最喜爱的大作家是米歇尔·泽瓦戈，他们也喜欢文艺复兴时期，尤其是意大利那些短剑与毒药的故事，就发生在罗马及佛罗伦萨的宫殿里，在王室及教皇的奢华中，这是这两个贵族最爱的天地。有时，能看到他们在皮埃尔居住的黄尘飞扬的街道上，拔出漆着〔 〕[①]的长尺子，下了决斗书，在垃圾桶之间展开激烈的决斗，随后，手指上的伤痕便会保留良久（a）。他们此时不可能找到其他的书读，因为这个社区读书的人很少，他们自己又无法买书，只能隔一阵子到小书店去翻翻随意乱放着的通俗读物。

大约就在他们进中学的时候，社区里建了一座市立图书馆，正好位于雅克的家与高地之间，高地上面就是漂亮

①一个难以辨认的词。——译者注

（a）他们争当着帕尔达扬或帕斯布瓦。谁也不愿做阿拉米斯、阿多斯或波尔多斯。

小区了，那里的别墅周围都是种满鲜花的小花园，溢满香气的鲜花怒放在阿尔及尔潮热的坡地上。别墅环绕着圣奥迪尔修道院，是只接收女生的教会寄宿学校。正是在这个与他们所住社区如此近，却又如此遥不可及的社区里，雅克和皮埃尔经历了他们最深刻的激情（现在还不是说出的时候，以后会讲到，等等）。这两个世界（一个是光秃秃的，尘土飞扬，所有的地带都是人或为人遮身的石头屋，另一个却是鲜花绿树，十分豪华）的分界是一条挺宽的大道，两侧种着高大的梧桐树，大街的一侧满是别墅，另一侧是廉价楼房。市立图书馆就建在这里。

图书馆每星期开三次，其中星期四是上午及下班以后开放。一个相貌不大讨人喜欢的年轻的小学女教师每周义务为图书馆服务几个小时，她坐在一张白木大桌子后边，掌管着借书登记簿。房间是方形的，墙边全是白木的书架，上面摆满了黑布封皮书。还有一张小桌子，周围摆了几把椅子，以方便那些快速查阅字典的人。因为这里只是外借图书，有一个按字母排列的卡片柜。雅克和皮埃尔从不查阅，他们的方法就是从书架前走过，看题目选书，极少关注作者，记下书号，填在一张蓝色的借书卡上。要借书只需提供房租交讫单[①]，付很少的一点儿费用而已。于是，你便能拿到一张借书折，借出的书都登记在册，与年轻女教

①在法国的图书馆办理借书证，需提供住房证明。——译者注

师手中的登记簿同时登记。

图书馆里小说很多，但大部分都禁止十五岁以下者阅读，并单独摆放。两个孩子单凭直觉选书，在余下的书中并不能真正进行选择。不过，这种随意性在文学上来说并非坏事。两个狼吞虎咽、混杂泛读的孩子好书坏书一齐吞下，毫不担心能否记住，的确，他们几乎一点儿也记不住。不过，经过了几个星期、几个月、几年的阅读，一种奇特而强烈的激情使一个充满影像及记忆的世界在他们心中诞生并日益扩大，这世界并不能使他们日常生活的现实变得轻松，但无疑地，对这两个充满激情的孩子却无处不在，他们对梦想与现实同样充满了激情（a）（b）。

书的内容究竟是什么，这无关紧要。重要的是他们进入图书馆的那种感觉。他们看到的不是摆满黑色封皮书籍的墙壁，而是一个多变的天地，一个广阔的视野。一进大门，就已经把他们从那个社区狭隘的生活中解脱出来了。随后的情景便是：每人拿着有权借阅的两本书，用臂肘紧紧夹在胸前，跑到此时已发暗的大街上，脚下踩着梧桐树果，臆想着他们将从书中获取的快乐，已经在与上星期所获的愉悦进行着比较，直至来到主街上，打开书，在刚点亮的路灯那微弱的光线下，先读上一两句（例如："他具有超人的精力。"），使他们的向往更加愉快、热切。他们迅

（a）吉耶词典（Quillef）的书页，木板的味道。

（b）小姐，雅克·伦敦，行吗？

速分开，跑向饭厅，把书在油布桌上摊开，照在油灯下。粗糙而有些磨手的封面散发出一股浓浓的糨糊味儿。

书籍印刷的方式已经向读者预示他将获得愉悦。皮埃尔和雅克不喜欢字太空的那种书，那是文雅的作者与读者互感得意的作品，他们喜欢行行排列着蝇头小字，词句密密麻麻地写满整页，正如乡村的大盘菜，可以尽情地吃，吃上良久，总吃不完，只有这种菜才能满足那些特大胃口。他们对文辞雅句不感兴趣，他们什么也不懂，他们想知道一切。书写得不好，结构粗糙，这没什么关系，只要写得明白，充满激情就行；这些书，只有这些书，才能赋予他们许多梦想，然而，他们便枕着梦想安然入眠。

此外，根据印刷的纸张，每本书都有其独特的味道，细腻而神秘的味道，其独特足以让雅克闭目即可分辨出是奈尔松出版社的书，还是法斯盖尔出版社的一般版本。每种味道，甚至在开始阅读前，就已使雅克快乐地进入了另一个世界，那里充满了已经〔兑现〕的承诺，它使他所处的房间变暗，使社区、噪音及城市消失，一旦狂热地进入阅读状态，整个世界便不复存在。孩子最终完全沉醉其中，不断传来的命令也无法将其拉回现实。“雅克，摆桌子，这是第三次说了。”他终于摆了桌子，目光空虚而无神，神色有些慌张，如同上了书瘾，他重新拿起书，就像从未放下过。“雅克，吃饭。”他终于吃饭了，食物尽管实实在在，他却觉得不如他在书中看到的那样真实、可靠。然后，他放下碗，重新捧起书本。有时，母亲在去角落落座前走到他身旁。

“是图书馆。”她说道。这个词她发不好音，她是听她儿子说的，他什么也不告诉她，不过，她能从书的封皮上认出来（a）。“是。”雅克头也不抬地说。卡特琳·科尔梅利从他肩头俯身看着。她在灯下看着两个长方形，一行行规则的排列；她也呼吸着那种味道。有时，她把由于洗涮变得粗硬的手指点到书页上，好似要更好地了解什么是书，要离这些神秘的符号更近一些，这些符号她无法理解，但她儿子却经常几个小时地沉醉于这种她所陌生的生活中，当他回到现实中，望着她的目光如同面对一个陌生人。变形的手柔柔地抚摩着孩子的头，他毫无反应。她叹了口气，然后离他远远地坐下。“雅克，去睡觉。”外婆重复着命令，“明天，你会迟到的。”雅克站起身，准备着第二天上课的书包，把书夹在腋窝下，然后，将书压在长枕下，像个醉汉，沉沉地睡去了。

就这样，在好几年间，雅克的生活分作了两不相等的部分，他无法将这两种生活有机地联系在一起。有十二个小时，他在鼓声中，在一个师生会集的社会里，在游戏与学习中度过。在白昼的另两三个小时中，他生活在一个老区的旧屋里，在他母亲身边。尽管他过去的生活的确是在

（a）人们让人（埃尔斯特舅舅）给他做了一个白木小书桌。

这个地方，他现在及将来的生活却是在中学。于是，渐渐地，这个社区与黑夜、睡觉及梦境混在了一起。此外，这个社区真的存在吗？这难道不是黑夜里孩子在无意识中感受到的旷野吗？摔在水泥地上……不管怎么说，在中学，他不能向任何人谈论他的母亲及家庭，而在家中，他无法向任何人谈起学校。在中学毕业前的那几年间，没有一个同学，没有一个老师到过他家。而他母亲和外婆也从不去学校，只除了一年一度在七月初举行的颁奖仪式。这一天，的确，她们从正门走进学校，来到盛装打扮的家长及学生群中。外婆穿上有重大外出活动时的长裙，戴上黑色围巾，卡特琳·科尔梅利戴着饰有栗色绢网、蜡制黑葡萄的帽子，一条栗色长裙，穿着那唯一的一双半高跟皮鞋。雅克身着敞着领子的短袖白衬衣，头几年穿短裤，后来是穿长裤，不过，每次都在前一夜由他母亲细心地熨平。下午一点左右，他走在两个女人中间，带着她们走向红色的电车，把她们安置在电车的长凳上坐下，自己到前边站着，通过玻璃窗望着母亲，母亲不时地朝他笑笑，路途中一直关注着帽子的位置或长袜是否脱落，或胸前佩戴着的一条细链端部上的圣母金胸针。在市府广场，便到了孩子每日所走的路线，沿着巴巴苏恩街，他一年同两个女人走上一回。雅克嗅着他母亲身上的洗涤剂〔灯芯管〕味儿，她在重大的场合总会大量使用，他外婆昂首挺胸骄傲地走着，当她女儿抱怨脚疼时，便训斥她（“这是对你这个年纪穿小鞋子的教训。”），同时，雅克不倦地向她们指点着商店及商贩，这在他的生活中曾占据过如此重要的位置。到了中学，正门宽大阶梯的两侧从上至下装饰着一盆盆的植物花草。先到的学生与家长已登上了台阶，科尔梅利一家当然也到得很早，正如所有的穷人，他们罕有社会义务及快乐之事，总是怕不准时（a）。人们进入到高年级大院儿，院里摆着一排排从音乐舞厅借来的椅子，而在院子尽头，大钟下面，圈住了与院子同宽的一个台子，摆着扶手椅和椅子，台子上也摆满了大量的绿色盆花。院子里渐渐地挤满了盛装打扮的人群，大部分是女人。先来者选择了树下遮阳的位置，其他人用细草编织、边上饰有红绒球的阿拉伯扇子扇着风。人群上空，蔚蓝的天空好似凝住了，越来越酷热难当。

两点钟，隐在走廊里的军乐队开始演奏《马赛曲》，在场的人全部起立，戴着方形帽、身着平纹薄长袍——按专业不同，颜色各异——的教师们跟在校长及本年度要受累的一个官方人物（通常是政府的一个高级官员）走了进来。老师落座时又奏起了一首军乐曲。随后，政府官员讲话，泛泛地提到法国，重点谈到教育。卡特琳·科尔梅利听而不闻，但从未显露出不耐烦或无兴趣。外婆倒是听得见，但听不大懂。

“他说得好。”她对女儿说，她女儿坚信不疑地表示赞

（a）命运不济的人在其内心难免觉得命不好是自己的责任，他们觉得不应再以此类小缺点增加这种一般的罪孽感。

同。这鼓励了外婆，她转向左侧的男或女邻座，看着他（或她），微笑着，点头证实她刚发表的见解。头一年，雅克注意到他外婆是唯一一个戴着西班牙老妇人黑围巾的，他觉得有些窘。说真的，这种虚伪的羞耻感一直伴随着他；他只是感到无能为力，当他腼腆地试着向外婆说起帽子时，外婆回答说她没钱浪费，而且围巾可以暖住耳朵。不过，当外婆在颁奖仪式同邻座说话时，他感到自己可耻地涨红了脸。政府官员讲完后，最年轻的教师——通常是本年度从市里来的——起身，按惯例，由他做正式演说。演说持续在半小时至一小时之间，年轻的大学生从来都要在演说中大谈文化典故及人文主义的优雅，这个阿尔及利亚听众群对他根本无法理解。炎热助威，注意力分散，扇子越摇越快。甚至外婆也显得厌倦了，目光别移。唯有卡特琳·科尔梅利专心致志，目不转睛地沐浴在不断落下来的博学、智慧之甘露中。而雅克呢，他跺着脚，用目光寻觅着皮埃尔和其他同学，小心地用暗号警示着他们，同他们开始了漫长的鬼脸对话。热烈的掌声向终于结束了的演说家表示感谢，之后，开始宣布获奖人名单。首先从高年级开始，头几年，两个女人得等上整整一个下午才能到雅克的那个班级。只有最高奖才由隐形的军乐致意。获奖者年龄越来越小，他们站起身，沿着院子，走上前台，同官员握手，接受他的表扬，然后由校长向他们颁发获奖书籍（前台脚下有一个装满图书的滑轮箱子，一个人在获奖者之前登上台，将书送到校长手中)。随后，获奖者在掌声中伴着音乐走下台，夹着书本，兴高采烈，用目光寻找着快乐得直抹眼泪的父母。天空的蓝色稍稍变浅，从一条目不可见的缝隙将炎热稍稍洒向大海。获奖者上上下下，军乐一遍遍奏起，院子里人越来越少，此时天空已开始发青，终于到了雅克所在的班级。他们班上的名单一开始宣布，他立即停止了淘气，变得严肃起来。听到叫他的名字，他站起身，头嗡嗡作响。在他身后，他隐约听到母亲由于听不到而问着外婆："是叫科尔梅利吗？""是的。"激动得面色泛红的外婆答道。他走过水泥路，上了台子，官员身穿吊着表链的背心，校长满意的笑容，时而可见台上教师群中某个老师友好的目光，然后，在音乐声中走向两个女人，她们已经站到了过道处，母亲惊喜地望着他，他把厚厚的奖状交给母亲保管，外婆用目光扫视着周边的见证人。在等了一个漫长的下午后，这一切都过去得太快，而雅克已急着回家，去看奖给他的书了。

通常，他们与皮埃尔及其母亲一同返回，外婆默默地比较着两摞书的厚度。回到家，雅克先拿起奖状，按外婆的要求，将写着他名字的页码折上角，以便她给邻居及亲戚们看。然后，他将宝物摊开。他还没弄完，就见他母亲已更衣完毕，穿着拖鞋，扣着粗布外套，把椅子拉向窗边。她对他微笑着："你学得很好。"她说道，同时摇了摇脑袋。他也望着她，他等待着，也不知等什么，而她却转向了街道，以他熟悉的姿态，远离了学校，在一年中她不会再去。此时昏暗侵入房间，街道上空已亮起了路灯，街上行走的人们已面目模糊。

如果说母亲就此永远离开了刚刚看见的学校，雅克却是直接返回了他永远走不出去的家庭及社区。

假期也让雅克重返家中。至少是在头几年。他们家无人休过假，男人们整年不停地工作。只是当他们在工厂做工，受了工伤，并有此类事故的保险时，才由医院或医生开假，得到一些闲暇。比如，埃尔斯特舅舅有一阵子觉得疲惫不堪，就曾有意用长刨削掉了手心上的一大块肉，而如他所述，“享受了工伤保险”。而女人们，如卡特琳·科尔梅利，她们不停息地劳作，其理由是，对于她们来说，休息就意味着饭食更加缺油少肉。毫无保障的失业是最可怕的病痛。这就解释了这一情况：无论在皮埃尔家还是在雅克家，这些在日常生活中总是最宽容的工人们，工作时却总是很排外，不断地谴责意大利人、西班牙人、犹太人、阿拉伯人，最终，谴责整个地球上的人夺去了他们的工作——这种态度定会令研究无产阶级理论的知识分子困惑，然而却是极为人道，应该原谅的。这些出乎意料的民族主义者同其他民族争夺的并非是要统治世界或掌握着金钱与闲暇的特权，而是一种必需，为了生活，直至死亡。

不管怎么说，在酷热难当的阿尔及利亚的夏天，超载的轮船载着达官显贵们去怡人的“法国气候”休假时（从那儿回来的人神奇而令人难以置信地描述了绿油油的草地，八月伏天，小河仍潺潺流水），而穷人区的生活却没什么变化，与中心社区空出半城相反，由于孩子们成群地跑上街区（a），人倒好似增多了。

皮埃尔和雅克在燥热的街上游荡，穿着带洞的草底帆布鞋，一条破短裤及一件小小的圆领棉针织衫，对于他们来说，假日首先是酷热的来临。最后几次下雨是四月，最晚是五月。经过一个个星期，一个个月，太阳越来越烈，停留的时间越来越长，晒干、晒枯、烘烤着墙壁，将墙面、石块、瓦片烤成细灰，随风飘到街道、商店橱窗及所有的树叶上。整个七月社区变成了一个灰黄色（b）的迷宫，白天荒无一人，所有房屋的所有百叶窗都仔细地关好，阳光烈烈地照在社区上空，使猫狗在门口却步，迫使活人贴墙而行，躲避日照。八月，太阳隐在厚厚的灰色云层后，从闷热潮湿的天上漫射着灰白色的光芒，刺目耀眼，掩住了街上最后的一丝颜色。制桶车间里的锤子声有气无力地响着，工人们时而停下来将流满汗水的头和上身伸到水泵（c）的清凉水柱下冲凉。房间里，一瓶瓶水或罕见的一瓶瓶酒用湿布包裹着。雅克的外婆在遮阳的房间里赤着脚走来走去，只穿一件衬衣，机械地摇动着草编扇子，每天上

（a）高处的游戏，旋转木马，有用的礼物。

（b）浅黄褐色。

（c）细沙海滩？夏日的其他忙碌事。

午干活，中午把雅克拖到床上午睡，然后等到夜晚稍稍变凉时再重新干活。在好几个星期中，夏天及它的臣民就这样在沉闷、潮湿、酷热的天空下缓慢度日，甚至忘记了冬季的凉爽及雨水，就好似这个世界从未经历过刮风、下雪，小雨纷纷，好似从创世至九月前，一直都只是挖了几条炎热走廊的干燥大矿，那些身上满是灰尘汗水的人们有些恐慌，眼神发直，缓缓地忙碌着。随后，绷得过紧的天空一下子裂为两半。九月初降的雨水凶猛、丰盈、浸湿了城市。社区的所有街道都闪着亮光，同时，榕树油亮的叶子、电线及电车轨道全都泛着亮光。从俯瞰城市的山坡上空，一股来自远方野地的湿土味儿给夏季的囚徒们带来了空间那自由的信息。于是，孩子们冲上街头，穿着单衣在雨中奔跑，在街上翻腾的溪水中跋涉，在大水洼中互相抓住肩膀站成圈，笑容满面，欢声阵阵，仰向珠帘般飘落的雨水，有节奏地践踏着这新收获的葡萄，让其溅出比酒更加醉人的肮脏水花。

噢，是的，酷热难耐，它常常使所有的人都要发疯，一天天变得愈加焦虑不安，却无体力也无精力做出反应，去叫，去骂，去打，而且紧张情绪像酷热一样不断积累，直到在这个浅黄褐色凄凉的社区的某处爆发——正如那天，在里昂街，在紧挨着叫作马哈博的阿拉伯社区边缘，在山丘红黏土的墓地周围，雅克看到从摩尔人理发师那布满灰尘的理发馆里走出一个阿拉伯人，穿着蓝衣服，头剃得光光的，他在雅克前面的人行道上走了几步，姿态奇特，身体前倾，头却过于靠后，似乎不大应该是这个样子。的确，不应该这样。理发师给他刮脸时变得疯狂，一下子用长长的刮脸刀将暴露着的喉咙割断，而他在轻轻的划痕下却毫无知觉，只是当汩汩的鲜血使他窒息时，他才走出门来，像个没宰杀好的鸭子跑了几步，而此刻，被顾客们立即制服的理发师还在大声叫骂——犹如这漫无天日的酷热本身炸开了一样。

好似天穹瀑布降落人间，雨水猛烈地冲刷着树木、房顶、墙壁及街道上夏季的尘土。泥浆迅速汇成溪流，在下水道集水口发出很响的汩汩声，差不多每年都要冲破下水道，漫上马路，在汽车和电车前溅起两支展翼的黄色翅膀。大海此时也变浑了，海滩、港口上满是泥浆。随后，阳光初照，房屋、街道及整座城市都冒着热气。炎热还可能再现，但却威风不再，天空更加晴朗，呼吸更加顺畅，烈烈的阳光掩不住习习的来风，雨水宣告了秋季的来临及复课开学（a)。“夏季真长。”外婆说道，她松了一口气，既为秋雨的来临，也为了雅克的离去，在酷热的日子里，他那烦人的脚步声响在百叶窗紧闭的房间里，使得她更加烦躁。

此外，她对每年中有一个时期专门什么也不干感到不可理解。“我嘛，我从来没放过假。”她常说。的确，她从

（a）在中学——预订卡——每个月的手续——兴奋地回答“有卡”及严格的验证。

未上过学，从未有过闲暇，她从小开始干活，从未间断过。为了日后更大的利益，她同意外孙在几年内分文不攒。但从第一天起，她便开始考虑这被浪费掉的三个月，当雅克进入三年级时，她认为是该让他假期干点活的时候了。“你今年夏天要工作，”学期末她对他说，“给家里挣点儿钱。你不能闲待着（a）。”可雅克觉得他很忙碌，要去戏水，要去库帕探险，有体育活动，在贝尔库街上游荡，要读画报，读通俗小说，读维尔莫年鉴及圣艾蒂安兵工厂永远也读不完的目录（b）。这还未算为家里购物及外婆让他做的那些零碎活。不过，这一切对于她来说全是无所事事，因为孩子既未给家里挣钱，也未像在学期中那样努力学习，在她看来，这种无缘无故闲待着的状况闪烁着地狱之火。最简单的办法就是给他找份工作。

实际上并非如此简单。当然，在报纸上的小广告中，可以见到雇用小店员或小当差。贝尔托太太，那散发着黄油味儿（习惯于油味儿的鼻子及口腔对此感到有点儿奇特）的乳品商店的老板娘就住在理发馆旁边，她把广告读给外婆听。但雇主总是要求受聘人至少要有十五岁。不厚着脸皮撒谎很难隐瞒雅克的岁数，因为他十三岁，个儿长得不高。另外，登广告者总希望雇用能长期干下去的职员。外婆（穿戴如同每次重要的外出一样，也包括戴着著名的头

（a）母亲的干预——他会累着的。

（b）前面的阅读？高地社区？

巾）开始带着雅克去的那儿家都觉得他太小，或是干脆拒绝只雇用两个月。“只好说你会留下来干了。”外婆说道。“这不是真的。”“没关系，他们会相信你的。”这不是雅克的意思，实际上，他觉得这种谎言哽在喉头难以出口。当然，他在家里常常撒点儿谎，为了躲过惩罚，为了留下一个两法郎的硬币，更常见的是出于聊天或吹牛的快乐。不过，如果说他觉得跟家里人撒谎是可恕之罪，对外人撒谎他觉得罪大恶极。他隐约感觉到在根本问题上不能对所爱的人撒谎，理由是人们将无法再同他们一起生活，也无法再去爱他们。雇主对他的了解只限于人们所述的情况，因此，他们就不了解他，谎言便是全部。“走吧。”外婆系上头巾说道。这一天，贝尔托太太刚刚告诉她在阿卡有一家大五金店需要一个给文件归档的小店员。五金店位于通向中心社区的一条坡道上；七月中旬的骄阳烤着坡道，马路上空散发着尿味和柏油味儿。一楼是商店，又窄又深，中间一个摆满铁件及碰锁样品的柜台将其顺长分为两半，大部分墙面上都装有贴着神秘标签的抽屉。入口的右侧柜台上装着铁栏，里面是收银台。铁栏后边那个淡棕色皮肤神色迷惘的太太让外婆去二楼的办公室。从商店尽头的一个木楼梯走上去，便是一个与商店同样朝向，同样摆设的大办公室，里面有五六个男女职员围坐在中间的大桌子旁边。侧面的一扇门通向经理室。

老板未穿外衣，领口开着，正在闷热的办公室里忙着

(a)，他身后的一扇小窗户朝向一个下午两点阳光仍照射不到的院子。他矮胖胖的，拇指插在裤子那条蓝色宽背带间，气喘吁吁。看不太清他的面孔，只从那边传来低沉而气喘的声音，请外婆坐下。雅克嗅着弥漫整座房屋的铁器味儿。老板一动不动，让他觉得是一种不信任的态度，想到要在这个强大可怕的男人面前撒谎，他的双腿发抖了。外婆可不发抖。雅克快十五岁了，他得自谋生路，不能耽搁。老板觉得他没有十五岁，不过，如果他聪明的话……对了，他有毕业证书吗？没有，他有助学金。什么助学金？上中学的。那他上中学了？哪个年级？三年级。他不上学了？老板更稳地坐定，现在他的面庞清晰一些了。他那显白的圆眼睛来回打量着外婆和孩子，雅克被盯得全身发抖。“是的，”外婆说，“我们太穷。”老板难以察觉地松弛下来。“很遗憾，”他说，“既然他挺有天分。不过，做生意也能有好前程。”的确，好前程朴朴实实地开始了。雅克每天工作八小时，一个月挣一百五十法郎。他可以从第二天开始工作。“你看，”外婆说，“他相信我们了。”“那我走时怎么向他解释？”“让我来。”“好吧。”孩子顺从地说道。他仰头望着夏日的晴空，回想着铁器的味道和那昏暗的办公室，明天得早早起床，假期刚开始却已经结束了。

连续两年，雅克假期都打工。先在五金店，后来在一

(a) 一个领扣，活领。

个船舶经纪人那儿。每次，他都为9月15日的到来感到恐惧，这是他要辞工的日子。

假期的确已结束了，尽管夏日依旧，一样的热，一样的烦，但却已失去了从前令他改变心态的一切，它的天空，它的绿地，它的嘈杂。雅克不在贫穷而黄灰一片的社区度日了，而是到了中心社区，那里的漂亮水泥取代了穷人区的灰泥屋，房屋上蒙着显得雅致却更加忧郁的灰色。八点，从雅克踏入泛着铁味儿和阴影的商店时起，他内心的光明便熄灭了，晴空消失了。他向收款员问个好，便爬上照明很差的二楼办公室。中央大桌子旁没有他的位置，一个老会计，一天到晚叼着手卷的纸烟，小胡子都染黄了；一个会计助理，这是个三十来岁半秃顶的男人，具有公牛的身躯和脸庞；两个年轻的店员，一个瘦瘦的，棕发，肌肉结实，外形挺拔俊俏，每天来时湿衬衣总是贴在身上，发出一股好闻的大海味儿，因为他每天早上都去海边游泳，然后再把全天埋葬在办公室里。另一个胖胖的，爱说爱笑，无法抑制开朗快活的本性；最后，还有哈丝兰太太，她是经理室的秘书，有点儿像大洋马，总穿着粉红色的纱布或斜纹布长裙，看起来还挺顺眼，她总是用严厉的目光巡视着整个世界，这些人就足以将桌子占满，堆着他们的资料、账本及机器。于是，雅克坐在经理室门右侧的一把椅子上，等候着别人交给他的工作，常常是要把发票或商函分类放入窗边的卡片箱里。起初，他喜欢拉出文件格，拨弄着，嗅着它的味道，纸张和胶水的味道如此好闻，可最后，这味道也变得索然无味了，或者人们让他再验证一下成串的加数，他坐在椅子上，放在膝头上做着，再有就是会计助理请他一起“核查”一组数字，他总是站着，用心地核对着，另一个用低沉的声音列数着数字，以便不影响其他同事。从窗户能看到街道及对面的楼房，但从来看不见天空。有时，不过不大经常，人们派雅克去商店旁边的文具店买办公用品，或去邮局寄个急件。大邮局位于两百米外的一条林荫大道上，这条街从港口一直通向山丘上的城市。在大道上，雅克又寻回了空间及阳光。邮局在一个大圆顶建筑物内，三面大门照得里面通亮，一个大圆屋顶也洒下光明。但不幸的是，人们常常让雅克在一天工作结束离开办公室时去寄信，这可就又是一个苦差了，因为得在日头西斜的时刻跑向挤满顾客的邮局，在窗口前排队，这就又延长了他的工作时间。事实上，对于雅克来说，漫长的夏日就消耗在暗淡无光的日子及毫无意义的忙碌中。“总不能闲待着啊。”外婆如是说。而正是在这个办公室里，雅克觉得无事可做。他并非不想工作，尽管大海和库帕的游戏是无法取代的。但对他来说，真正的工作是例如箍桶之类的活儿，是要长久用力的活儿，是一连串轻巧准确的动作，是有力而灵巧的手，劳动成果清晰可见：一个新桶，加工精细，没有缝隙，工人们此时可以欣赏的东西。

但这种办公室的工作却来无影去无踪。买与卖，一切都围着这庸俗无用的行为转，尽管他一直生活在贫困之中，雅克在这个办公室里却发现了平庸，并为失去的光明而哭泣。他的同事们并非是造成这种令人窒息感觉的人。他们对他都很好，从不粗暴地指使他，甚至不苟言笑的哈丝兰太太有时也对他笑笑。他们之间很少交谈，具有阿尔及利亚特有的那种快乐、友好及无动于衷。当老板在他们之后一刻钟到来时，或当他从办公室出来发出某个指示或验证某张发票时（遇到大买卖时，他将老会计或有关的职员召进办公室），每个人的性格便显露无遗，好似这些男人和女人只有在同权力相连时才能为自己定位。老会计傲慢而独立，哈丝兰太太沉浸在严肃的沉思中，而会计助理却倍加殷勤。在余下的时光里，他们缩回自己的外壳中，雅克在椅子上等待着命令，以便做出他外婆称之为工作的可笑举动。

当他实在无法忍受，在椅子上坐立不安时，他就下楼到商店的后院去，独自待在蹲式厕所里，四周是水泥墙，光线昏暗，弥漫着苦涩的尿味。在这昏暗的地方，他闭上双眼，呼吸着熟悉的气味儿，梦想着。在他内心，某种模糊、盲目的东西在血液里翻腾。有时，他脑中又重现哈丝兰太太的大腿。那是有一天，他在她对面碰掉了一盒大头针，他屈膝拾取时，抬头看到了短裙下叉开的双膝及花边衬裙下的大腿。在此之前，他从未见过女人裙下的内裤，这突如其来的窥视使他口发干，抖得几乎发狂。某种神秘泄露给了他，尽管他不断地体验，却从来不会感到枯竭。

每天中午及六点，雅克两次冲到外边，奔下坡道，跳上满载的电车，此时，几乎所有的踏脚上都吊着一串人，电车将这些劳动者带回他们的居住区。在沉闷酷暑中挤着人，大人和孩子都不吭一声，转向等待着他们的家，静静地淌着汗，忍受着这种生活，生活在没有灵魂的工作及乘坐毫不舒适的电车往复来往之中，最后立即沉睡。在某些晚上，雅克看着他们总感到内心难过。直到此时，他所经历的是贫困中的丰富与快乐的生活，但酷热、厌烦、劳累向他揭示了不幸。这便是愚蠢得让人心酸的工作，那无休止的单调生活使日子变得太长，生命却显得太短。

在船舶经纪人那儿，夏天过得快活些，因为办公室朝着海滨林荫大道，特别是部分工作在港口进行。雅克得登上所有停泊阿尔及尔的各国船只，而经纪人，那个粉面卷发的漂亮老头负责在各行政部门做代理。航海文件由雅克带回办公室，在那里翻译出来，一个星期后，雅克便可以自己翻译货物清单及某些清单了，只要是用英语写成并要送到海关或接收货物的进口大公司的。因此，雅克需经常去阿卡货港取文件。酷热毁坏了通向港口的坡道，沿路沉重的铸铁扶手滚烫，手不敢碰。在宽阔的港湾，烈日晒得人烟稀少，只有刚刚停泊靠岸的船只周围活跃着码头工人，他们穿着卷到小腿肚子的蓝色长裤，赤裸的上身晒得黑红，头上顶着一个包袱，从肩膀一直垂到腰间，扛着水泥袋煤包或棱角锋利的包裹。他们在甲板搭至港口的步行桥上来来往往，或是从敞开的货舱门进到货船里面，快速行走在架于货舱和码头的厚木板上。码头上升腾着阳光与尘土的味道，过热的甲板上散发着柏油熔化、铁器冒烟的味道，透过这一切，雅克能分辨出各个货轮的特殊味道。挪威货轮是木头味儿，来自达喀尔或巴西的船带来的是咖啡和香料味儿，德国船是油味儿，英国船是铁器味儿。雅克爬上长长的步行桥，向一位什么也不明白的海员出示经纪人证件。随后，人们沿着连阴凉处都冒着热气的通道带他到一个高级船员舱，有时也带他到船长舱里。沿路，他渴望地观察着这些窄小而空旷的小舱房，那里集中了一个男人生活的基本东西，他喜爱这些小房间，远胜于那些豪华的卧室。人们热情地接待他，因为他自己也是热情地微笑着，他喜欢这些粗犷的人，以及孤独生活赋予他们的那种眼神，他把这种爱表露在脸上。有时，其中某人会讲点儿法语，便问他些问题。然后，他就兴高采烈地离去，走向火热的码头、滚烫的坡道及工作的办公室。只是，这种酷热中的奔波使他感到劳累，他沉沉地睡着，九月时，他变得消瘦而有些神经质。

看到每天十二小时在中学学习的日子即将来临时他松了口气，同时，也为要告诉办公室的人们他要离职而日益忧心忡忡。最艰难的是在五金店。他怯懦地不想去办公室了，想让外婆去解释。但外婆认为应取消一切手续，他只需领取工资，不再回去，不必解释。雅克觉得派外婆去遭受老板的狂怒是自然而然的事，从某种意义上来说，正是她撒谎造成了这种局面。在她这种回避面前，他也不知为什么感到愤怒。而且，他还找到了有说服力的理由："那老板会派人来这儿的。""是的，"外婆说，"那你就对他说，你要去舅舅家干活。"雅克怀着罪恶感走出去，这时外婆又对他说："注意，先拿工钱，再对他说。"晚上，老板把每个职员叫到他的房中发工资。"给，小家伙。"他说着伸给雅克一个信封。雅克犹犹豫豫地伸出手，老板对他笑着。

"你干得很好。你可以告诉你的父母。"雅克于是说了起来，解释说他不会再来了。老板意外地望着他，手臂仍然朝他伸着。"为什么？"得撒谎，但说不出口。雅克一声不吭，表情如此窘迫，老板明白了。"你要回中学上课了？""是的。"雅克说。又窘又怕的雅克一下轻松下来，这使他泪水盈盈。狂怒的老板站了起来。"你来时就知道要走。你外婆也知道。"雅克只能点头称是。大嗓门回荡在房中，他们都是不诚实的人，而老板他厌恶不诚实。他要是知道的话，他有权不付工钱；而他真蠢，不，他不付工钱，让他外婆来，她会受到很好的接待；如果对他说实话，他也许会雇他做别的活，而谎言，啊，"他不能再上学了，我们太穷"。而他就这样让人骗了。"就是为了这个。"不知所措的雅克突然说。"什么，为了这个？""因为我们太穷。"随后，他默不作声，而另一位看了他一眼，缓缓补充说："……你们才这样做，你们才对我说谎?”雅克咬紧牙关，眼望脚尖。沉默，无休无止。然后，老板拿起信封递给他:“拿着你的钱，走吧。”他粗暴地说。“不。”雅克说道。老板将信封塞进他的口袋:“走吧。”街上，雅克奔跑着，淌着泪水，双手紧紧抓住上衣领口，不去碰他口袋中烫手的钱。

说谎，以便不去度假，远离他所钟爱的大海和夏日的晴空，去工作；又要说谎，以便重回中学上课。这种不公正使他难过得要死。因为最糟糕的并非是这些他始终无法说出口的谎言——他总是准备为快乐而撒谎，却无法屈从这种迫不得已的谎言——而是那些失去了的快乐，那些夏日的闲暇及他钟爱的阳光，而此时，岁月不过是日复一日的清早急急起身及整日的沮丧匆忙。他在贫苦生活中最美好的东西，他曾如此宽裕、贪恋地享受着的不可替代的财富，现在必须为了挣那点儿钱而放弃，而所挣的钱连这些财富的百万分之一都买不来。然而，他明白必须这么做，即使在他反抗情绪最强烈的时候，他内心仍有为这么做而自豪的感觉。因为，在他第一次拿到工钱的那天，这些为谎言而牺牲的夏日就已得到了补偿。当他走进饭厅时，外婆正在削土豆，削好后便扔在水盆里，埃尔斯特舅舅坐在那里，双腿夹着耐心的小狗布里昂，为它捉跳蚤，他母亲刚回来，正在碗橱旁边的角落里拆解了一个需要洗涤的脏衣服包裹，雅克走向前去，一言不发地将一张一百法郎的纸币和几个他捏了一路的硬币放在桌上。外婆什么也没说，把一个二十法郎的硬币推给他，捡起了余额。她用手碰碰卡特琳·科尔梅利，让她看看钱："是你儿子的。""嗯。"她应着，伤感的目光有一瞬落在了孩子身上。舅舅点点头，夹住以为受刑完毕的布里昂。

"好，好，"他说，"你，是个男子汉。"

是的，他是个男子汉，他偿还了部分所欠，减轻了一点儿家中困难的念头使他内心充满了几近恶意的自豪感，这是当男人们开始感到了自由、无所约束时的感受。的确，开学后，当他迈进二年级的院子时，他已不再是那个没有目标的孩子了，不再是四年前在清早离开贝尔库，穿着带钉的鞋子踉跄而行，一想到等待他的陌生世界就紧张得发抖的那个孩子了，他此时看待同学们的目光已失去了某种天真。另外，此时发生的诸多事情也使他脱胎于从前的那个孩子了。有一天，一直忍受着外婆打骂，把这看作孩子生活不可避免之事的他从她手中夺过了牛筋鞭子，他突然变得狂怒，极为坚定地要打击这个白发老人，她那冷静明亮的目光让他狂怒不已。这时，外婆明白了，退却了，把自己关到房间里，为养了些不近人情的孩子而痛苦呻吟，但也确信不能再打雅克了。的确，她此后再未打过他。这是因为那个孩子事实上已死了，已长成一个瘦弱而肌肉发达的少年，蓬乱的头发，暴躁的目光，他为给家里挣钱而工作了整个夏天，他刚刚被任命为学校足球队的正式守门员，而且三天前，他第一次晕乎乎、飘飘然地品味了一个少女的香唇。

二　难懂自我

噢！是的，就是这样，这个孩子那时的生活正如此。在那个居住点的穷岛上，生活在赤裸裸的匮乏中，身处一个残缺不全、愚昧无知的家庭，年轻的血液沸腾着，满怀对生活的渴望，具有野性而热切的才智，始终快乐兴奋，又时而遭到陌生世界突如其来的打击，使他困惑，但很快便复原，尽力去理解，去认识，去同化这个他不熟悉的世界，而且的确同化了它，因为他满怀热望地走近它，不想要滑钻营，以无私的美好愿望，始终如一的平和信念走近它，这是一种保障。是的，因为这种信念确保他心想事成，这世上，仅在这世界上，他觉得永远没有他不能为之事。他准备着（他童年的一无所有也为他做了准备）随处安身，因为他不渴望什么地位，而只想要快快乐乐，自由自在，身强力壮，以及生活中一切美好而神秘的东西，这都是现在买不到，将来也永远买不到的东西。由于贫穷，甚至希望在某一天能够拿到钱，而既非强求，也不受制于它，正如今日的他，雅克，四十岁了，拥有那么多，确信已远非贫者，然而在母亲身边，却无论如何都算不得什么。是的，他就这样活过，在沉闷的夏季，在多雨的短暂冬季，在海里，在风中，在街上嬉戏，没有父亲，没有家教，但在那一年，他找到了一个父亲，这也正是他最需要的时刻，在〔　〕[1]的人与物的经验中前行，知识的大门向他敞开，使他建立起了某种类似品行的东西（足以应付他当时所处的环境，但后来在面对世界的癌瘤时却显得无能为力），并形成了他自己的传统风格。

不过，这就是全部吗？那些行为举止，游玩嬉戏，那种大胆、激情，那个家庭，那盏煤油灯，那个黑黢黢的楼梯，那风中的棕叶，大海中的诞生及洗礼，还有那些黯淡而辛劳的夏日？确曾如此，是的，但也有存在本身的模糊之处，多年来，这一直在他内心默默地翻腾，就像流淌在岩石迷宫深处的地下水，从未见过阳光，却折射着隐隐的微光，这微光不知来自何方，也许是透过岩石中的毛细血管，从淡红色的地心吸到深穴黑色空气中的，那里生长着黏糊糊、紧缩缩的植物，汲取着养分，生长在几乎不可能有生命的地方。他内心这种盲目的翻腾从未停止过，现在依然；这深埋在他心底的黑色火焰正如表面熄灭、内心仍在燃烧的炭火，使泥煤表面的裂痕错位，移动了粗糙的植物逆流，以至于泥泞的表层同泥炭沼里的泥炭一起波动，而从这些稠厚而缓慢的起伏里，又在他内心一天天地产生了最强烈、最骇人的欲望，正如困在沙漠中的恐慌，无限的思乡，突如其来的对简单朴实的渴求，对无所事事的向

①一个难以辨认的词。——译者注

往。是的，这些年来，这种隐约的内心活动与他周围这个无边无际的国度极为和谐，还在孩提时代，他就感受到了周围地区的分量。那时，他面对望不到边的大海，身后是绵延万里的高山、丘陵和人们称之为内地的沙漠，在两者之间，笼罩着无时不在的危险，无人会提起它，因为这似乎是自然而然的事。但雅克却发现了它，那是在比尔曼德雷一个有拱顶房屋、石灰墙的小农场里，姨妈临睡前总要到各个房间去查验厚实的木制护窗板的大插销是否已关好，正是在这儿，他产生了被弃感，就好似这儿的第一个居民，或是第一个征服者，登陆于这样一个地方：那里仍盛行强者为王，法律是为了无情地惩罚与道德不容之事，他周围的人们既迷人又忧人，似近似远，白天大家并肩而行，有时还会产生友谊，或者称兄道弟，而夜晚来临，他们却躲回陌生的家里，外人永不能入内，同他们的妻子一起紧闭门户。他们的妻子你永远也见不到，即便在街上见了，也不知道她们是谁，她们脸上半遮着面纱，白裙上方露出美丽、性感、脉脉含情的眼睛。在居住点里他们人数众多，多到仅凭数量本身，就足以让无形的恐怖笼罩上空，尽管这是些顺从而疲惫的人。某些夜晚，当一个法国人和一个阿拉伯人之间发生斗殴时，就能嗅到这种恐怖的气息。这类斗殴也同样可能发生在两个法国人或两个阿拉伯人之间，但引起的反应却截然不同。这时，居住点的阿拉伯人穿着褪色的蓝工装或破旧的带风帽长袍，慢慢地走近，来自四面八方，持续不断，直到渐渐汇集的人群不用暴力、仅以聚众的方式将几个过路旁观的法国人拦在厚厚的人圈外边，那个斗殴的法国人挣扎着，倒退着，突然独自面对着他的对手及面色阴沉而坚定的人群，如果他不是土生土长在这儿的，不知道唯有勇气才能在这里生存下去，那他的勇气就会丧失殆尽。于是，他面对着这个具有威胁性的人群，然而这人群除了其自身存在及其不可遏止的聚拢外，却什么也未威胁。大部分场合，正是他们抓住狂怒发晕斗殴的阿拉伯人，以便让他在警察到来之前赶快离开。警察会很快得到消息赶来，二话不说地将斗殴者带上车，在雅克家的窗下经过，他们受到粗暴对待，被带往警署。“可怜的人。”看到两个男人被紧紧抓住，被推搡着肩膀带走时，母亲说道。他们走后，孩子觉得威胁、暴力、恐怖依然徜徉在街上，一种陌生的恐慌使他嗓子发干。在他内心，这个夜晚，是的，这混杂不清的根基将他与这片神奇骇人的土地拴在一起，与火热的白昼及短暂得让人伤感的夜晚拴在一起，就好似第二种人生，也许比日常表象下的第一种人生更加真实。它的故事是一连串模糊的愿望及强烈而无法描述的感觉，是学校的味道，是住区马厩的味道，母亲手上的洗涤剂味儿，高地宅区的茉莉与忍冬的香味儿，字典的书页及阅览的书籍的味道，他家中或五金店厕所里的酸味儿，他有时在课前或课后独自走进冰冷的大教室的味道，他要好的同学的体温，迪迪埃和他在一起时那种暖而臭的羊毛味儿，或大个子马尔科尼的妈妈大量洒在他身上的花露水味儿，引得雅克坐在教室的凳子上总想靠近他的朋友，还有皮埃尔从他一个姨妈那儿拿来的唇膏味儿，他们曾几个人一起嗅着，慌乱而不安，就像一群进入一个发情母狗刚刚离去的房间的公狗，想象着女人就是这个散发着甜甜香柠檬味儿及奶味的香脂块，在他们那个充满吼叫、汗味儿和灰尘的野蛮世界里，这使他们揭示了另一个精美、微妙、充满了挡不住的诱惑的世界，甚至他们围着唇膏说出的粗话都无法阻止他们受到诱惑。从幼年起，他就爱恋人体，人体的美妙使他在海滩上幸福地开怀大笑，他爱人体的温暖，他一直被其吸引，没有什么明确的念头，是出于本能的爱，不是为了去占有，他那时不懂，只是要进入其光环之中，与同学肩靠着肩，从容而依赖。而在电车的拥挤中，当女人的手与之接触时间稍长一点儿时，他就会晕乎乎的。

是的，活着的愿望，要活下去的愿望，要参与这个世界火热生活的愿望，他曾在潜意识中想从母亲那儿得到，却未能、或许不敢得到的东西，是他在小狗布里昂身边找到的东西，当小狗在阳光下倚他而卧，他嗅着它那刺鼻的皮毛味儿时，或者正是在那种最强烈、最野性的味道中，生命的热量顽强地储存在他身上，这是他无法舍弃的。

在这种内心的困惑中，产生了这种渴望的激情，这种对生活的狂热永驻其身，甚至今日仍丝毫未损。只是这种狂热——在他重归家庭，童年的影像重现时——使突如其来的青春岁月不再来的可怕情感变得更加苦涩。正像他曾狂爱过的那个女人，噢，是的，他全身心热烈地爱着她，是的，同她相处总是欲望如火，当他在快活中无声地大叫一声离开她时，世界又重归其炙热的秩序，他爱她，因为她美丽，因为她对生活的狂热，慷慨而绝望，这也正是他所具有的，这狂热使她拒绝，拒绝光阴的流逝，尽管她知道此时此刻时光就在飞逝，她不愿听到有一天人们说她风韵犹存，而是要永葆青春，始终年轻。一天，他笑着对她说，青春飞逝，残阳西斜时，她哽咽了。“噢，不，不，”她流着泪说，“我真喜欢爱情。”她诸事聪颖过人，也许正是由于她真的聪颖过人，她才拒绝世界的现状，正如在那些日子里，她返回她的国外出生地作短暂逗留，去扫墓探友，看望她的姨妈时，人们对她说：“这是你最后一次见到她们了。”的确，面对她们的面庞，她们的躯体，她们的衰败，她想叫喊着躲开；或是在晚上全家聚餐时，桌布是一位已仙逝良久的曾祖母绣的，已无人再怀念她，只有她会忆起年轻时的曾祖母，想到她的快乐，她对生活的渴望，正像她自己一样，年轻时光彩照人，餐桌边上的人齐声赞叹，赞其美貌的女人们已年老色衰，而餐桌周边墙上悬挂的佳人肖像却正是她们自己。于是，热血沸腾，她想逃离，逃到一个无人衰老、无人离世的地方，在那里美貌永驻，生命总是野性而鲜艳。这地方并不存在。她回来后扑在他的怀中哭泣，他爱她至极。

他自己也一样，也许比她更甚，因为他出生在没有祖先、没有回忆的土地上，他的先人被根除得更加彻底，在那儿，衰老孤助无援，得不到它在〔　〕[1]文明国度里获得的那种忧郁的救助，他就像单刃刀片颤抖不停，注定要一下子断掉，对生活的纯粹激情面对的正是完完全全的死亡，他感到生命、青春、生物都离他而去，却无能为力，只是被抛在了盲目的希望之中，希望这种在多年中一直支撑他度日、给他无限养分，与最艰难的环境势均力敌的隐隐约约的力量宽宏大量地——这曾给予他生存的理由——同样给予他面对衰老、平静去世的理由。

①一个难以辨认的词。——译者注

附　录

单页 I

4. 在船上。同孩子们一起午睡＋十四年战争。

*

5. 在母亲家——暗杀。

*

6. 在蒙多维旅行——午睡——殖民化。

*

7. 在母亲家。童年的延续——他找回了童年而不是父亲。他得知，他是第一个人。莱卡太太。

*

“她用全力拥吻了他两三次，紧紧地搂着他，松开手，看看他，再一次拥他入怀，就好像她在内心估量了一下（她刚给予的）全部温情，似乎觉得还欠缺一点儿，随后，她转过身，好像不再留意他，也不想其他的，甚至时而以一种奇怪的神情望着他，就像他现在成了多余之人，打扰了她活动的那个虚无、封闭、有限的世界。”

单页Ⅱ

一个移殖民于1869年写给他的律师：

“要使阿尔及利亚抗住其医生的整治，她必须有极强的生命力。”

*

村庄围着壕沟或城墙（四角建塔楼）。

*

1831年派出了六百个移殖民，一百五十个死在帐篷里。阿尔及利亚孤儿众多正由于此。

*

在布发里克，他们垦荒时肩背长枪，怀揣奎宁。“他像个布发里克人。”百分之十九的人死于1839年。奎宁在咖啡馆里作为一般消费品出售。

*

布热在给土伦市长写信，让他挑选二十个健壮的未婚女子之后，在土伦为他的移殖民战士举行了婚礼。这便是“火线婚礼”。不过，尽可能圆满地公开调换了未婚妻。于是，诞生了富喀军垦农庄。

*

最初的集体劳动。这是些军垦农庄。

*

“地区性”的殖民。格拉斯的六十六个园艺家庭将瑟拉卡斯殖民化了。

*

通常，阿尔及利亚的市镇政府没有档案馆。

马翁人带着箱子和孩子以小群体登陆。他们的陈述值得写成书。永远别雇用西班牙人。他们使阿尔及利亚沿海地带繁荣富强。

比尔曼德雷及贝尔纳达的家。

〔托纳克医生〕的故事，他是密地加的第一个殖民者。

邦迪科恩的cf.《阿尔及利亚殖民史》第21页。

皮雷特的故事。同上，第50页和第51页。

单页Ⅲ

10–圣布里厄[1]

*

14–马朗

20–童年的游戏

---

①数字表示手稿页数。——译者注

30–阿尔及尔。父亲及其死亡（+谋杀）

42–家庭

69–热尔曼先生及学校

91–蒙多维–殖民化与父亲

*

Ⅱ

101–中学

140–难懂自我

145–青少年时期[①]

单页Ⅳ

喜剧主题也很重要。解救我们于深重痛苦之中的，正是这种被抛弃与孤独的感觉，然而还未孤独到“他人”毫不“留意”我们的不幸之地步。正是在这个意义上，我们的幸福时分有时便是在无尽的忧愁中，被抛弃的感觉充斥内心并激怒了我们。也正是从这个意义上说，幸福常常不过是我们的不幸得到了同情的感觉。

敲穷人的房门——上帝将怜悯与绝望相伴，正如将解药置于病痛旁边（a）。

①手稿于第144页结束。——译者注

（a）外婆的死。

*

年轻时，我向人们索取的多于他们能够给予的：持久的友谊，永恒的激情。

现在我向人们要求的少于他们能够给予的：无言的陪伴。他们的激情，他们的友谊，他们高尚的行为在我眼中保留着其奇迹般的全部价值：优雅的全效果。

玛丽·维东：飞机

随笔V

他曾是生活之王，具有耀眼的天赋、渴望、力量、快乐，而他来向她表示歉意的正是这些。她曾是岁月与生活的奴隶，她什么也不知，什么也不希冀，也不敢希冀，然而她却保住了毫未受损的真实，而这正是他早已失去了的，她是唯一证明人们活着的人。

星期四在库帕。

训练，体育

舅舅

中学毕业会考

疾病

噢，母亲，噢，柔情，受宠的孩子，比我的时代更伟大，比使你屈从的历史更伟大，比我在世上的所爱之物更真实，噢，母亲，原谅你的儿子逃避了你那真实的漫漫长夜。

外婆，专横，但却站立着服侍饭桌。

孩子教人尊重他的母亲，打了他的舅舅。

第一个人
（笔记与提纲）

“与贫贱、愚昧、顽固的生活斗，价值无限……”

克洛代尔《交换》

或还有

关于恐怖行为的对话：

从客观上，她有责任（连带责任）

换个词，或者我打你

什么？

别取西方最愚蠢的东西。别再说从客观上，或者我打你。

“为什么？”

你母亲是睡在阿尔及尔奥兰的火车前吗？（无轨电车）

我不懂。

火车炸了，四个孩子死了。你母亲未动窝。如果从客观上说，她还是有责任（*），那么，你赞成枪毙人质。

（*）连带责任。

她不知道。

她也不知。别再说什么从客观上。

承认有无辜者，或者我把你也杀了。

你知道我能做到。

是的，我见过了。

*

(a) 让是第一个人。

那么，以皮埃尔为标志，给他一个过去，一个国家，一个家庭，一种道德（?）——皮埃尔——迪迪埃?

*

海滨上的青春之恋——降临海面的傍晚——满天繁星的夜晚。

*

在圣艾蒂安与那个阿拉伯人相遇。两个流亡法国者的友情。

*

征兵。我父亲应征入伍时，还从未见过法国。他见到了，并被杀了。

（这便是像我家一样贫贱的家庭所给予法国的）

*

当雅克已反对恐怖行为了时，与萨多克的最后谈话。

(a) 见《殖民的故事》。

但他收留了他，避难权是神圣的。在他母亲家，他们的谈话当着母亲的面儿。最后，雅克指着他母亲说："看。"萨多克站起身，走向他母亲，手放在心口上，以阿拉伯式的鞠躬拥吻母亲。然而，雅克从未见他这样做过，因为，他已经法国化了。"她也是我的母亲，"他说，"我的母亲已去世了。我要像对待自己的母亲一样爱她，敬她。"

（她是由于暗杀而倒下的。她不幸遇上了）

*

或者还有：

是的，我讨厌你。对于我来说，世上的荣誉属于被压迫者，而不属于强者。在历史上，当被压迫者觉醒了的时候……那么……

再见，萨多克说。

留下吧，他们会抓住你的。

那倒更好。他们嘛，我可以恨他们，我在仇恨中与他们相会。你呢，你是我的兄弟，我们却分别。

……

夜晚，雅克在阳台……从远处传来两声枪响及奔跑声。

……

"怎么回事？"母亲问。

"没什么。"

"哦！我为你担心。"

他倒在她身上……

随后，为留宿问题而被捕。

派他去烤东西　　　洞里的两法郎。

外婆，她的权威，她的精力

他私留了零钱

*

阿尔及利亚的荣誉观。

*

学会公正与道德，即根据其效果判断一种激情的好与坏。雅克可以纵欲于女人，但如果她们占去了他所有的时间……

*

“我厌倦了为判定别人的对与错而生存、而行动、而感觉。我厌倦了按照别人赋予我的形象而活着。我决定要自治，我在相互依存中要求独立。”

*

皮埃尔会成为艺术家？

*

让的父亲是赶车人？

*

玛丽病之后，皮埃尔大发作，克拉芒斯式的（我什么都不爱……），由雅克（或格雷尼埃）对堕落做出解释。

*

用宇宙来反衬母亲（飞机、连成片的遥远的地区）。

律师皮埃尔。伊夫东[1]的律师。

*

“正如我们是勇敢的、骄傲的、强有力的……如果我们那时有信仰，有上帝，什么都无法使我们动摇。但我们那时一无所有，必须学会一切，只能为了苍白无力的荣誉而活着……”

*

这恐怕同时也是一个世界结束的历史——充满了光辉年代的遗憾……

*

菲利浦·库龙比尔及梯帕萨的大农场。同让的友情。他在农场上空死于飞机失事。人们找到他时，驾驶杆插进肋部，面部砸碎在仪表板上。玻璃碎片上布满了血污。

*

题目：游民。从搬家开始，以撤离阿尔及利亚土地结束。

*

两种狂热：贫妇及异教世界（智慧与幸福）。

*

大家都喜欢皮埃尔。雅克的成功与骄傲使他产生敌意。

*

①共产党人，曾把炸弹装到一座工厂里。在阿尔及利亚战争中被绞死。——译者注

私刑处死的场面：四个阿拉伯人被扔到卡苏尔山下。

*

他的母亲是基督。

*

让人谈论雅克，由别人引出他，介绍他，他们概述的形象互相矛盾。

有文化，爱运动，放荡，孤僻，最好的朋友，凶恶，忠贞不渝，等等，等等。

“他不爱任何人”“极为慷慨大方”“冷淡而漠然”“热烈而激情”，所有的人都觉得他精力过人，只除了一直躺在那儿的他。

就这样，主要人物成长起来。

他说：“我开始相信我的无辜了。我曾是沙皇。我统治着一切及所有的人，都为我服务（等等）。随后，我得知我没有足够的善心给予真爱，我觉得对自己鄙视得要死。后来，我想，其他人也并不真心去爱，只需接受与他人差不多这一事实就行了。

“我决定不接受，我应责怪自己不够伟大，我应任意地去绝望，等待着机遇从天而降，使我成为伟大的人。

“换句话说，我期待着成为沙皇而不去享乐的时刻。”

*

再有：

人不能活得太真实——太明白——，这样的人会与他人隔绝，他不再能分享他们的幻想。他是一个魔鬼——我即如此。

*

马克希姆·拉斯泰伊：1848年殖民者的苦难。蒙多维——

插入蒙多维的故事？

例如：1）坟墓。回到〔 〕[1]蒙多维

（1-附）1848—1913年的蒙多维

*

他的西班牙一面　　　　节制与好色

精力与虚无

*

雅克："无人能够想象我曾忍受过的痛苦……人们敬重成就了大事的人。不过，人们应更加敬重那些能够在他们那样的处境下约束自己不犯重罪的人。是的，敬重我吧。"

*

与伞兵中尉谈话：

"你说得太好了。我们到边上去，看看你是否还能口若悬河。走吧。"

"好。不过，我想预先告诉您，因为您恐怕还未遇到过男子汉。听好。我把要发生在您所说的边上的事算在您的

①无法辨认的词。——译者注

账上。如果我未屈服，那就没事。只是，在日后可能的那一天，我要当众把口水吐到您的脸上。如果我屈服了，并且能够脱身的话，无论是一年后还是二十年后，我都要杀了您，杀您本人。”

“照看着他，”中尉说道，“这是个奸诈之人（a）。”

*

雅克的朋友“为使欧洲能让人忍受”而自杀。为成全欧洲，需有一个自愿的牺牲者。

*

雅克同时有四个女人，因此，过着空虚的生活。

*

C. S.：当灵魂承受过多的痛苦时，它便渴望不幸，以……

*

cf. 斗争潮的故事。

*

夏特死在医院，那时，她邻居的收音机里正蠢话连篇。——心脏病，极为虚弱。“如果我自杀的话，至少我采取了主动。”

*

“你是唯一一个知道我自杀身亡的人。你了解我的原

（a）他遇到未带武器的他，〔挑起〕决斗。

则。我痛恨自杀，是由于它给别人带来的感受。如果有人坚持这样做，就得掩盖事实。出于宽宏大量。我为什么对你说这些？因为你喜欢不幸。这是我送给你的礼物。祝你胃口好！”

*

雅克：跳跃的生活，更新的生活，人口的增加及经验的增长，更新及〔冲动〕的能力——

*

结尾。她向他伸出骨节粗大的双手，抚摩着他的脸颊。“你嘛，你是最伟大的。”她那浅浅的眉弓下暗色的眼神中有如此多的爱慕，他内心的另一个——了解情况的那一个——被激怒了……过了一会儿，他把她搂在怀里。既然最有远见的她爱他，他就应该接受，而为了承受这份爱，他应该爱自己一些……

*

穆齐尔[1]主题：在现代世界中寻求灵魂的拯救——D：《着魔者》中的〔交往〕与分离。

*

酷刑。连带责任的刽子手。我从未接近过什么人——现在我们肩并肩了。

*

①奥地利著名作家（1880—1942）。——译者注

基督徒的状态：纯净的感觉。

*

书可能未完成。如：“在将他带往法国的船上……”

*

忌妒了，他掩饰着，扮演着上流社会的人。而后，他不再忌妒了。

*

四十岁时，他认识到他需要一个人为他指点迷津，斥责他或赞扬他：一个父亲。要威严而不是权力。

*

×看到一个恐怖分子朝着……开枪。在一条黢黑的街上，他听到他在身后奔跑，他一动不动，猛地转身，勾脚将他绊倒，手枪落地。他捡起手枪，吓住那人，随后想到不能放走他，把他带到远处的街上，让他在前边跑，开了枪。

*

兵营里的年轻女演员：一株草，煤渣中的第一株草及这种幸福的敏锐情感。可怜而快乐。后来，她爱上了让——因为他纯情。我呢？不过，我〔不值得〕你爱。正是如此。能引起爱情的人们，哪怕是堕落者，都是国王及世界存在的证明者。

*

1885年11月28日：C.吕西安诞生在乌莱法耶：是C.

巴蒂斯特（四十三岁）与科尔梅利·玛丽（三十三岁）的儿子。1909年（11月13日）与森岱斯·卡特琳小姐（出生于1882年11月5日）结婚。1914年10月11日死于圣布里厄。

*

四十五岁时，他通过比较日期，发现他哥哥诞生于婚后两个月。然而，刚给他描述了婚礼的舅舅说起瘦瘦的长裙……

*

在家具乱堆的新屋里，医生为她的第二个儿子接生。

*

她于1914年7月带着被塞浦兹的蚊虫咬得浑身红肿的孩子离开。8月，征兵。丈夫直接回到了阿尔及尔的〔部队〕。他有一个晚上跑出来吻别两个孩子。人们再未见到他，直到传来他牺牲的消息。

*

一个被驱逐的移殖民毁掉了葡萄园，重新引回了咸水渠……“如果我们在此的作为是罪恶，就必须铲除它……”

*

妈妈（说到N）：你被录取的那一天——“当给你发奖的时候”。

*

克里克兰斯基与禁欲的爱情。

*

他惊奇于刚做了他情妇的玛塞尔对国家的不幸漠不关心。“过来。”她说。她打开了门：她九岁的儿子——出生时产钳夹坏了运动神经——瘫痪，不会说话，右脸向上斜，得喂他吃饭，为他洗澡，等等。他关上了门。

*

他知道自己得了癌症，但说不出来。其他人以为在演戏。

*

第一部分：阿尔及尔，蒙多维。他遇到一个阿拉伯人对他讲起了他的父亲。他同阿拉伯工人的关系。

*

丁·杜艾：船闸。

*

贝拉尔死于战争。

*

当得知了他与Y的关系后，F含泪嚷道：“我也漂亮。”而Y的叫声：“啊！看谁能来试试，还想胜过我。”

*

后来，事情发生后很久，F与M相遇了。

*

基督未在阿尔及利亚登陆。

*

他收到她的第一封信及看到她亲手写的自己的名字时

的感受。

*

理想的做法，如果书是写给母亲的，从头至尾——结尾时才知道她不认字——是的，应该是这样。

*

他最大的希望，是他母亲能够读到一切关于他的生命与肌肤的东西，这是不可能的。他的爱，他唯一的爱将永远是无声的。

*

将这个贫穷的家庭从穷人的命运中拯救出来，它正毫不留痕迹地从历史上消失。哑巴。

他们原来，他们现在都比我更伟大。

*

从诞生的那个晚上写起。第一章，然后是第二章：三十五年后，一个男人在圣布里厄下了火车。

*

Gr.[①]我把他当父亲看，他出生的地方，即是我亲生父亲去世及安葬的地方。

*

皮埃尔与玛丽。起初，他无法得到她；因此，他开始爱她。而雅克同杰茜卡，迅速而至的幸福。所以，他花时

---

①格雷尼埃。——译者注

间去真正爱她——她的胴体遮住了她。

*

高原上〔费加里〕的柩车。

*

德国军官与孩子的故事：为他而死，毫无价值。

*

古耶词典中页：其味道，插图。

*

制桶厂的味道：刨花比锯末的味道更〔　〕[①]。

*

让，永不满意。

*

他少年离家，去独住。

*

在意大利发现宗教：通过艺术。

*

第一章结束：此时，欧洲调准了大炮，六个月后开炮。母亲来到阿尔及尔，手牵一个四岁的孩子，怀里抱着另一个，怀抱的孩子被塞浦兹的蚊虫咬得浑身红肿。他们来到了外婆在穷人区的三间房中。“母亲，谢谢您接纳我们。”外婆腰板挺直，明亮而坚定的目光望着她：“女儿，得找活

①一个无法辨认的词。——译者注

儿干才行。”

*

妈妈：像一个无知的穆安津[①]。除了十字架上的外，她不了解基督的一生。然而，谁又能更了解呢？

*

清晨，在外省的旅馆院子里，等着M。这幸福之感他从来都觉得是转瞬即逝，有悖道德——它的确有悖道德，因而阻碍了这种幸福的持久性——之感腐蚀着他，甚至是绝大部分时间，只少有的几次，他强制自己，就像现在一样，在晨曦中，一身纯净，流连于露珠点点的大丽花之间……

*

××的故事。

她来了，她强行，“我是自由的”，等等。扮演着被解放之人。然后，赤裸着躺到床上，尽力去……最终，一个坏〔 〕[②]。不幸之人。

她离开了她那个绝望的丈夫，等等。丈夫给另一位写信：“是您的责任。继续去看她，不然，她会自杀的。”事实上，注定的失败：迷恋于绝对，因此，寻求发展那不可能之事——于是，她自杀。丈夫来了。“您知道我为什么而

①在清真寺尖塔上报祈祷时间者，原意为“宣告者”，每天重复的都是那同一句话。——译者注

②一个无法辨认的词。——译者注

来。”“是的。”“好，您来选择，我杀了您，或您杀了我。”“不，选择的重担应由您来担。”“杀人吧。”事实上，典型的难题，受害者并非真的负有责任。不过，〔恐怕〕她对另外的事负有责任，却从未偿还过。荒谬。

*

××。她的内心有破坏与死亡精神。她〔献身〕于上帝。

*

一个自然主义者：持续不断的猜疑，对食物，对空气，等等。

*

在被占领的德国：

晚上好。长官先生[1]。

晚上好，雅克说着关上了门。他的声调令自己奇怪。于是，他明白了，许多占领者说话的这种腔调是由于他们对征服与占领感到有点儿不自在。

*

雅克想不存在。他所做的，隐姓埋名，等等。

*

人物：尼古拉·拉米哈尔。

*

父亲的“非洲愁结”。

①原文为德语。——译者注

*

结尾。带他儿子去圣布里厄。在小广场上，两人相对而立。你怎么生活？儿子问。什么？是的，你是谁，等等。（幸福）他感到周围死亡的影子丰满了。

*

V.V.我们这些人，这个时代，这座城市，这个国家的男男女女，我们互相拥抱，排斥、恢复交往、最终分离。不过，在此期间，我们在生活中始终互相扶持，有着共同斗争及忍受痛苦的人们之间那令人神往的默契。啊！这就是爱——对所有人的爱。

*

四十岁时，在饭馆里从来都点带血肉排的他发现自己实际上喜欢火候正好的肉排，而根本不喜欢带血的。

*

不再理会艺术与形式。重新找回直接的接触，无须中介，因而也就是无辜。忘却艺术，在这里就是忘却自我。不是以道德的名义放弃自我，正相反，是接受地狱。想要完美的人更爱自我，想要享乐的人更爱自我。只有那个人放弃了他的现状，放弃了他的自我，接受了来者及其后果。于是，此人是直接接触。

通过第二等级的无辜重新找回希腊人或大俄罗斯人的伟大。不要怕。什么也别怕……但谁来助我！

*

这天下午，在从格拉斯去戛纳的路上，在令人难以置信的激奋中，在多年的交往之后，他突然发现，他爱上了杰茜卡，他终于爱上了她。于是，她周围的世界黯然失色。

*

我完全不在我所说及所写的事情中。结婚的不是我，做了父亲的不是我，还有……

*

许多回忆录讲述了阿尔及利亚殖民地那些“寻回的孩子们”。是的，我们大家都在这儿。

*

清晨的有轨电车，从贝尔库到市府广场。车头前，电车司机及他的操纵杆。

*

我要给你们讲一个魔鬼的故事。

我要给你们讲的故事……

*

妈妈与历史：人们对她说起苏联的人造卫星：“噢，我不会喜欢那高处。”

*

倒叙章节：卡比利亚村庄的人质。被阉割的士兵——扫荡，等等，越来越近，直到放出殖民化的第一声枪响。

但为什么在此处停止。该隐杀了亚伯[①]。技术问题：一个章节或是倒叙追根?

*

拉斯代伊：唇髭浓厚，颊髯花白。

他的父亲：圣德尼区的一个木匠；他的母亲：洗小件日用布制品的女工。

所有的巴黎移殖民（许多都是1848年革命党人）。巴黎的许多失业者。制宪会议通过拨款五千万用以派人去建一个“殖民地”：

每个移殖民可得到：

一座住房

二至十公顷土地

种子，农作物，等等

食物配额

没有铁路（只通到里昂）。从那儿走水路——乘坐由马拉纤的驳船。《马赛曲》，《出征之歌》，神父的祝福，授予蒙多维的旗帜。

六条一百至一百五十米长的驳船。睡在草垫子上。女人们换衣服时互相扯起单子遮挡。

近一个月的旅途。

*

①圣经中亚当和夏娃的次子，该隐的弟弟。——译者注

马赛，在大检疫站（一千五百人），一个星期。随后登上一艘旧的大型驱逐舰：石岩号。借着地中海干寒猛烈的北风出发。五天五夜——所有的人都病了。

博恩——居民都在码头上欢迎移殖民。

行李堆在底舱，并有丢失。

从博恩到蒙多维（坐在部队的辎重车上，男人们步行，以便给女人、孩子留出更多的地方和空气），没有路。在沼泽地平原或丛林中约略地估计着，在阿拉伯人敌视的目光中，伴随着狂吠的卡比利亚狗群——1848年12月8日。蒙多维并不存在，军用帐篷。夜里，女人们哭泣着——八天的阿尔及利亚大雨砸落在帐篷上，河流泛滥。孩子们在帐篷里大小便。木匠搭起简易篷，盖上床单保护家具。在塞浦兹河岸割下空心芦苇，以便让孩子们在屋里将小便尿到外面去。

在帐篷里过了四个月，然后搭起了临时木板屋；每个套间的木板屋里得住六家。

1849年春天；炎热过早来临。人们在木板屋里做饭。疟疾，接着是霍乱。每天死去八至十人。木匠的女儿奥古斯蒂娜死了，然后是他的妻子。内弟也死了。（人们将他们葬在凝灰岩层下）

医生的处方：跳舞，以活血。

每天晚上，在乡村小提琴师的伴奏下，他们在两次葬礼之间跳着舞。

土地于1851年才分配。父亲死了。罗西纳和欧也妮孤苦伶仃。

为了去塞浦兹支流洗衣，得派上一队士兵。

建起了围墙+军事壕沟。小房子及小花园。他们用自己的双手亲自建设。

五六头狮子在村子周围嚎叫（黑鬣努底亚[1]狮子）。豺狼。野猪。鬣狗。豹子。

攻击村庄、偷窃牲畜。在博恩与蒙多维之间，一辆坦克陷入泥坑，乘客去求援，只留下一个年轻的孕妇。再见她时肚腹划开，乳房被割。

第一座教堂：四面是泥墙，没有椅子，几条长凳。

第一所学校：树枝和树干建成的茅屋。有三姐妹。

土地：分散的地块，人们背着枪耕种。晚上回到村庄。

一支有三千法国士兵的纵队在夜间经过，抢劫了村庄。

1851年6月：暴动。几百个穿着阿拉伯呢斗篷的男人骑着马围住了村庄。在小城墙上用火炉烟囱假充大炮。

*

的确，巴黎人下地种田；许多人戴着高顶黑礼帽下地，女人们穿着丝绸长裙。

*

严禁吸纸烟。抽烟斗得加上盖子（怕引起火灾）。

---

①北非古国名，今阿尔及利亚北部。——译者注

*

1854年建起房屋。

*

在君士坦丁省，三分之二的移殖民尚未摸镐扶犁便死去了。

古老的移殖民墓地，无尽的遗忘[1]。

*

妈妈。事实是，尽管我全身心地爱，我那时无法过那种盲目忍耐、无话语、无计划的生活。我无法过她那种无知的生活。于是，我周游世界，创建、创新，超越他人。我的日子忙得不可开交——但没什么能够占据我的心，如同……

*

他知道他要走了，重新欺骗自己，忘却他知道的一切。但他所知道的，正是：他生活的真情就在那儿，在这个房间里……他恐怕会逃避这个事实。谁能活在真实中呢？但只需知道真实存在于那儿，只需最终承认它，让它在内心滋润着秘密而静谧的热忱，去面对死亡。

*

妈妈临终时的基督教。贫穷、不幸、无知的女人〔 〕[2]，向她提起苏联人造卫星？愿基督保佑她！

---

①作者圈上了“无尽的遗忘”。——译者注

②一个无法辨认的词。——译者注

*

1872年，当按父系家族安顿下来时，已相继出现过：

——公社，

——1871年阿拉伯人暴动（在米蒂贾第一个被杀害的是一个小学教师）。

阿尔萨斯人占领了暴乱者的土地。

*

那个时代的尺度。

*

母亲的无知对题于历史与世界的所有〔　〕[①]。

比尔·哈盖姆："很远"或"那边"。

她的宗教是视觉的。她明白她看得到的，但不能表达。耶稣即磨难，他倒下了，等等。

*

女战士。

*

写下他的〔　〕[②]，以找回真实。

*

1. 诞生在搬迁中。战后六个月（a）。孩子。穿着朱阿夫军服，戴着扁平的狭边草帽的父亲上了战场。

---

①一个无法辨认的词。——译者注

②两个无法辨认的词。——译者注

（a）1848年蒙多维。

2. 四十年后，儿子在圣布里厄墓地父亲坟前。他回到阿尔及利亚。

3. 为“那些事件”来到阿尔及利亚。寻觅。

去蒙多维旅行。他寻回了童年，而不是父亲。

他得知，他是第一个人（b）。

第二部

第一个人

青少年时期：拳斗

体育与道德。

成人时期：政治运动（阿尔及利亚，抵抗运动）

第三部

母　亲

爱情

王国：过去的体育运动伙伴，老朋友，皮埃尔，老教师及他第二次应征入伍的故事。

母　亲①

最后一部分，雅克向母亲解释阿拉伯问题，克里奥尔文化、西方的命运。“好，好。”她说。随后是全面忏悔，结束。

（b）1850年马翁人——阿尔萨斯1872年—1873年—1914年。

①这一整段，作者都用线条圈了起来。——译者注

*

这个男人身上有个谜，他想解开这个谜。

但最终，这个谜团只是贫穷使生灵既无姓名也无过去。

*

海滩上的青春时代。一个个充满叫声、阳光、拼命努力、隐约的或明确的欲望的日子过后，夜幕罩住大海。一只雨燕在空中高叫。忧虑充满了他的心房。

*

最终，他以昂佩多克尔[1]为榜样。哲学家〔　〕[2]独自生活。

*

在此，我想写出两个人的历史，他们血脉相通，却迥然不同。她恰似这世上完美的化身，而他是沉静的怪物。他投入了我们历史那所有的疯狂中；她穿越了这同一历史却如同走过其他平常的时代。她大部分时间静默不语，只用几个词进行表达；而他滔滔不绝，千言万语却无法寻到，她仅以静默所表达的东西……母亲与儿子。

*

自由选择任何语气。

*

雅克直到那时都觉得自己与所有的受害者休戚相关，

①希腊哲学家（公元前490—前435年）。——译者注

②一个无法辨认的词。——译者注

现在又认识到他与刽子手们有连带关系。他的忧伤。定义。

*

需像旁观者一样度过自己的一生。以便在其中加入梦想来完善生活。但人们活着，而其他人向往着你的生活。

*

他望着她。一切都停止了，光阴流逝，发出噼噼啪啪的爆裂声。犹如看电影时，画面中断失常，在漆黑的影院里只听到机器运转的声音……面对空荡荡的银幕。

*

阿拉伯人出售的茉莉项链。一串白色、黄色的芬芳花朵〔 〕[1]。项链迅即枯萎〔 〕[2]花儿变黄〔 〕[3]，但悠悠的香味儿久久地弥漫在陋室中。

*

五月的巴黎，白色的栗色的花簇垂在空中飘荡。

*

他爱他的母亲和他的孩子，爱一切由不得他选择的东西。最终，他质疑一切，诉讼一切，他的爱从来就只是不可避免之爱。命运强加于他的人，他所面对的世界，他生活中所有无法回避的东西，疾病、职责，荣誉或贫困，说到底，他的星座。余下的，对于他得选择的东西，他尽力去爱，这不是同一回事。他可能经历过惊叹、激情，甚至

①六个无法辨认的词。——译者注

②③两个无法辨认的词。——译者注

是温情脉脉的时刻。但每个时刻都把他抛向其他的时刻，每个人又把他推向另外的人。最终，他根本不爱自己的选择，除非经过一些事情，他慢慢地强加给了自己，偶然而自愿地持续了一阵儿，最终变成不可或缺的：杰茜卡。真正的爱情不是一种选择，也不是一种自由。那颗心，尤其是那颗心不是自由的。这是不可避免的，以及对不可抗拒之承认。而他呢，的确，他全身心地去爱的从来就只是那些不可避免之物。现在，他要去爱的就只有自己的死亡了。

*

（a）明天，六亿黄种人，几十亿黄种人、黑种人、棕色皮肤的人都涌现在欧洲海角上……最好的是〔使它转变〕。于是，所有人们学过的知识，他自己及与他相像之人，所有他学过的知识，在这一天，他的同种人，所有他为之生存的价值观都消亡了，无用了。那么，还有什么有价值呢？……他母亲的沉默。他在她面前缴了械。

*

M.十九岁，他三十岁，他们当时互不相识。他明白，人们不能追溯时光，不能阻碍爱人的曾经，曾经做过的，曾经经历过的，人们无法把握他的选择。因为，选择需要从诞生的第一声啼哭开始。我们生来就是分离的，只有母亲除外。人们把握得住的只是那些必然，必须重归并（见

（a）他午睡时的梦境。

前面的笔记）屈从于它。这是多深的留恋，多大的遗憾啊！

必须放弃。不，学会去爱不纯洁，不道德。

*

最终，他请求母亲原谅。“为什么，你是个好儿子。”但对其他的，她不知道，也无法想象〔　〕[①]，她是唯一能够给予原谅的人（?）

*

既然我倒叙，就先介绍年老的杰茜卡，再介绍年轻的。

*

他娶了M.，因为她从未接触过男人，他为此而着迷。总之，他为自身的弱点而娶她。随后，他将学会爱那些献身的女人——也就是说——爱生活中可憎的需求。

*

用一个章节写1914年的战争。我们这个时代的孵化器。母亲眼中的？她既不了解法国、欧洲，也不了解世界。她以为炮弹是自行爆炸的，等等。

*

交错的章节，让母亲说话。对同一些事实的评论，不过只用她的四百个词汇。

*

总之，我将叙述我之所爱。只讲这些。极大的快乐。

①一个无法辨认的词。——译者注

*

（a）萨多克：

1）“你为什么这样结婚呢，萨多克？”

“我应该按法国方式结婚吗？”

“按法国方式或其他的！为什么你屈从于你觉得愚蠢而残忍（b）的传统风俗呢？”

“因为，我的人民以此种风格得以确认，它没有其他的东西，它固守其中，脱离了这种风俗，便是脱离了它。所以，明天我要走进这个房间，我要剥光一个陌生女子，在枪炮声中强奸她。”

“好吧，在此之前，我们去游泳吧。”

*

2）“怎么样？”

“他们说，目前，必须加强反法西斯前线，法国和俄国应该共同捍卫国家。”

“它们不能在自卫的同时，在国内弘扬正义吗？”

“他们说，这是以后的事，得等待。”

“这里等不来正义，这你知道。”

“他们说，如果你不等待，你就是在客观上为法西斯服务。”

（a）这一切为抒情风格的，并不是真正现实的。

（b）法国人是对的，但他们的道理压迫着我们。所以，我选择了阿拉伯的疯狂，被压迫者的疯狂。

“所以，监狱是你从前同志的好去处。”

“他们说，很遗憾，但他们只能这么做。”

“他们说，他们说。那你呢，你沉默。”

“我沉默。”

他望着他。开始热起来了。

“那么，你背叛我了？”

他没说：“你背叛我们了。”他是对的，因为，背叛涉及的是肉体，是个人，等等……

“不，我今天离开党……”

*

3）“记住1936年。”

“我不是共产主义者恐怖分子，我只是反对法国人的恐怖分子。”

“我是法国人。她也是。”

“我知道。算你们倒霉。”

“那么，你背叛我了。”

萨多克的眼中闪烁着狂热的光芒。

*

如果我最终选用编年法，雅克太太或医生将是蒙多维第一代移殖民的后代。

我们不应抱怨，医生说，只要想想我们的第一代亲属，这儿……

*

4）雅克的父亲在马恩被杀。这模糊的一生留下了什么？一无所有。不可触摸的记忆——在森林大火中燃烧的蝴蝶翅膀那轻飘飘的灰烬。

*

两个阿尔及利亚民族主义者。1939年至1954年间的阿尔及利亚（叛乱）。法国的价值在阿尔及利亚人的意识中，在第一个人的意识中的变化。两代人的编年史解释了现今的悲剧。

*

在米利亚纳的夏令营，兵营早晚吹奏小号。

*

爱惜：他希望她们都是没有过去、没有男人的处女。他遇到了第一个这样的人，便与之订下了终身，但自己却从未忠实过。因此，他希望女人们做到己所不为之事。而他的为人把他推向与他相像的女人，他爱她们，并疯狂热烈地占有她们。

*

青少年时期。他生命的力量，他生活中的信仰。但他吐血。因而生活变成这样：医院、死亡、孤独、荒谬。由此而来的精力分散。而在他的内心深处：不，不，生活是另一个样子。

*

从戛纳到格拉斯路上的灯光……

他知道，即便他得重新回到他一直生活在其中的枯燥乏味之中，他也要献出他的生命、他的心、他全部的感激。这将使他能够，有一次，也许仅仅一次，但有一次去接触。

*

最后一部分以此画面开始：

瞎眼的驴在几年中毫不耐烦地围着戽斗水车转，忍受着鞭打，严酷的自然，太阳晒，蚊蝇咬，还要忍受着这种看起来枯燥、单调、痛苦的绕圈而行，河水永不停息地涌上来……

*

1905年。L.C.①的摩洛哥战争。但在欧洲的另一侧，加里亚耶夫。

*

L.C.的生活。整个一生都非他意愿，只除了他想要活着，坚持活着的意愿。孤儿。农业工人，不得已娶了他的妻子。他的一生就这样不由己地过着——随后，战争杀害了他。

*

他要去看格雷尼埃："像我这样的男人，我承认，应该服从。他们需要专横的规则，等等。宗教、爱情，等等，对我来说不可能。因此，我决定服从于您。"随之而来的

①很可能是他的父亲吕西安·加缪。——译者注

(消息)。

*

最终，他不知他父亲是谁。但他自己又是谁呢？第二部。

*

无声电影，为外婆念字幕。

*

不，我不是个好儿子：好儿子应是留下来的那个。我周游了世界，我欺骗了她，以我的虚荣、荣耀，百来个女人。

“但是，你只爱她？”

“啊！我只爱她？”

*

当他在父亲墓旁时，他感到时间解体了——这种时间的新顺序是书本上的顺序。

*

他是个纵欲过度的男人：女人，等等。

因此，〔过度〕惩罚了他。随后，他知道了。

*

在非洲，当夜色迅速降临海面、高原或起伏的山峦时感受到的不安。这是对神圣的恐惧，是在永恒面前的惊愕。在德尔弗，晚上产生同样的效果时，能现出庙宇。但在非洲大地上，庙宇都被毁了，只剩下了压在心头上的无尽的沉重。它们消失了多少啊！静静地，背离了一切。

*

他们不喜欢他的地方，是阿尔及利亚人的东西。

*

他与钱的关系。一方面是由于穷（他什么也不给自己买），另一方面是由于他的骄傲：他从不还价。

*

最后，向母亲忏悔：

“你不理解我，然而，你是唯一能原谅我的人。许多人愿意原谅我。也有许多人以各种语气叫喊着我有罪，而他们这样对我说时，我并没有罪。另一些人有权这样说我，我知道他们是对的，我应该争取他们的原谅。但人们是向明知道会原谅自己的那些人请求原谅。只要原谅，而不是向你要求值得原谅，要求你等待。〔而〕只是对他们诉说，把一切告诉他们，接受他们的原谅。我可以请求原谅的那些男人和女人，我知道，尽管他们满怀诚意，在他们内心深处的一隅，他们不能，也不会原谅。唯有一个人可以原谅我，但我对他从未有过罪孽。我把我整个的心都给了他，我本可以去找他，我在静默中常常这样做，但他死了。我孤身一人。只有你可以这样做，但你不理解我，读不懂我。因此，我向你诉说，给你写信，给你，只给你一人。当这一切结束时，我将请求原谅，不加任何解释，而你将对我微笑……”

*

雅克在逃离秘密编辑部时杀了一个跟踪者（他扭曲了脸庞，踉踉跄跄，微微前倾。雅克感到一股怒火涌上来，他再一次兜了一拳，打在〔喉咙〕上，脖子下部的大洞立即冒出血来。随后，厌恶、愤怒得发狂，他又一次直视着对方打了出去〔　〕[1]，也不看到底打在哪里……）……然后，他去了汪达家。

*

贫穷，无知的柏柏尔农民。移殖民。士兵。没有土地的白人。（他爱他们，是他们，而不是穿着尖头黄皮鞋，戴着围巾，只从西方学习那些劣性东西的混血儿们。）

*

结尾。交回土地，那不属于任何人的土地。交回那既不卖也不买的土地（是的，基督从未在阿尔及利亚登陆，因为甚至和尚们在这儿也有产业和租地）。

他喊起来，望着母亲，然后又望向其他人：

“交回土地。把所有的土地都给穷人，给那些一无所有、穷得从未奢望过拥有的人，给那些在这个地方像她一样贫穷的人们，其中大部分是阿拉伯人，也有一些法国人，他们顽强坚忍地生活着或幸存着，生活在世上唯一有价值的名誉，即穷人的名誉之中。把土地分给他们，犹如将圣物交给圣人们。而我呢，重新一无所有，浪迹天涯，我将

①四个无法辨认的词。——译者注

为此而微笑，高兴地死去，知道在我出生的太阳下，我如此爱恋的土地及我尊敬的她和他们终于融为一体了。”

（于是，默默无闻变得如此充实，也将包容我——我将再回此地）

*

反抗。（cf.《阿尔及利亚的明天》第48页，塞尔维亚出版社）

F. L. N. 的年轻政委们，他们将战争定名为塔尔赞。

是的，我下命令。我杀人，我生活在山里，日晒雨淋。你曾向我提出的最好建议：贝杜恩行动。

萨多克的母亲　　cf. 第115页。

*

与……相对抗，在世界最古远的历史中，我们是第一批人——不是在〔　〕[①]报纸上叫嚣的那种衰败中的，而是在那种朦胧而有别于其他的、正冉冉上升的曙光之中。

*

无信仰、无父亲的孩子们，人们推荐给我们的老师令我们厌恶。我们活在非合法的地位中——骄傲。

*

人们称之为新生代的怀疑论——谎言。

从何时起，拒绝相信说谎者的老实人成了怀疑论者？

①一个无法辨认的词。——译者注

*

作家职业的崇高之处在于反抗压迫，因此，寂寞独处，不人云亦云。

*

助我支撑背运的东西也许将助我接受过于有利的幸运——而支撑着我的，首先是一个伟大的思想，极为伟大的思想，即我为艺术而生。

并非我认为它高于一切，而是因为它与任何人都不分离。

*

〔古代文化〕例外。

作家从奴隶做起。

他们获得了自由——这并非〔　〕[①]的问题。

*

K. H.：所有夸张了的都毫无价值。但K.H.先生在被夸大之前就毫无价值。他坚持要身兼数职。

两封通信

亲爱的热尔曼先生：

我等近日来周围的嘈杂声少了些，再来向您一吐心声。人们刚刚给予了我极大的荣誉。我对此既未追求也未关注

①四个无法辨认的词。——译者注

过。不过，当我得知这个消息时，除了我母亲外，我首先想到的便是您。没有您，没有您伸给当时的我——那个贫穷小男孩的温存的手，没有您的教诲，没有您的榜样，这一切都不会发生。这个荣誉的世界并非我个人所求。但这至少是一个机会，可向您表白，您曾经，并将永远占据我的心灵，并向您保证，您为之付出的努力、工作及仁慈在您的一个小学生的心中永存，尽管年岁虚长，他始终是您的学生、永远感谢您。紧紧地拥抱您。

阿尔贝·加缪

1957年11月19日

我亲爱的小家伙：

经你手寄出，作者让·克洛德·布里斯维尔先生亲笔题词送给我的书——《加缪》已收到了。

我不知如何向你表达你仁慈之举给我带来的快乐，也不知怎样感谢你。如有可能，我愿紧紧拥抱你这个大男孩，对于我来说，你永远是“我的小加缪”。

我还未读此书，只翻了翻头几页。加缪是谁？我感觉想要探究你个性的人们并不十分成功。你在表露你的特性、你的感情时总会现出本能的腼腆。你的特性就在于你的淳朴，你的率真。此外，再加上善良。这些印象是你在课堂上留给我的。敬业的教师不放过任何了解他的学生、他的孩子们的机会，他始终这样做。一个回答，一个举止，一个态度全都充分显露特性。因此，我以为很了解当时的你——那个可爱的小娃娃。通常，孩子的身上孕育着日后成人的萌芽。你在课堂上显示出的快乐是全方位的，你容光焕发，乐观向上。看你的样子，我从未对你的家庭的实际状况起过疑心，只是当你妈妈为你的助学金名额来找我时，我才有所察觉。此外，这正发生在你要离我而去之时。直到那时，我一直觉得你与你的同学们家况完全相同。你总是非常得体。像你哥哥一样，你穿着体面。我想，这是对你妈妈最好的赞誉。

再来谈谈布里斯维尔先生的这本书，他在书中插入了大量的照片。我非常激动地从照片上认识了你可怜的父亲，我始终将他看作“我的战友”。布里斯维尔先生好心提到了我：我为此而感谢他。

我看到研究你、评论你的书籍越来越多。看到你并未被你的名气（这是不争的事实）冲昏头脑，我觉得十分欣慰。你还是加缪：好！

我兴致勃勃地看了你改编及策划的那高潮迭起的戏剧《奥赛罗》。我太爱你，不能不祝你获得极大的成功：这正是你应得的。马尔罗也想给你个剧本。我知道，你酷爱这个。不过……你能同时担当这一切吗？我怕你过于劳累。请允许你的老朋友提请你注意：你有一个温柔的妻子及两个孩子，她们需要丈夫、需要爸爸。关于这一点，我给你说说我们师范学院的院长时而告诫我们的话。他对我们非常非常严厉，使我们看不到，也感受不到他实际上爱着我们。

“自然有本大书，它在上面仔细记录你所有的过度行为。”我承认，在我将要遗忘之时，这明智之言多次让我节制。那么，尽力让自然这本大书留给你的那一页保持空白吧。

安德丽提醒我说，我们曾在一次关于《奥赛罗》的电视文学节目中见过你，听到你说话。看到你回答问题，真让人感动。我不由惬意地想到，你不会料到我终于又看到了你的面容，听到了你的声音。这稍稍补偿了你未在阿尔及尔的缺憾。我们已很久未见你了……

结束前，我想对你说说我的痛苦感受，这是一个非教会小学老师面对威胁我们学校的计划的感受。我以为，在我的整个生涯中，我都尊重了孩子身上最神圣的东西：寻求他的真理的权利。我爱你们所有的人，并以为尽了自己最大的努力不表露我的观点，不压制你们年轻的智力。涉及上帝的问题（这是教学计划中的），我只说：有人相信，有人不信。每个人都具有全权去为其所欲。同样，对于宗教的章节，我仅限于指出存在着哪些宗教，人们可随其所愿去信仰。根据事实，我补充说，有些人什么宗教也不信。我知道，这无法取悦于那些想把小学教师变成宗教，更准确地说是天主教传教士的人。在阿尔及尔师范学校（当时位于加朗公园内），我父亲及他的同学们被迫每个周日去做弥撒，去领圣体。一天，他厌倦了这种束缚，将“献身”圣体饼夹在了弥撒经本中，并合上了书。校长得知了此事，毫不犹豫地将我父亲逐出学校。这便是“自由学校”的拥护者们想要的东西（自由地……像他们一样去思想）。以现今国民议会的构成，我担心结果不妙。《被缚的鸭子》指出，有一个省，百来个非教会学校的班级墙上挂着基督受难像。我认为这是对孩子们意识的令人发指的扼杀。在不远的未来，又会怎样呢？这些想法使我极为忧伤。

我亲爱的小东西，我已快写完四页了，这是在占用你的时间，请原谅我。这里一切都好。我的女婿克里斯蒂安明天就是服兵役的第二十七个月了！

要知道，即使不写信，我也常想念你们全家。

热尔曼太太和我紧紧地拥吻你们全家四口。深深地爱你。

路易·热尔曼

1959年4月30日于阿尔及尔

我记起你和我们班上那些像你一样初领圣体的同学们的来访。你显然很快活，为你穿的服装和你们的节日而自豪。坦诚地说，看到你们快乐，我也很高兴。我以为，既然你们参加初领圣体仪式，是因为这使你们快乐？那么……